배우 최일순 푸른별 트래블로그 2577일

아마존으로 가다

초판 1쇄 인쇄 / 2008년 7월 22일
초판 1쇄 발행 / 2008년 7월 28일

지은이 / 최일순
펴낸이 / 박국용

편집 / 박다영
교열 / 신인영
마케팅 / 윤향로
총무 / 채정순

인쇄 / 조광출판인쇄(주)

펴낸곳 / 도서출판 금토
주소 / 서울 종로구 신문로 1가 58-14 한글회관 203호
전화 / (02)732-6252(대표)
팩스 / (02)738-1110
e메일 / kumtokr@hanmail.net

1996년 3월 6일 출판등록 제 16-1273호

ISBN 978-89-86903-61-4   03810

＊ 값 / 13,000원

배우 최인순 폭류별 트래블로그 25가지일

아마존으로 가다
Go to the Amazon

글톤

양아버지 시인 따라 아름다운 이 세상 소풍길

시인은 나를 '요놈아!' 라고 부르셨다. 때로는 '막내막내동생' 이라고도 부르셨다.

시인이 내게 지어주신 '연극하는 막내막내동생에게' 로 시작되는 짧은 시구 한모퉁이를 소개하면 이렇다.

요롯파(유럽) 출신의 한 학자는 나는 외국어를 세 개밖에 모르는 무식한 놈이라는 말을 했다. 즉, 많이 알지 못하면 진짜 예술은 있을 수 없다는 것이다, 요놈아!

시인의 시는 거의가 말을 하듯 편안하다. 하지만 그 간단한 말에는 수많은 삶의 의미가 함축되어 있다.

가까운 사람들로부터 천 원씩 '세금' 을 걷어 용돈으로 쓰시던 시인은 내게는 때로 몇 천 원씩을 용돈으로 줘어 주셨다. 그러면서 한 번은 이런 말씀을 하셨다.

"요놈아! 늬가 너무 무식한 것 같으니 아침마다 집으로 와서 함께 일본어 회화공부를 하자."

서울상대 출신으로 일본어에 능통하신 시인은 노트에 수업 프로그램까지 만드셨다. 나는 아침마다 시인에게서 일본어를 배웠다.

그렇다. 시인은 바로 '귀천(歸天)' 의 천상병(千祥炳) 님이다.

나 하늘로 돌아가리라

새벽빛 와 닿으면 스러지는 이슬

더불어 손에 손을 잡고

나 하늘로 돌아가리라

노을빛 함께 단둘이서

기슭에서 놀다가 구름 손짓하면은

나 하늘로 돌아가리라

아름다운 이 세상 소풍 끝내는 날

가서, 아름다웠다고 말하리라

이제는 아름다운 이 세상 소풍 끝내고 하늘로 돌아가신 시인은 내게 친구이자 선생님이자 아버지셨다. 그 분은 당신의 뒤를 따라 아름다운 이 세상 소풍을 하도록 나를 이끄셨다.

나는 처음에 친구로부터 선물받은 시집 한 권을 들고 인사동으로 무작정 천상병 님을 찾아 갔다. 마침 시인은 춘천의 한 병원에 입원해계셔서 시인의 부인 목순옥 여사님을 만났다.

단발머리의 천사를 만난 나는 그 뒤로 틈만 나면 인사동을 찾아 찻집 '귀천' 의 한귀퉁이에 앉아 모과차 한 잔을 마시고 온종일 찻집에 꽂힌 시집을 읽었다. 그러다가 시인이 퇴원을 하시자 모시고 나들이를 돕게 되었다.

어느 날, 시인은 인사동 초입 노점 리어카서점에 진열된 책들을 살피다가 주인 모르게 책 한 권을 집어 헐렁한 웃옷 속에 찔러 넣으시고는 내 손을 잡고 빠져나와 내게 건네셨다.

"늬가 무식하니 하루 한 권씩은 책을 읽어야 한다!"

그러고서 시인은 잠시 동안 인사동 길에서 '세금' 을 모으시터니 다시 리어카서점으로 가서 책값이라며 액수도 묻지 않고 모은 돈을 통째로 내미셨다.

서점 주인은 이미 시인이 책을 가져가는 것을 알고 있었고, 시인 또한 그것을 알고 계셨다.

시인이 책을 옷 속에 넣는 것을 못 본 체한 주인은 시인이 건넨 돈 중에서 2000원만 받고는 나머지를 돌려주었다. 그 이후 나는 '하루에 한 권씩'이라는 각오로 책을 읽었다.

어느 어버이날은 수락산 밑에 자리 잡은 시인의 집을 찾아 할머니와 시인 그리고 사모님의 가슴에 꽃을 달아 드렸다.

시인은 한동안 가만히 계시더니 더듬거리며 말씀하셨다.

"나는 자식이 없는데……, 늬가 내 자식이다."

시인은 동베를린간첩사건의 고문 후유증으로 후세를 갖지 못하셨다. 그렇게 해서 나는 시인과 목 여사님의 양아들이 되었다. 하루라도 시인을 만나지 않거나 인사동을 들러 목 여사님을 뵙지 않고선 집으로 돌아갈 수 없었다.

시인과 나들이를 하면서 한국의 많은 문인들과 기인들을 만났다. 그러면서 또한 각계의 젊은 예술가 형들을 만나 술집에 의자 하나를 덧붙여 앉게 되었다.

회색 빛 도시 위로 저녁땅거미가 내리기 시작하면 열 명이 넘는 젊은 예술가들이 인사동 선술집으로 모여들었다. 끊이지 않고 이야기가 이어지다가 서로 가난한 주머니를 털어 술값을 내고, 없는 사람에게는 차비를 나눠주었다. 이때 나는 마실 줄 모르던 술을 배웠다.

비행사가 아니면 항해사가 되었어야 했다

백두대간의 척추 부위에 우뚝 솟은 태백산을 중심으로 깊은 산들로 둘러싸인 광산촌에서 나는 어린 시절을 보냈다.

오래 전 시로 승격하며 태백으로 이름이 바뀌었지만 그때는 황지(黃池)로, 읍내 한가운데에 있는 맑은 연못 속을 들여다보면 물에 잠겨버린 황 부잣집 담장과 기와가 보이고, 산등성이에는 아이를 들쳐 업은 채 돌이 되어버린 며느리의 망부석이 있는 '하늘 아래 첫 동네'였다.

나는 어릴 때부터 품어온 꿈이 둘 있었다. 하나는 파란 하늘을 날아 먼 대지에 내려앉는 비행사였고, 다른 하나는 검푸른 대양을 건너 낯선 대륙에 닻을 내리는 항해사였다. 두 가지 다 학교 도서관에서 가슴 울렁이며 읽은 여행기들 때문에 비롯된 꿈이었다.

먼저 비행사 쪽을 택한 나는 대전에 있는 고등학교 과정인 공군 하사관학교 입학시험에 응시해 합격했다. 재학 중 성적이 우수하면 공군사관학교로 진학할 수 있다는 특전이 있었다.

하지만 비행사의 꿈은 입교를 앞두고 일어난 작은 사고로 좌절되고 말았다. 중학교에서 운동을 하다가 크게 다친 것도 아닌데 허벅지 뼈가 나뭇가지처럼 부러져 버린 것이다.

수술 후 깁스를 하고 뼈를 대충 굳힌 나는 입교일에 맞추어 스스로 가위로 깁스를 풀고 대전으로 향했다. 보호자로 따라온 막내 형은 무사히 입교할 수 있다는 말에 집으로 돌아가고 나는 교무실에 앉아 담당 장교의 말을 들었다.

"치료를 마치고 학업을 계속할 수는 있다. 하지만 네가 원하는 공군사관학교 진학은 포기해야 한다. 전투기 조종사가 되려면 그 몸으로는 안 된다. 몸에 있는 상처는 크든 작든 신체검사를 통과하지 못한다."

나는 거기에 더 앉아있을 필요가 없었다. 학교를 빠져나와 전날 묵은 민박집에 버릴 생각으로 맡겨두었던 목발을 찾아 짚고는 완행열차를 타고 집으로 돌아왔다.

그 뒤 나는 서울로 올라와 역할에 따라서는 비행사도 되고 항해사도 될 수 있는 무대 위의 배우가 되기로 마음을 먹었다. 내가 가진 마지막 돈을 털어 표를 산 연극 〈품바〉를 보고나서였다.

연극이 끝나자 그 길로 반월공단에서 일하고 있던 친구의 단칸 사글세방을 찾아갔다. 그곳에서 며칠간 얻어먹으며 홀로 〈품바〉 연습을 하고는 찾아간 곳이 영등포 근처의 카바레 밤무대였다. 난생 처음으로 보는 신디사이저 반주에 전혀 맞지도 않는, 얼토당토않은 나 홀로 공연을 지켜본 지배인은 전문 공연 매니저를 소개시켜 주었다.

회사랄 것도 없는 작은 사무실에서 밤무대공연을 위한 춤과 노래를 몇 가지 배운 다음 벙거지를 쓰고서 영등포와 봉천동 일대를 다니며 술에 취해가는 손님들 앞에서 타령을 부르고 불춤을 추었다.

하지만 이것은 마지막 돈을 털어서 본 연극과는 달랐다. 어느 날 새벽 매니저 사무실에 딸린 방을 빠져나온 나는 여의도의 TV학원을 거쳐 마침내 명동에 극장이 있는 정식극단에 입단했다.

사무실 바닥에 스티로폼을 깔고 선배들과 함께 난로를 껴안고 자야하는 고된 생활이었으나 끼니를 거르지 않을 수 있었고 연극을 배울 수 있어서 좋았다. 첫 번째, 두 번째 무대에 서고, 극단에서 주선하는 여러 강습 프로그램에도 열심히 참여했다.

지금은 고인이 되신 〈품바〉의 작자이자 연출가이신 김시라 선생님으로부터 정식으로 품바타령도 배웠다. 국악을 하시는 저명한 선생님들로부터 창(唱)과 악기도 배울 수 있었다.

그때 나는 내가 관심을 가지고 있던 분들을 무작정 찾아가 만났다. 그분들이 유명하고 바쁠 것이라는 생각은 내 머릿속에서 내려놓았다. 그때 바로 인사동에 찾아가 천상병 시인의 양아들이 되었다.

이 무렵 노동운동권 연극인 선배를 따라 명동의 극단을 나와 안국동의 '공간사랑'을 거쳐 롯데월드의 창단공연 멤버로 입단했다.

그리곤 당연히 운명적인 만남이 있었다. 연상의 여인이었다. 스물네 살 청년의 외로운 서울생활에서 그것은 너무나 신비스런 일이어서 결혼까지 하게 되었다.

하지만 시작부터 결혼생활은 내게는 어울리지 않는 것이었다. 현실도 책임지지 못하는 젊은 나이에 가진 것은 너무 없었고, 하고 싶은 것은 너무 많았다.

롯데월드에서 1000회 공연을 마친 후 재수를 시작해, 늦었지만 남산에 있는 서울예대 연극과에 입학했다. 그리고 선배형의 옹기가마에서 일한다며 무작정 집을 나왔다. 남겨진 여인이 마음에 걸리고 죄스러웠으나 가방을 쌀 수밖에 없었다.

꽤 오랜 세월이 지나고 영화작업을 하게 되었다. 노동영화인 〈파업전야〉를 찍고 임권택 감독님의 〈태백산맥〉에 출연하게 되었다. 조연급의 작은 역할이었으나 촬영을 위해 1년이 넘게 전국을 돌아다녔다. 설악의 눈 내리는 산악에서부터 남도의 갯벌 넓은 바닷가 마을까지 달려갔다.

그런데 영화가 완성되고 시사회가 끝난 뒤 저녁 귀갓길에서 교통사고를 당했다. 하필이면 수술한 다리의 무릎 인대가 모두 끊어졌다. 다시는 무대에 서지 못할 것이라고 절망하고 있던 내게 동문 친구가 찾아와 함께 무대에 서자고 권했다. 보조기를 차고서 매일 병원을 빠져나가 연습을 했다. 그 덕분인지 얼마 후에는 보조기 없이 무대에 설 수 있었다.

공연장을 찾아온 병원의 의사와 간호사들과 함께 취하도록 술을 마신 후, 도예가 선배와 함께 신용카드로 비행기 표를 사서 친구를 찾아 캐나다로 떠났다.

활주로를 달려가던 비행기 바퀴가 지면에서 떨어지는 순간, 오랫동안 내 안에 숨어있던 어릴 때의 꿈이 생생하게 살아나면서 내 안팎으로 둘러쳐진 높은 담장이 부서져가는 것을 느낄 수 있었다. 혼자서는 몸조차 뒤집지 못하던 내가 낯선 대지를 찾아 나선 것이다.

선배 형은 인디언들로부터 전래된 도공들을 만나러 다니고 나는 홀로 겨울의 로키산맥을 올랐다. 해발 3000미터가 넘는 로키의 눈 내리는 정상에 서서 나는 새로운 희망을 꿈꾸었다.

'나도 이렇게 자유로울 수 있다. 새로운 세상을 찾아 떠날 수 있다. 세계를 돌아다닐 수 있다.'

밴쿠버로 돌아와서는 거리에서 대금을 불면서 만나는 사람들과 새로 시작할 여행에 대해 이야기했다.

그리고는 돌아와 새로운 희망으로 사람들을 모으고 공연을 준비해 배우 작업에 임했지만 내 연기는 살아나지 못했다. 몇몇 영화와 TV에도 조역과 단역으로 출연을 계속했으나 나는 여전히 현실문제들로 인한 의기소침에서 빠져나오지 못했다.

나는 겨울이면 추운 강원도 산간을 헤매고 다녔다. 눈 쌓인 시골 도로를 언 발로 걸어다니며 진종일 술기운으로 몸을 덥혔다. 언제나 가장 마지막으로 닿는 곳은 고향땅 인근이었다. 어머니 아버지는 이미 돌아가시고 안 계셨지만 내 그리움의 언저리를 맴돌고 있었다.

다시 배낭을 챙겨 여행길에 올랐다. 동남아를 거쳐 베트남의 한 섬에 닿았다. 말 한마디 통하지 않는 그곳에서 눈빛과 웃음 그리고 스케치북에 그려지는 그림을 통해 마을사람들과 이야기를 나누면서 새로운 만남의 기쁨을 알았다.

'인간의 삶에서 말이란 그리 많이 필요치 않구나. 사람 사이에는 가슴이 먼저로구나!'

다음으로 신들의 고향이라는 인도 여행길에 올랐다. 그곳에서 지독하게 가난한 일상에도 늘 웃음 짓고 춤추는 사람들을 만나면서 인간의 행복은 물질적 풍요와는 크게 관련이 없다는 것을 깨달았다.

한 걸인이 구걸하며 말을 건넸다.

"적선은 나를 돕는 게 아니고 당신 스스로를 돕는 거야."

또 다른 꼽추 걸인은 갠지스 강을 바라보고 앉아있는 나를 향해 손을 내밀더니 물었다.

"너는 왜 인도를 왔는가? 왜 지금 어머니 강 앞에 앉아 있는가?"

그가 맑은 눈으로 나를 내려다보는데도 대답해줄 말이 없었다. 다람살라의 남갈사원에 가서는 달라이라마의 맑고도 묵직한 말씀을 직접 들었다.

"불가의 법이란 마음을 바꾸는 것이다."

모두 버리고, 마지막으로 나를 버리기 위해

그렇게 수개월을 떠돌다가 다시 무대로 돌아와 작업에 임했다. 그렇게 떠남과 돌아옴이 반복되는 동안 점차 방랑에는 몸이 익어갔으나 배우로서의 삶은 여전히 초라했다. 내 연기는 나를 둘러싸고 있는 심리적 억압에서 벗어나지 못했고, 무명의 배우가 지불해야 하는 지독한 궁핍의 대가는 의미를 찾기가 힘들었다.

몇몇 닮은꼴의 선후배가 어울려 다니며 서로의 닮은꼴을 위안으로 삼았다. 지독한 가난에도 우리는 뭉치면 즐거웠다. 늘 아쉽고 가슴 아프고 행복했다.

그러면서 한 해의 절반은 배우 작업을 하고, 나머지 절반은 여행길에 나설 것이라던 애초의 약속은 시나브로 한 해의 대부분을 낯선 길 위에 서있는 모양새로 변해갔다.

방랑길에서는 무대에서는 미처 찾지 못한, 살아있는 수많은 삶을 만날 수 있었다. 그런 절박한 삶은 우리 곁에 늘 머무는 모습들이지만 여행길에 나서고서야 비로소 보다 확연한 모습으로 눈에 들어오기 시작했다.

한 발 뒤로 물러서니 비로소 뭔가 보이는 듯싶었다. 어디라도 좋았다. 하지만 이왕이면 잘사는 나라보다는 가난한 나라가 좋았다. 부자들보다는 가난한 이들과의 만남이 편안했다. 더운 계절보다는 서로의 가슴속 온정이 더욱 필요한 추운 겨울철이 좋았다.

추운 겨울날 몽골의 천막에서 손님 대접을 한다고 채소라고는 전혀 없는 고기만두를 내미는 사람들, 좁은 천막 안에서 손님을 위해 기꺼이 자리 한쪽을 내주는 부부, 떠나는 길손을 위해 천막 앞에 나와 정성을 다해 사방을 돌며 무사여정을 빌어주는 할머니, 티베트 에베레스트 인근 국경에서 추운 겨울밤 길을 잃고 헤매다가 간신히 닿은 작은 마을에서 따뜻한 물에 비상약을 풀어 건네주던 가난한 가족!

주로 아시아와 히말라야 인근을 떠돌던 나는 태어나 한 번쯤은 발 딛고 사는 지구를 모두 돌아봐야겠다고 마음먹고 오랫동안 세계일주 계획을 세웠다. 그러나 재정적인 문제가 언제나 걸림돌이었다.

결국 대학시절부터 십 수 년을 살아온 낙산 위의 단칸 사글세방이 도시계획으로 헐리면서 동사무소에서 나눠주는 약간의 이사비용을 받아 쥐고 귀향을 결심했다.

할머니가 시시던 강원도 정선 두메산골에서 사람들이 떠나버린 오래된 농막을 찾아 들었다. 산 하나 넘으면 늘 그리운 어머니 아버지의 합장 무덤이 있는 곳이었다.

무대를 만들 듯 서툰 솜씨로 농막을 고치고 밭을 다듬었다. 밭에는 한동안 돌보지 않을 생각으로 더덕과 황기 씨를 바람에 날리듯 훌훌 흩어 뿌렸다. 집 입구에는 티베트의 초르텐을 흉내 내어 돌탑을 쌓고, 나무장승 한 쌍과 솟대 몇 개를 깎아 세우고, 바람에 잘 날리도록 인도 다람살라에서 가져온 룽타 하나를 솟대의 목에 걸었다. 길 떠나는 여행자의 목에 걸어주는 수건인 룽타는 달라이라마의 손길이 깃든 것이었다.

나 없는 동안 빈집을 보살펴 달라고 기원하고 팔 수 있는 것들은 모두 팔아 우선 떠나왔다. 당연히 최소한의 생활로 고행을 하겠지만 그래도 도저히 어려울 때는 주변의 선후배들이 조금씩 주머니를 털어주기로 했다.

그러면서 산악인 남난희 누이의 주선으로 몇 년 전부터 시작한 여행팀 인솔 경험을 살려 현지에서 벌어 충당할 계획을 세웠다. 어떤 힘든 상황이 닥칠지라도 기어코 육로로 세계를 한 바퀴 돌아 한국까지 닿겠다는 결심이었다.

지금 나는 바랑 하나 걸머지고 산을 내려와 만행 길을 떠나는 수행자의 마음으로 조금씩, 조금씩 반갑고 아쉬운 만남과 이별을 되풀이하며 한발 한발 앞으로 나아가고 있다. 내 속에 있는 모든 것을 버리고, 마지막으로 나를 버리기 위해 사람들을 만나고 지나치는 자연과 풍물을 돌아본다.

1년 오픈으로 끊어온 귀국 항공권은 이미 기한을 넘겨 휴지가 되어버렸다. 수개월씩 현지답

사를 하며 준비를 했는데도 예약한 여행 팀이 깨져 버리기도 했다. 이제 지갑 또한 가벼워져 찬바람이 횡횡 불어대고 있다.

스스로 의식하지 못하는 사이에 어느덧 나이 마흔의 문턱에 들어서고 있다. 흔히들 '불혹' 이라고 하지만 내게는 아직도 '유혹' 의 나이다.

마흔을 넘기는 생일에 나는 캐리비안 바다를 떠가는 돛단배 위에서 햇볕에 널어둔 생선마냥 널브러져 있었다. 열대의 불볕 태양에 데어 온몸의 허물이 한 껍질 벗어지고 있었다. 심지어는 발바닥의 살조차도 두텁게 벗어졌다.

그것은 마치 어린 날 썰매를 타다 얼음 속에 빠져 젖은 발을 모닥불에 말리다가 눌어붙은 나일론 양말의 바닥이 떨어져 나오듯 온전한 발바닥 모양으로 벗어지고 있었다. 행여나 다칠세라 조심스럽게 그것을 걷어내면서 하늘 한가운데서 이글거리고 있는 태양을 향해 간절히 빌었다.

'부디 마흔까지의 내 부끄러운 삶의 행적들이 이 허물과 같이 모두 벗어지고 새로이 태어날 수 있게 해주소서.'

남아프리카 산악왕국 레소토에서
최일순

배우 최민순 푸른별 트래블로그 29개월

아마존으로 가다
Go to the Amazon

벨렘 ➡ 싼타나 ➡ 마까파

마침내 나는 남반구를 벗어나 북반구로 올라가고 있다.
라틴아메리카 남쪽 여행을 일단락짓고 중부로 들어가는 것이다.
한낮의 뜨거운 태양이 중천에서 내려 쪼이고 있다.
이때 나는 또 한 가지 사실을 전혀 모르고 있었다.
이제 약 2주 뒤에는 다시 이곳으로 내려와서
장장 4천 킬로미터 이상 아마존을
거슬러 올라야 한다는 것을.

제 1 장

아마존, 누운 강 속의
순박한 사람들

눈부신 강 가에서 웃음은 기분 좋은 전염

눈앞에 붉은 강이 흐르고 있다. 아니, 황토빛 물이 흐르는 바다라고 해야 할 것 같다. 멀리 떠있는 섬을 제외하고는 수평선이 저녁노을처럼 붉은 이곳은 바다 같은 황토 강이다.

여기는 아마존 하구 도시 벨렘(Belem)! 드디어 나는 아마존의 황토빛 물가에 선다. 아마존은 바람에 일렁이는 거친 파도를 강변부두의 콘크리트 구조물에 부딪치며 안개비 같은 물보라를 일으킨다.

강변에는 오래 되어 지금은 쓰지 않는 컨테이너 하역 크레인들이 관광객을 위해 노란 페인트칠을 새로 뒤집어쓰고 있다. 그 옆으로는 이전에는 창고였을 건물들을 개조해 레스토랑들을 만들고 바깥에까지 운치 있는 테이블을 늘어놓았다.

야외 테이블에 앉아 맥주를 한 병 마신다. 붉은 노을빛 가득한 아마존은 10여 년 전 베트남 여행에서 만났던 쏭바 강을 연상케 한다. 중국의 황허와 동남아의 메콩 강 그리고 남아메리카의 아마존은 세계 3대 황토 강이다.

이 세 강의 공통점은 그 시작을 하얀 눈을 머리에 인 설산에서부터 출발한다는 것이다. 황허와 메콩은 히말라야가 시발점이고, 이곳의 아마존은 오랜 옛날에는 남아메리카 대륙 양쪽의 바다로 통했지만 그 이후 안데스산맥의 융기로 태평양 쪽이 막혀 지금은 안데스의 설산에서 시작해 대서양으로 흐른다. 아마존은 물이 차있는 면적으로는 세계최대를 자랑한다.

달이 뜨고 별들이 하나둘씩 반짝이기 시작한다. 온 도시를 다 뒤지다시피 해서 찾아낸 가장 싼 호텔 아마조네스는 나름대로 운치가 있다. 이제 막 문을 연 호텔인지 새로 칠한 페인트 냄새가 코를 찌르고 가전제품과 가구가 모두 새것이다. 방값도 싸지만 무엇보다도 지배인과 종업원들이 친절하다.

주방이 있어서 저녁식사를 겸해 소시지 한 봉지를 구워 와인을 곁들여 먹고 있는데, 벨기에에서 왔다는 여대생 두 명이 저녁 준비를 하러 들어온다.

하나밖에 없는 테이블에 함께 둘러앉게 된 그녀들은 배로 세 시간 거리인 요아네스라는 섬에서 아이들을 가르치는 봉사활동을 하고 있는데, 짧은 방학을 맞아 잠시 육지로 휴가를 나온 것이라고 한다.

그녀들이 준비한 저녁식사에 내 와인이 한잔씩 구색을 맞춘다. 저녁을 먹으면서 한참 대화가 오가자 한 여학생이 뜬금없이 제안을 해온다.

"우리가 봉사하고 있는 섬에 한번 가보지 않을래요? 며칠 후 돌아가는데 함께 가요. 마침 우리가 머무는 집에 빈 방이 하나 있으니 원하신다면 공짜로 얼마든지 사용할 수 있어요."

예정에 없던 새로운 여정이긴 하지만, 전혀 생각지도 않았던 횡재에 귀가 솔깃해진다. 관광지가 아닌 순수 원주민들만의 가난한 섬이라는 것이 내 호기심을 유발시킨다. 어차피 바람 부는 대로 움직이는 여정이니 마음은 이미 그곳에 함께 가기로 반은 결정을 내린다.

"한번 생각해볼게요."

뭐 별일이야 없겠지만 처음 보는 여학생들의 제안을 덥석 물어 채기가 좀 쑥스러워 그렇게만 대답한다.

이튿날 아침 강변에 접한 '베로페조' 시장으로 향한다. 그 이름이 물건의 무게를 다는 저울에서 유래되었다는데 아마존 최대의 도시답게 시장의 규모가 크다.

넓은 시장 안에서는 아마존과 대서양에서 갓 잡아온 물고기들을 손질하고 있다. 수미터가 넘는 커다란 물고기들이 퍼렇게 날이 선 정글칼 아래 토막이 난다. 상어와 잉어의 중간쯤 되는 커다란 물고기에서부터 이빨이 날카로운 식인물고기 피라니아까지 그 종류도 다양하다.

하지만 이곳에서 내가 가장 보고 싶었던 물고기는 1억 년 전 그대로의 모습을 간직하고 있어서 '살아있는 화석'으로 불리는, 약 5미터 정도의 크기로 비늘이 있는 민물고기 중에서는 세계 최대라는 필라루크다. 전 세계에서 유일하게 아마존에만 서식한다는데 오늘은 없다. 그 고기가 맛이 좋아 마구 남획을 해서 요즘은 잘 안 잡히는 데다 한두 마리 잡히더라도 이른 새벽에 다 팔렸을 거라고 한다.

어선들이 닿아있는 선창가에는 천막을 치고 식당과 주점들이 가득 차있다. 배에서 내린 건장한 선원들이 근육이 울퉁불퉁한 굵은 팔뚝을 드러내고 느긋하게 맥주잔을 들고 있다. 옛날 요새인 성곽 옆으로도 야외 식당 겸 주점들이 늘어서있고, 아침인데도 화장기 짙은 여인들이 선원들에게 찰싹 붙어 애교를 떨고 있다.

나도 야외 테이블에 앉아 튀긴 물고기 한 마리와 맥주 한 병을 시킨다. 샐러드와 국수까지 딸려 나오는데 값은 4헤알, 약 2달러다. 시장 인심이 푸근해 값도 싸고 맛있다.

눈부신 오전 햇살 아래 검게 그을린 사람들이 얼굴 가득 해맑은 웃음을 머금고 있다. 그 분위기가 맑고 밝아 내 기분도 차츰 유쾌해진다.

웃음은 기분 좋은 전염이다.

식당주인과 트럭운전사의 신나는 세계여행

점심시간이 되어 강변의 창고건물을 개조한 레스토랑으로 향한다. '파지양(波止陽)'이라고 한자로 이름을 쓴 식당이 눈에 들어온다. 물결이 멈추는 양지라, 참 좋은 이름이다. 이름이 마음에 들어 들어가 보니 주인이 일본인인 것 같다. 각종 생선 초밥과 회 등이 뷔페식으로 차려져 있다.

식사 후 야외 테이블에 앉아 디저트를 먹고 있는데 스콜이 쏟아진다. 그 스콜을 피해 낯익은 여행객 두 사람이 나를 향해 손을 흔들며 처마 밑으로 달려온다. '브라질의 아프리카'라는 흑인들의 도시 살바도르에서 동이 터올 때까지 함께 술을 마셨던 스위스아저씨들이다.

두 사람은 절친한 친구로 함께 6주간의 휴가를 즐기고 있다는데, 한 명은 독일과의 국경인 로렐라이 강가에서 고급 레스토랑을 운영하고 있고, 다른 한 명은 트럭

바다와 같은 아마존 하구 벨렘의 강변

아마존의 건강한 웃음은 기분 좋은 전염

친구끼리 여행을 다니는 식당주인(왼쪽)과 트럭운전사

황토빛 강가에서는 토산품에도 강물 빛이 어려

운전사라고 한다.

"우린 어릴 때 한마을에서 자랐어요. 지금은 서로 다른 곳에서 살고 있지만 이 친구가 트럭 운전을 하기 때문에 우리 집에 들러 자주 만날 수 있지요. 그래서 틈만 나면 함께 세계여행을 다닌답니다. 우리는 유쾌한 형제라고 할 수 있어요. 우리끼리 다니는 게 가장 편안하고 신나니까요. 마누라들은 항상 잔소리를 해대니까 함께 다니기가 겁나요."

두 사람은 거의 안 가본 나라가 없다면서 이들 또한 아마존을 보고는 베트남의 쏭바 강을 떠올렸다고 한다. 여행자의 느낌과 생각은 비슷한가 보다.

그런데 이들 여행의 주된 목적은 여자들에 있는 것 같다. 어디서든 술 마시면서 현지 여자들과 어울리는 게 큰 즐거움이라고 대놓고 이야기한다.

맥주 몇 병을 마시면서 노닥거리다가 해가 뉘엿해지자 한 아저씨가 어디선가 젊은 여자 세 명을 데리고 온다. 이들은 그녀들에게 비싼 칵테일을 사주며 여자들이 떨어대는 교태를 즐긴다. 내게도 여인을 한 명 앉혀 주었지만 내가 낄 자리가 아니어서 일어나 숙소로 돌아온다. 벨기에 학생들과 저녁을 함께 지어먹기로 약속한 것이다.

신선한 채소와 쌀을 사서 숙소로 돌아와 감자볶음을 만들었더니 학생들은 맛있어하면서도 내가 매운 고추를 너무 많이 넣어, 수시로 헛바닥을 내보이며 호호거리고 물을 찾는다. 그러면서 별반 어려울 것도 없는 감자볶음 요리법을 가르쳐달라고 한다.

저녁을 먹으면서 학생들은 다시 한 번 자기들 섬에 가자고 조른다. 그녀들은 내일 아침 일찍 떠날 거란다.

"내가 그 섬에 가서 무얼 할 수 있지요?"

이왕이면 나도 섬사람들에게 도움이 되고 싶다.

"가서 우리가 하는 걸 지켜보면 일거리를 찾을 수 있을 거예요. 일단 한번 가보자고요."

드디어 못이기는 체하며 함께 가기로 한다.

강 속의 섬! 밝고 순수한 인디오마을

붉은 황토빛 강물이 거칠게 몸부림친다. 제법 큰 철선인데도 바다와 같은 거친 강심에서는 가랑잎처럼 흔들린다. 게다가 세찬 비까지 쏟아진다. 황토의 붉은 강은 점점이 떠있는 몇 개의 섬들을 빼고는 사방이 끝없는 회색빛 하늘과 맞닿아 있다. 바다 같은 붉은 강이다.

작은 섬 몇 개를 스쳐 지나 요아네스에 배가 닿는다. 하늘이 뚫린 듯 쏟아지는 비를 맞으며 대기하고 있던 미니버스에 오르니 좁은 2차선 포장도로를 달려 어느 집 앞에 우리를 내려준다. 집은 작지만 아담하고 마당이 넓다. 뒷문 밖으로는 바로 은빛의 백사장이 펼쳐진다. 이윽고 비가 그치고 뜨거운 태양이 젖은 섬을 말리기 시작한다.

집에는 청년이 한 명 더 있다. 같은 벨기에 사람으로 스물일곱 살이라는데 처음 인사할 때부터 말투가 묘한 적대감을 느끼게 한다.

백사장에 있는 식당에서 모두 함께 저녁을 먹는다. 서늘한 강바람이 더위를 식혀준다. 먼저 시원한 코코넛 열매의 즙을 하나씩 마시고 생선튀김에 맥주를 마신다. 식당 주인 사내는 손님이 우리밖에 없는데도 음식을 내올 때마다 만면에 웃음을 머금고 100미터 달리기를 하듯 빠르게 뛰어다닌다.

여학생들의 이름은 파멜라와 리스벳이고, 청년의 이름은 알렉산더인데 그냥 알렉스라고 부르라고 한다. 알렉스는 시종 내게 질문공세여서 염탐을 하는 것 같다. 한참 동안 질문을 퍼붓던 그는 마침내 궁금한 모든 것을 알았다는 듯 일어서서 학교 수업이 있다면서 가버린다.

배에서 내린 선원들이 강물로 건장한 몸을 씻고 ◐

파멜라와 리스벳은 내게 알렉스는 며칠 후면 벨기에로 돌아가니 몇 달이고 이곳에 머물고 싶을 만큼 머물러도 좋다고 강조한다. 눈치에 이들은 알렉스와 그리 친해 보이지 않는다. 어쩌면 알렉스를 견제하기 위해 나를 데려왔는지도 모르겠다.

알렉스가 수업을 하고 있는 학교로 가본다. 학교라고는 하지만 좁은 창고 건물에 책상 몇 개가 놓여있고 나이가 고르지 않은 원주민 몇을 앉혀두고 영어를 가르치고 있다.

하지만 정작 알렉스 자신부터 자기네 말이 아닌 터라 영어발음이 서툴러 더듬거린다. 그래도 그것을 알 턱이 없는 학생들은 시키는 대로 고분고분 따라 읽는다. 오늘의 수업 내용은 호텔 투숙 때 쓰는 영어회화인데, 가난한 이곳 원주민들이 언제 호텔에 투숙해서 "방을 바꾸고 싶습니다" 같은 호텔용어를 쓸 일이 있을지 의문스럽다.

수업을 끝낸 알렉스와 단둘이서 다시 백사장의 식당 테이블에 앉는다. 여학생들이 없어서 그런지 녀석은 적의를 많이 누그러뜨리고 이제야 내게 '친구'라는 단어를 쓴다.

거의 둥글게 차오른 달이 길게 누운 아마존을 비추고, 몇몇 낡은 돛대를 펼친 조각배들이 달빛으로 아스라한 밤의 강에서 고기잡이를 하고 있다.

이튿날 학생들과 청년은 수업을 하러 나가고 나는 마을을 한 바퀴 돌아본다. 원주민 인디오들만 모여 사는 작은 마을은 매우 가난해 보인다. 작은 구멍가게가 두엇 있는데 군것질거리 몇 가지가 초라하게 진열되어 있을 뿐이다. 먹음직스럽지도 않고 양도 보잘 것 없다.

하지만 사람들은 가난에도 불구하고 순진하고 겸손하며 건강하다. 마주치는 사람마다 더없이 밝은 웃음을 웃으며 인사를 한다.

강가로 나가니 어부들이 작은 통나무배에 비닐 천 등으로 돛을 만들어 달고는

강가의 미녀는 누구를 기다리는 걸까? ◑

고기잡이를 한다. 그중 배 한 척이 백사장으로 들어오자 마을 사람들이 몰려든다. 종류가 다른 물고기 40여 마리가 내려져 즉석에서 팔려나간다. 30센티가 넘는 물고기 두 마리 값이 5헤알, 우리 돈 2천 원이 조금 넘는다.

물고기를 모두 판 어부가 돈을 센다. 100헤알이 못 되어 보인다. 하지만 이곳에서는 작지 않은 돈인 것 같다. 일과를 마친 흐뭇함이 얼굴에 가득한 어부는 통나무배를 뒤집어놓고는, 팔지 않고 남긴 물고기 두 마리를 꿰어 들고 백사장을 걸어간다. 집으로 돌아가는 그의 뒷모습이 아름답다.

어부의 그 모습에서 장날이면 자반고등어 한 손을 들고 오시던 내 어린 날의 아버지 모습이 떠오른다. 아버지가 너무나 보고 싶다. 아버지와 어머니, 형들과 함께 가난하지만 단란하던 그 시절이 눈물 나도록 그립다.

백사장에서는 소녀들이 즐겁게 소리를 지르며 놀고 있다. 엄마는 강에서 빨래를 하고, 소녀들은 강물에 떠밀려온 커다란 나무둥치 위에 올라 강물로 뛰어들기를 반복한다.

빨래를 마친 엄마는 소녀들의 도움을 받아 함께 데려온 강아지까지 잔뜩 비누칠을 해 씻어낸다. 강아지는 잠시를 가만있지 못하고 퍼덕이긴 하지만 그래도 그리 싫지 않은 듯 엄마의 손에 몸을 맡기고 있다. 평화로운 강마을 풍경이다.

다시 백사장 식당으로 간다. 역시 손님은 나밖에 없는데도 주인사내는 여전히 가게 안과 백사장에 놓인 테이블 사이를 100미터 달리기로 뛰어다닌다.

물고기 튀김에 맥주를 시킨다. 튀긴 물고기는 내가 보고 싶어 하던 바로 그 '살아있는 화석' 필라루크다. 그러나 이미 토막을 낸 손질을 한 뒤라 본래의 모습은 볼 수가 없다. 희고 잘 다듬어진 토막들이 통속에 넣어져 냉장고에 들어있다. 필라루크는 들은 바 그대로 황홀할 정도로 맛있다. 입안에서 쫄깃쫄깃 씹히는 감칠맛이 톡톡 터지는 듯하다. 지금껏 먹어본 생선 중에서는 최고의 맛이다.

테이블 옆 모래사장에서 꼬마들이 놀고 있다. 녀석들은 뒤집어둔 통나무배 속으로 숨어들며 숨바꼭질을 하더니 이내 싫증이 났는지 발로 뼘을 재어 골대를 만들

뒤집어둔 배 위에서 놀고 있는 아이들

아이들의 그림 속에는 이곳에서 볼 수 있는 것들만 들어있어

고는 찌그러진 공으로 축구를 한다. 지켜보던 내가 끼어들자 좋아라고 환성을 지른다. 나 혼자 꼬마들 모두를 상대로 축구를 해서 이긴다.

식당 주인사내가 웃으며 다가와서는 그중 한 꼬마를 가리키면서 자기 아들이라고 자랑을 한다. 그는 달려가 사진까지 가지고 와서는 자기와 비교하며 자랑을 한다. 꼬마들은 모두 귀엽다. 다시 테이블에 앉아 맥주를 마시자 꼬마들이 자기들끼리 하는 축구는 재미가 없는지 공을 가지고 와선 또 하자고 덤빈다. 잠시 더 뛴다.

보름달 아래 발가벗고 아마존에 뛰어들어

파멜라와 리스벳이 동네 조무래기들을 모아놓고 그림그리기 수업을 하는 곳에 가본다. 복사용지 한 장씩과 그림물감, 크레용 등을 나누어주고 그림을 그리게 하는 것이다. 마을 조무래기들은 비록 도화지는 아니지만 하얀 종이에 자기들의 상상과 꿈을 펼쳐낸다.

한 그림 속에는 야자수를 타고 올라가는 사내가 재미있게 그려져 있다. 강과 배, 사람, 태양, 집, 나무, 꽃 같은, 이곳에서 볼 수 있는 것들이 아이들이 그려내는 모든 것이다. 자동차나 기차, 비행기 같은 것들은 없다. 물론 탱크나 총칼도 없다.

어느 날 저녁에는 마침 이곳의 전통춤 '깔림보'를 연습하는 모임이 있다. 어둠이 내리고 밤 10시쯤 되자 동네 사람들이 걷거나 자전거를 타고 마을에서 가장 큰 강당으로 모여든다. 어른들이 지켜보는 가운데 청년들이 음악을 연주하고 소년소녀들이 짝을 맞추어 열심히 춤을 춘다.

강가에서 빨래하는 동작부터 노를 저어가며 물고기를 낚는 동작, 숲에서 사냥하는 동작 등 이곳의 일상생활이 춤의 형식으로 전개된다. 음악은 커다란 통나무북 소리가 주된 신호음이며 여기에 손에 들고 흔드는 방울과 기타 등이 가세한다.

리더인 청년은 마이크로 열심히 장단을 맞추며 노래를 한다. 한참을 그러더니 교대로 역할을 바꾸어 두 시간 정도 땀을 뻘뻘 흘려가며 춤 연습을 한다. 이제 곧 돌아오는 축제일에는 제대로 옷을 갖추어 입고 더 웅장한 음악에 맞춰 신바람 나게 춤을 출 것이다. 이 섬에는 축제 기간에만 뭍에서 관광객들이 온다고 한다.

밤 12시가 넘었는데도 가로등도 없는 마을의 중앙 도로에서는 동네 아이들과 청년들의 노는 소리가 끊이지 않는다. 파멜라와 리스벳도 그들과 어울려 자동차 없는 도로에서 자전거 경주를 한다. 달빛이 희미한 도로에서 자전거를 타고 끝까지 달려갔다가 되돌아오는 경주다. 스무 살쯤 된 원주민 처녀가 언제나 일등이고, 배가 나온 알렉스는 늘 꼴찌다.

이튿날 옆집의 원주민 처녀가 친구와 함께 플라스틱으로 조잡하게 만든 피리를 들고 찾아온다. 내가 전날 잠시 대금과 쿠스코에서 산 단소를 불어 보았더니 가르쳐 달라고 온 것이다.

그들은 대금은 전혀 소리를 낼 수 없으나 단소는 제법 분다. 내가 그 단소로 아리랑을 가르쳐주었더니 한두 시간 지나자 제법 그럴 듯하게 흉내를 낸다. 눈썰미와 재주가 있다. 그들은 아리랑을 배우고 나는 그들의 전통음악인 '깔림보' 를 배운다.

이들이 만든 피리가 너무 조잡해서 내가 오랫동안 간직하려고 산, 뿔까지 입혀서 만든 잉카단소를 이들에게 선물로 준다. 이것을 그대로 본떠서 대나무를 구해 똑같은 단소를 더 많이 만들라는 말과 함께.

말이 잘 통하지는 않지만 몸짓과 표정으로 그들이 잘 알아들었다는 걸 느낀다. 시간이 된다면 그들과 함께 만들고 싶지만 그럴 시간이 없을 것 같다.

나는 악기든 옷가지든 내가 가진 것들을 좋아하는 사람을 만나면 그냥 줘버리는 버릇이 있다. 대부분이 먼 여행길에서 고민하며 산 것들이라 구하기가 쉽지 않지만 귀한 것일수록 주는 마음은 더 뿌듯하다.

다시 백사장 식당으로 향한다. 하늘은 흐리지만 둥근 보름달이 구름 속에서 달무리를 거느리고 밤의 아마존을 비추고 있다. 사위가 고즈넉하다.

어두운 구석자리에 앉아있던 주인사내의 어머니가 내가 앉은 테이블로 옮겨온다. 말이 통하지 않으니 그저 웃으며 맥주잔만 부딪친다. 주인은 여전히 맑은 웃음

을 웃으면서 식당 안과 테이블 사이를 뛰어다니면서 할 것도 없는 일을 만들어 심부름을 한다. 매우 부지런하다.

이제 내일 이곳을 떠나기로 마음먹는다. 하는 일도 없이 오래 머물렀다는 생각이 든다. 처음 예정보다 일찍 떠나기로 한 것은 내가 이들에게 도움이 될 일이 별로 없기 때문이다.

그러나 무엇보다도 자꾸만 여인으로 다가오는 파멜라가 부담스럽다. 그녀는 내가 섬에 도착한 날부터 내게 머리를 비벼대며 친숙함을 표시해왔다. 어디서나 내 손을 잡으려 하고, 틈만 나면 이야기를 나누며 내 눈을 쳐다보고, 가능하면 둘이서만 있고 싶어 했다. 나중에 알고 보니 그녀의 그런 행동이 알렉스에게 반감을 사게 만든 것이다.

행여나 내가 어리고 아름다운 그녀에게 빠질까 겁이 난다. 그녀는 나를 자기네식으로 편하게 그냥 친구나 오빠 정도로 생각하는지 모르겠으나 그러기에는 내 마음이 너무 불편하다. 나는 그녀의 친구가 되기에는 나이가 많고 연인이 되기에는 거리가 멀다. 게다가 나는 서울에 한 사람을 남겨두고 온 것이다.

아까 오후에 파멜라를 만나 내일 떠나겠다고 하자 뜻밖의 말에 놀라는 눈빛이었지만 더 이상의 이유는 묻지 않았다. 그런 그녀에게 부탁해 선착장까지 교통편을 예약해 두었다.

마지막 밤이라 생각하고 주위를 둘러보니 넓고 긴 아마존이 흐린 보름달빛 아래 낮게 일렁이며 백사장으로 몰려오는 광경이 알 수 없는 서러움을 불러일으킨다. 가슴 속에 오열과 같은 감정이 꽉 차오른다. 백사장의 모래가 달빛에 하얗게 반짝이는 걸 보자 문득 저 강에 뛰어들고 싶은 욕구가 번쩍인다.

그런 욕구가 일자 벌떡 일어나 옷을 벗기 시작한다. 마지막 속옷까지 벗어 의자에 던지니 의아하게 지켜보던 식당 주인의 어머니가 놀란 눈이 된다.

전 속력으로 아마존을 향해 달려 나간다. 발가벗은 나는 물살이 희미하게 몰려들고 몰려나가는 아마존을 향해 냅다 뛰어가 물속으로 첨벙 자맥질을 한다. 아마존의 고요하면서도 힘찬 물살이 온몸으로 부딪쳐온다.

어깨쯤 잠기는 곳에서 불쑥 일어서서 섬을 바라본다. 어두운 섬이 불빛 몇 개만 반짝이며 검게 웅크리고 있다. 다시 강의 더 안쪽을 바라본다. 검은 물결이 그 끝을 알 수 없도록 잔잔하게 일렁이고 있다. 잠시 알 수 없는 두려움이 몰려온다. 세상의 각박한 인심에 대한 두려움인가, 아마존의 준엄한 자연에 대한 두려움인가, 아니면 단순히 낯선 것에 대한 두려움인가?

두려움을 떨쳐버리기 위해 다시 자맥질을 한다. 아마존의 물결이 내 몸을 백사장 쪽으로 밀어낸다. 천천히 물가에 이르자 일어서서 다시 전 속력으로 백사장을 달린다. 보름달 아래 아마존 강가를 발가벗고 미친 듯이 달려가고 달려온다. 온몸의 힘이 완전히 빠질 때까지 그렇게 달린다.

때때로 나는 휘영청 둥근 보름달 아래에 서면 야생의 짐승처럼 미치곤 한다.

거의 탈진상태가 되어 테이블 쪽으로 다가가자 친절하고 사려 깊은 주인사내가 아무렇게나 벗어 던져둔 내 옷가지 위에 깨끗한 수건을 올려놓고, 백사장 쪽의 야외를 밝히는 불을 모두 꺼두었다. 물기를 닦고 옷을 꿰어 입자 그제야 다시 전등을 켠다. 사내의 어머니가 그런 나를 바라보고 웃는다. 시원한 맥주를 마시며 사내의 어머니와 건배한다.

숙소에 돌아오니 알렉스만이 해먹에서 잠들어 있다. 파멜라와 리스벳은 오늘도 밤이 늦도록 동네 처녀들과 자전거 경주를 하는 모양이다. 초저녁에 파멜라가 이따가 꼭 도로로 나오라고 했지만 마음을 돌려 그냥 해먹에 들어가 잠을 청한다.

시계를 새벽 4시 25분에 맞춰두고 잠이 들었으나 세찬 빗소리와 모기떼 때문에 한 시간 간격으로 잠이 깬다. 그러다가 마침내 시계가 울릴 때는 하늘에 구멍이 난 듯 세찬 장대비가 쏟아지고 있다. 알렉스는 옆 해먹에서 깊이 잠들어 있고, 미리 꾸려둔 배낭 위에는 파멜라와 리스벳이 쓴 편지가 놓여있다.

아마존에서 잡은 물고기를 사들고 집으로 돌아가는 섬 소녀

마냥 신나는 강아지와 아이들

가진 게 없어도 마냥 행복한 강변

'만나서 기쁘고, 그동안 재미있었어요. 건강한 여행 하시고 가끔 연락해 주세요. 감자조림 맛있었어요. 다음에 만나면 내가 해줄게요. 고마워요. -파멜라, 리스벳.'

마지막에 이메일 주소가 적혀 있다. 하지만 이 편지는 오랜 여행을 거치며 배낭 안에서 접혀지고 비벼진 후 글씨를 알아보기 힘들게 되었다.

사람들이 깰까 싶어 조심조심 양치질만 하고, 알렉스만 살짝 깨워 손을 흔들어 보이고는 집을 빠져나온다. 대문을 벗어나며 파멜라가 자는 방의 창 쪽을 보니 어두운 방에서 문밖으로 나를 내다보는 파멜라의 뚜렷한 윤곽이 보인다. 나는 보일 듯 말 듯 고개만 까딱이고는 살짝 몸을 돌린다.

벨렘으로 돌아오는 배는 갈 때처럼 요동치지 않는다. 강은 잔잔하고 아침 햇살에 황토물이 잘게 부서지며 비늘처럼 반짝인다.

마까파로 가는 배 안의 '막가파' 인간군상

아마존을 건너기로 한다. 강 건너편의 마까파를 거쳐 가이아나로 올라가기 위해서다. 프랑스의 유형지였던, 영화 〈빠삐용〉의 섬이 있는 프렌치 가이아나가 오래 전부터 내 마음을 사로잡고 있었기 때문이다.

적도 부근의 프랑스령 가이아나로 향하던 죄수 수송선에서 '빠삐용(스티브 맥퀸)'과 '드가(더스틴 호프만)'가 만난다. 빠삐용은 조작된 살인죄로, 드가는 위조지폐범으로, 죄수들이 당하는 끔찍한 일들을 함께 겪으면서 짙은 우정이 오간다.

드디어 두 사람은 탈주를 결심한다. 빠삐용은 자신을 범인으로 본 검사에 대한 복수심 때문에, 드가는 아내에게 당한 배신 때문에.

그러나 첫 번째 탈주에서 이들은 실패하고 무시무시한 독방에서 2년을 보내게 된다. 빠삐용은 다시 탈주를 시도해 겨우 콜롬비아에 도착했으나 수도원장에게 속아 세인트 조세프 감옥의 독방으로 돌아가 다시 5년을 보낸다. 드가의 우정만이 빠삐용에게 용기를 준다.

이들은 또다시 탈출을 시도하다 붙잡혀 상어 떼가 득실대는 악마의 섬으로 보내진다. 인간이 만든 감옥 중에서 가장 끔찍한 감옥이라는 그곳에서 빠삐용은 또다시 탈주를 계획하지만 드가는 빠삐용과 함께 떠날 수 없는 몸이 된다.

끝까지 자유에의 의지를 버리지 않은 빠삐용은 수십 미터의 벼랑에서 야자열매를 가득 채운 자루와 함께 바다 속으로 뛰어든다. 파도에 머리가 가라앉고 떠오르면서 그의 모습은 차츰 푸른 바다로 멀어져 간다.

〈패튼대전차군단〉을 만든 거장 프랭클린 샤프너 감독이 연출한 이 영화를 보면서 나는 가슴이 벅찼다. 개성파 배우들의 연기도 압권이었지만 자유를 향한 끈질긴 염원과 굴하지 않는 도전에 대한 감동으로 가슴이 터지는 것 같았다.

하지만 지금 당장 출발하는 마까파행 배에는 자리가 없다. 호객꾼 사내가 다가와서는 다른 쪽에서 곧 출발하는 배가 있다고 소곤거린다. 다소 미심쩍으나 그를 따라 나서기로 한다. 택시는 어시장 쪽을 돌아 도시의 다른 쪽 빈민가를 지난다. 혹시! 하는 불안한 생각이 머리를 스쳤으나 빈민가를 지나자 또 다른 강의 지류가 나온다.

막 떠날 채비를 하고 있는 완행 배는 그야말로 도떼기시장이다. 발 디딜 틈 없이 사람들이 가득 차 있고, 그들이 걸어둔 해먹 때문에 안으로 걸어 들어가는 것조차 힘들다. 검게 그을린 사람들이 커다란 배낭을 끌고 들어오는 나를 지켜보며 눈을 반짝인다.

그들 틈에서 무방비 상태로 해먹에서 잠을 잔다는 것은 여행에 이골이 났다고 자부하는 나로서도 쉽게 상상이 되지 않는다. 배낭이며 전대며 카메라 등을 저 반짝이는 눈들로부터 어떻게 간수한단 말인가?

사내에게서 산 표를 무르고 4인용 선실표로 바꾼다. 다행히도 선실은 딱 한 자리가 비어 있다. 20헤알을 더 냈으나 사내는 거짓말을 하지는 않았다.

좁은 선실엔 2층 침대가 두 개 놓여 있다. 키득거리는 30대 사내 둘과 20대 청

년 하나가 들어서는 내게 자리를 비켜준다. 그러면서 청년이 말을 건다.

"어디서 왔냐?"

"한국에서."

"아, 몇 년 전에 월드컵 한 나라?"

"월드컵뿐이냐, 올림픽도 했다. 한국은 극동아시아에 있는 매우 훌륭한 나라다. 너는 그것도 모르냐?"

짜증스러워 한마디 퉁명을 부렸으나 녀석은 못 알아들었는지 곰살궂은 표정을 바꾸지 않고 친근한 웃음을 보인다.

배에는 이런 선실이 네 개 있다. 그중 선장실과 중요물품 창고로 쓰는 선실을 빼면 실제 손님용은 두 칸이다. 선실에는 약하게나마 환기통을 통해 바깥바람이 새 들어오고 있다. 하지만 문을 닫으면 캄캄한데다 숨이 막힐 듯 답답하다.

선창에 짐을 다 실은 배가 넓은 강으로 빠져나간다. 마까파까지는 이 배로 25시간이 걸린다고 한다. 지도상으로 보면 이쪽 강에서 저쪽 강으로 건너가는 것뿐인데도 그렇게 걸린다. 시속 17노트로 25시간!

식당 옆의 구멍 속에서 커다란 엔진이 굉음을 울리며 돌아가고 있어서 옆을 지나치기만 해도 귀가 먹먹해진다. 배는 가장 아래층의 화물칸과 1층의 식당과 갑판, 2층의 지붕 있는 갑판으로 되어있다. 아래위층의 갑판에는 사람들이 빈틈없이 해먹을 쳐두고는 누에고치처럼 그 안에 들어가 누워있다. 그 사이에는 주먹 하나 제대로 집어넣을 공간도 없어 보인다.

2층의 갑판 뒤쪽에는 화장실과 욕실 그리고 배의 출발과 동시에 요란하기 그지없는 음악이 터져 나오는 매점이 있다. 그곳에서 한 떼의 사람들이 배가 출항하자마자 술판을 벌인다. 마구 섞어 술을 마시는 사람들은 누가 일행인지도 구분이 안 된다. 이들은 옆에 앉아서 5분만 지나면 서로 마치 오랜 지기인 것처럼 뒤섞여버린다.

처음 보기에 사람들은 대개가 불량해 보인다. 웃통을 벗은 채 맥주 깡통을 들고 낄낄거리는 사람들은 빡빡머리도 있고, 애꾸눈도 있고, 온몸에 싸구려 문신이 가득

한 거구도 있다. 그야말로 모두 이전에 한국에서 떠들썩하게 난동을 부렸던 '막가파'들처럼 보인다.

배는 바다처럼 넓은 아마존을 한 조각 가랑잎처럼 떠가다가 섬들 사이로 난 좁은 수로를 지나기도 한다. 좁은 섬들 사이를 지날 때면 근처의 몇 채 보이는 집들로부터 소년소녀들이 부지런히 통나무 쪽배를 저어 다가온다. 양쪽 섬에서 습격하듯 몰려드는 쪽배들에 의아해했으나 이내 그 이유를 알게 된다.

쪽배들이 다가오자 갑판에 섰던 사람들이 미리 준비한 선물을 담은 비닐봉투를 강으로 던지는 것이다. 봉투 안에는 담배도 보이고 비스킷과 빵 쪼가리도 보인다. 어떤 종교적인 이유라도 있는 것이냐고 선원에게 물으니 그건 아니고 그냥 자발적인 선물이라고 한다.

대처에 나갈 일이 거의 없는 가난한 인디오 아이들에게는 지나가는 배에서 던져주는 과자 부스러기도 경쟁하듯 쪽배를 열심히 저어 다가올 만한 훌륭한 이유가 될 터이다.

어느 아낙네의 쪽배가 너무 가까이 접근해 하마터면 부딪칠 뻔한다. 큰 배가 만들어낸 물살에 순간 뒤집힐 것 같아 사람들이 놀라 뱃전으로 달려가 살펴보았지만 다행히 가까스로 균형을 잡는다. 아낙네도 놀란 얼굴이다. 발가벗은 아이들이 강에 떨어진 비닐 봉투를 향해 맹렬히 노를 젓는다.

달빛 아래 물위로 피어오르는 연꽃송이들

날씨는 비가 뿌리고 해가 나고를 반복한다. 비가 쏟아질 때는 갑판 옆으로 푸른색 천막이 내려진다. 몇 시간이 지나자 처음의 낯선 경계심이 차츰 누그러지면서 주위에 익숙해진다.

사람들이 들어가 있는 해먹을 밀며 화장실과 매점을 오가는 여유도 부린다. 까맣게 그을린 사람들과도 웃음을 섞어 말을 주고받는다. 이들은 겉보기와는 달리 매우 순수하다.

길이 약 25미터, 너비 약 10미터의 배 안에 어림잡아 250명 이상이 탔다. 그들이 들어가 있는 해먹들은 거미줄에 잔뜩 매달린 알 같기도 하고 실을 잣는 누에고치들을 모아둔 잠실 같기도 하다. 기둥에 매달린 해먹을 일삼아 세다가 백 몇 개까지를 세고는 너무 많이 겹쳐져 있어서 포기한다.

갑판 뒤편 매점에서 시끄러운 음악에 맞춰 사람들이 몸을 흔들어가며 술을 마신다. 그 틈바구니에 끼어 나도 맥주 한 캔을 마신다. 배 뒤로 스크루에 감돌아 빠져나가는 물살이 세차다.

저녁 땅거미가 무겁게 내려앉는 아마존에 또 비가 쏟아진다. 천막을 내렸으나 세찬 빗줄기가 틈새를 비집고 흘러든다.

싸구려 문신의 사내가 자꾸 말을 걸어오더니 빡빡머리와 애꾸눈도 가세한다. 지독한 술 냄새를 풍기는 그들과 어울리고 싶지 않아 건성으로 대답해주고 있는데, 배낭족으로 보이는 청년 셋이 매점으로 들어온다.

브라질 사람이라는 키 큰 청년은 영어를 곧잘 하고, 시종 미소를 띠고 있는 프랑스 청년은 영어는 못하지만 눈이 마주칠 때마다 얼굴 가득 웃음을 지어 보인다. 조그만 현지인 청년도 쉬지 않고 재잘거리기는 해도 선해 보인다. 같은 여행자들을 만나니 적진에서 아군을 만난 듯 반갑다. 이들도 모두 프렌치 가이아나로 간다고 한다.

내가 이들과 어울리자 싸구려 문신과 빡빡머리와 애꾸눈은 매점 둘레에 서 있던 여자들에게로 관심을 돌린다. 그중 한 여인이 내게로 자꾸 호기심 어린 시선을 보내오는데 나는 짐짓 모른 척하고 스크루를 돌아 빠져나가는 강물만 바라본다.

선실 쪽으로 돌아오니 같은 방의 청년은 언제 어디서 낚았는지 또래의 여자아이 하나와 조타실 좌우를 엉켜 돌며 시시덕거리고 있다. 보기에 이미 두 사람 사이에 상당한 진척이 있어 보인다.

뱃머리에 서서 어두운 강을 한 동안 바라본다. 비는 그치고 둥근 달과 별들이 빛난다. 지상 최대의 강이 달빛과 별빛 아래 고요히 잠에 빠져들고 있다. 잔잔해진

배를 타고 아마존을 거슬러 오르는 사람들

강변의 집은 혼자서도 외롭지 않아

아마존의 강물 위에 한국에 두고 온 사람의 얼굴이 떠오른다.

어려운 때에 만나 서로 사랑은 깊지만 정작 오랜 시간 함께하지는 못한 내 사람! 나는 다시 기약 없는 방랑길에 오르고 그녀 또한 머잖아 먼 길을 떠나갈 것이다. 언제 우리에게 함께 한 곳을 바라보며 이야기하고 서로를 바라볼 수 있는 시간이 주어질까?

이러다 애꿎은 시간만 흘려보내는 건 아닐까 안타까움이 인다. 한곳에 똬리를 틀지 못하는 스스로의 어리석음에 대한 회한이 달빛 아래 강물처럼 일렁인다.

때마침 도톰한 수련 한 송이가 물 위에 피어오른다. 시간이 지나면서 수련은 도처에서 피어오른다. 물속에 봉오리가 잠겨 있다가 때가 되면 물위로 꽃을 피워내는 것이다. 피어오른 수련들이 배가 지나가면서 마치 꽃의 강처럼 뒤로 흘러간다.

아침 햇빛이 찬란하게 비춰오고 있다. 햇살에 반짝이는 아마존의 아침 풍경은 웅장하면서도 섬세한 아름다움으로 가득 차 있다. 황토물이 점점이 떠오르는 연꽃들을 안고 서서히 흘러내려가고, 간간히 보이는 섬들에는 울창한 열대림이 가득 차 있다. 폐부 깊숙이 아침 공기를 들이마시자 가슴이 시원해진다.

강기슭으로는 집들이 한두 채씩 외롭게 떠있고, 잠에서 깨어난 아이들이 집 앞 나루에서 열심히 손을 흔든다. 이름을 알 수 없는 새들이 날고 수없는 물고기들이 황토물 위로 펄떡이며 힘차게 뛰어오른다.

사람들이 짐들을 정리하기 시작한다. 해먹들이 걷혀진다. 어제 오전 10시에 벨렘을 출발했으니 이제 11시면 목적지에 닿을 것이다.

짐 정리를 마친 사람들이 뱃전에 몰려 아마존의 풍광을 바라본다. 어제의 낯설음과는 달리 얼굴 하나하나가 친숙하게 느껴진다. 모두 활짝 웃으며 아침 인사를 건네 온다.

섬 사이의 수로 같은 강을 지날 때면 여전히 맨살의 아이들이 갈색 피부를 반짝이며 쪽배를 저어 바쁘게 다가온다. 하지만 던져지는 비닐봉투의 수는 어제보다 훨

배에서 바라본 아름다운 산타나 항

마음씨 좋은 선장의 하회탈 같은 얼굴

씬 적다.

술이 깬 애꾸눈과 싸구려 문신의 사내도 어제와는 느낌이 사뭇 다르다. 수줍게 미소를 지어보이는 사내들은 의외로 순박해 보인다.

이윽고 배가 육지에 닿는다. 정확히 말하면 이곳은 마까파에서 가까운 싼타나 항이다. 25시간 동안 강을 건너온 배가 마침내 닻을 내린다.

배낭족 청년 셋이 부두에 서있다. 그들은 내가 프렌치 가이아나로 가는 걸 알고 함께 가자고 청한다. 나로서는 고마운 일이다. 국경으로 가는 사람들은 이들 말고도 대여섯 명 더 있으니 잘 되었다.

버스로 아홉 시간 거리인 국경마을 오이아포케까지는 버스가 하루 한 번밖에 없는데, 오늘 버스는 이미 아침에 떠나버렸으니 승합차를 함께 대절할 일행이 없으면 아무것도 없는 황량한 부두에서 하루를 묵어야 한다.

6인승 승합 트럭을 대절하고 나서 일행은 낡고 오래 되기는 했으나 정감이 풍기는 좁은 시장 골목에서 아침 겸 점심을 먹는다. 판잣집 식당에서는 골목 가득히 맛있는 냄새와 연기를 피워 올리며 물고기와 닭, 돼지고기 등을 숯불에 굽고 있다.

승합 트럭은 차 안의 좌석은 90헤알(1헤알=약0.6달러), 짐칸은 50헤알이다. 나는 돈도 아낄 겸 시원한 공기를 마시며 가기로 작정하고 짐칸을 택했는데, 점심을 먹고 차로 돌아와 보니 높이 2미터도 더 되는 짐을 잔뜩 싣고 가로 130센티, 세로 40센티 쯤 되는 공간만 남아있다.

하지만 나는 이때까지도 전혀 몰랐다. 이제 잠시 뒤면 이 공간에서 다섯 명의 사내가 뒤엉켜 정글 길 열두 시간을 꼼짝없이 달려야 한다는 것을.

승합 트럭의 정원초과 영업이 불법이라 우선은 도시의 검문소를 피하기 위해 마까파 외곽의 지정된 장소까지 택시를 타고 간다. 마까파는 아틀란틱 해를 끼고 있는 조용한 항구도시다.

안데스의 만년설에서 출발해 장장 6770킬로미터를 흘러온 아마존의 황토물이 이곳에서 넓은 삼각주를 형성하며 대서양의 바닷물과 섞인다.

갑자기 브라질 청년이 좌측의 한 건물을 가리키며 소리친다.

"쏜, 봐라! 저 건물이 바로 적도기념탑이다!"

커다란 흰색 건물은 위층에 집채만 한 지구본 건물을 이고 있고, 건물 바닥에는 하얀 줄이 길게 쳐져있다. 그게 바로 적도, 즉 0도선이다. 저 선을 경계로 아래위가 남반구와 북반구로 나뉜다.

마침내 나는 남반구를 벗어나 북반구로 올라가고 있다. 라틴아메리카 남쪽 여행을 일단락짓고 중부로 들어가는 것이다. 한낮의 뜨거운 태양이 중천에서 내려 쪼이고 있다.

하지만 이때 나는 또 한 가지 사실을 전혀 모르고 있었다. 이제 약 2주 뒤에는 다시 이곳으로 내려와서 장장 4천 킬로미터 이상 아마존을 거슬러 올라야 한다는 것을.

마까파 ◎ 오이아포케 ◎ 프렌치 가이아나 ◎ 가옌–수리남 ◎ 파라마리보 ◎
뉴니케리 ◎ 파라마리 ◎ 수리남 국경 ◎ 가옌 ◎ 마까파 ◎ 싼타렘 ◎ 마나우스 ◎
보아비스타 ◎ 베네수엘라 ◎

나는 이번 여행을 시작할 때부터 가이아나에 대한 기대가 컸다.
열대의 정글과 캐리비안 바다로 이어진 아틀란틱 해,
정글 숲속 인디오들의 마을!
나는 할 수 있는 대로 현대문명과 동떨어진 곳에서
한동안 지내고 가리라고 마음속으로 계획을 세웠다.
할 수만 있다면 빠삐용이 갇혔던 악명의 섬을 찾아가
인근의 탈출경로도 짚어 보고 싶다.

제 2 장

강변 갯벌 위에 지은
사랑의 오두막

적도의 뜨거운 태양 볕이 잠시도 누그러지지 않고 머리 위로 쏟아져 내린다. 택시에서 내린 다섯 사내는 도로변의 커다란 철문 앞에서 피할 길 없는 햇볕 아래 우왕좌왕하고 있다.

철문 안쪽으로는 쓰레기를 가득 실은 덤프트럭들이 계속 드나들고 있다. 허공으로는 쓰레기 매립장에서 피어오르는 연기가 하늘 가운데 솟은 태양을 향해 소용돌이치며 올라간다.

10여 마리의 매가 피어오르는 연기 주위를 연처럼 떠서 날다가는 어느 한순간 먹이를 발견한 듯 급작스럽게 땅바닥을 향해 곤두박질친다. 살갗을 뚫고 들어오는, 어찌 피해볼 방법이 없는 태양 볕도 뜨겁지만 쓰레기를 소각하는 열기와 함께 시큼하고 메케한 냄새까지 지상에 가라앉아 맴돌고 있다.

나를 포함한 다섯 명의 사내는 주변을 서성이며 우리를 실으러 올 승합트럭을 기다리고 있다. 금방 오기로 한 트럭은 좀처럼 모습을 나타내지 않는다. 일행은 하고많은 곳을 두고 하필이면 이런 데를 약속장소로 정한 브라질 청년을 흘끔거린다.

쓰레기 매립장에서 돈이 될 만한 것들을 골라내는 젊은 여인들이 자전거를 타고 이른 퇴근을 하면서 이상한 눈초리로 우리를 흘끗거린다. 그들의 눈에 우리가 이상하게 보일 것은 자명한 일이다. 국적도 뒤죽박죽인데다 짐도 없는 우리 일행에는 머리가 벗어진 브라질 아저씨까지 있어 연령대도 어울리지 않는다.

190센티미터 넘는 흑인계 브라질 청년과 150센티미터 겨우 될까 말까한 동글동글한 브라질 청년 그리고 역시 작고 뚱뚱하며 머리까지 벗어진 흰 러닝셔츠 차림의 아저씨, 백색 피부의 프랑스 청년 그리고 나, 이렇게 다섯 명이다.

키 작은 청년은 길옆 가시덤불에서 제법 넓은 푸른 잎을 따내 뾰족 가시가 콕콕 찔러대는 아픔을 참아가며 머리를 가릴 모자를 만든다. 이윽고 다 만들자 우리에게

쓰고 와서 자랑을 한다. 그것은 한여름철의 전쟁영화에 등장하는 위장모자에 가깝다. 서로 돌려가며 머리에 써보지만 가시가 머리 여기저기를 쿡쿡 찔러대는 고난의 가시관이다.

바로 뒤따라오리라던 자동차는 아래위로 뜨거운 쓰레기 매립장 앞에서 두 시간 이상을 기다리게 한 뒤에야 모습을 나타낸다. 이윽고 나타난 자동차를 향해 달려간 우리는 뚱뚱한 아저씨만 안쪽의 승용칸으로 다가가고, 나머지 넷은 적재함으로 올라간다.

이때까지도 나는 적재함에는 나 혼자나 아니면 브라질 청년과 둘 정도만 타고 가는 줄로 짐작하고 있었다. 하지만 지금 보니 같은 배를 타고 온 일행 네 명이 모두 적재함을 선택했다. 깊이가 불과 30센티미터도 되지 않는 그 공간으로 네 명의 사내가 뛰어올라 구겨져 들어간다.

세계를 돌아다니며 험한 차도 많이 타보았다고 나름대로 자부하지만 이런 경우는 처음이다. 아크로바틱에 가깝게 온몸을 웅크린 자세로 적재함 안으로 기어들어간 우리는 그야말로 옴짝달싹할 수가 없다.

행여나 떨어질세라 적재함 칸막이와 짐을 동여맨 밧줄을 있는 힘껏 부여잡은 우리를 실은 자동차는 한 차례 발을 구르고는 마라톤선수마냥 힘차게 앞으로 달려나간다.

구름 한 점 없는 하늘 가운데서 이글거리며 타고 있는 적도의 태양 볕을 온몸으로 여과 없이 받고 있자니 씽씽 달려가는 바람에 덥지는 않으나 햇빛에 노출된 몸이 금세 불에 덴 듯 발갛게 부어오른다.

작은 청년의 가시관 모자도 이미 초반에 바람에 날아가 버렸다. 꺽다리청년은 참다못해 웃통을 벗어 머리부터 뒤집어쓴다. 나는 조금씩 몸을 움직여 간신히 그럭저럭 정좌 자세를 만들고는 의지와 상관없는 명상의 자세로 뒤로 밀려나는 도로와 주변 풍광을 감상한다.

아직은 포장도로가 이어지고 있는 길의 양옆으로 펼쳐진 풍광은 낮은 관목들이 듬성한 사바나의 경치를 보여준다. 붉은 빛의 바스러지는 사암들이 지평선까지 닿아 있고 사람 키 높이 정도의 나무와 풀 그리고 키 낮은 관목들은 게으른 농사꾼이 대충 손으로 씨앗을 뿌린 듯 점점이 흩어져 있다.

불편한 자세에도 불구하고 우리는 처음 한동안은 서로 즐겁다. 계속해서 이야기하며 키득거리고, 작은 청년은 쉬지 않고 큰 소리로 노래를 불러댄다. 그렇게 달려가고 있는데 꺽다리청년이 선언한다.

"이제 조금만 더 가서 갈림길부터는 비포장도로로 들어갈 거야."

두어 시간쯤 달린 자동차는 길가 휴게실에 잠시 멈춰 선다. 한산한 작은 마을에 닿아 우리가 굳어서 버걱거리는 몸으로 엉거주춤 트럭의 꽁무니를 기어 내리자 지나가던 몇 안 되는 사람들이 멈춰 서서 깔깔거리며 지켜본다.

아직 두 시간밖에 오지 않았지만 우리 몰골은 이미 땀과 흙먼지로 범벅이 되어 머리카락은 제멋대로 엉키고 온몸은 먼지투성이다.

승용칸에 탄 사람들이 괜찮으냐며 예의상 한마디씩 말을 건넨다. 나는 이때까지도 승용칸에는 몇 명이나 타고 있는지 알지 못했다.

우리는 아무것도 먹거나 마시지 않은 채 다시 트럭의 적재함 쪽으로 향한다. 적재함에는 함께 택시를 타고 온 대머리사내가 미리 올라가 화물을 점검하듯 밧줄을 매만지고 있다. 우리가 좀 더 편하게 자리를 잡을 수 있도록 짐을 정리해 주는 줄로 생각하고 있던 나는 꺽다리청년의 말에 화들짝 놀란다.

"불가능해!"

대머리사내는 안쪽의 승용칸엔 자리가 너무 좁아 적재함에 타야 한다면서 먼저 자리를 잡고 선다. 그제야 승용칸 안쪽을 살피니 6인승 자동차에 어림잡아 10여 명 정도가 서로의 무릎에 겹쳐 앉아 있다. 게다가 자지러지게 울어대는 젖먹이 어린 아이까지 있어서, 대머리사내가 이곳까지 타고 온 것만도 참 대단해 보인다.

할 수 없이 우리는 다시 적재함 속으로 구겨져 들어간다. 비록 서있다고는 하지만 한 사람이 더 자리를 차지하자 조금 전까지 취하고 왔던 정좌 자세는 더 이상 불

꺽다리 브라질 청년 쥬뇨(앞쪽)와 동글동글한 브라질 청년

프랑스 청년과 나(앞쪽)

가능하다.

자동차는 포장된 길을 벗어나 포클레인으로 다듬은 비포장도로를 마치 말이 뛰듯 경중거리며 달려 나간다. 사바나의 풍광은 계곡 부근을 지나면서 제법 무성한 열대우림 정글 숲으로 변한다. 같은 위도와 강우량에도 사바나와 열대우림이 교차하는 것은 토양의 차이 때문이란다. 낮은 관목들만 자리 잡고 있는 지역의 토양은 푸석거리는 붉은색 사토다.

땅거미가 내리기 시작할 무렵 길가의 식당에서 잠시 쉰 자동차는 다시 어두워진 정글 사이의 길을 달려간다. 이제는 완전히 깊은 정글 숲이다. 좁게 난 길의 양쪽으로 하늘을 가리고 솟아있는 나무들 위로 별들이 반짝이기 시작한다. 잠시 후 휘영청 둥근 달까지 솟아오른다.

나는 자신도 모르게 '와아' 하는 낮은 탄성을 지른다. 이내 하늘을 가득 메운 별들과 둥근 달이 깊은 정글 숲의 밤 운치를 한껏 고조시킨다. 작은 청년의 선창으로 다시 노래를 부르기 시작한다.

살바도르에서부터 젊은이들이 모인 파티장이라면 어디서나 흘러나오던 노래로, 대머리사내와 나를 제외한 일행은 모두 큰 소리로 목청껏 부른다. 노래 가사에는 브라질의 토속주인 카샤샤, 핑가 그리고 마리화나가 소절마다 반복되며 튀어나온다. 꺽다리청년이 노랫말을 설명해준다.

"일하기 싫어! 일은 왜 해! 카샤샤와 핑가만 있으면 돼! 그리고 마리화나……."

언제부턴가 트럭 두 대가 갑자기 나타나 앞뒤로 우리가 탄 차를 사이에 끼워 넣고 일정한 간격을 유지하며 호위하듯 달리고 있다. 우리 차가 좀 빨리 달린다 싶으면 두 대의 트럭도 역시 속력을 내어 간격을 유지한다. 갑자기 불안한 생각이 든다. 이 길은 인적이 드문 정글 길로 무장 강도가 자주 출몰한다는 곳이다. 때로는 지나가는 정기버스가 통째로 털리기도 했다고 한다.

일행의 노래는 어느새 그쳐 있다. 누구도 말은 하지 않으나 앞뒤로 달려가는 두 대의 트럭에 신경이 모아지고 있다. 운전사 역시 신경이 쓰이는지 속도를 더하고 늦추며 트럭 사이를 빠져나가려고 애쓰는 것 같다. 순간적으로 가까이 다가온 트럭 안을 유심히 살폈으나 불빛에 가려 몇몇 사내들의 윤곽만 설핏 보일 뿐이다.

그렇게 불안하게 앞서거니 뒤서거니 시간 반 정도를 함께 달리던 두 대의 트럭은 마침내 우리를 앞질러 사라져간다. 혹 어디에선가 우리를 기다리며 길을 막고 서 있지는 않을까 싶은 걱정이 남기는 했지만, 시야에서 트럭이 사라지자 일단은 '휴우' 하는 안도의 한숨이 절로 나온다. 트럭 꽁무니에 구겨져 있던 우리는 서로 말 없는 시선을 교환하며 미소를 짓고, 작은 청년은 다시 노래를 부르기 시작한다.

이제 대머리사내는 서있던 자세를 바꾸어 틈바구니를 비집고 앉는다. 더욱 좁아진 자리에도 불구하고 탈 때부터 계속 뿜어대는 방귀냄새로부터 벗어났는가 싶었더니 이제는 입 냄새를 엄청나게 풍겨낸다. 완전히 냄새 종합 세트다. 게다가 그는 쉬지 않고 큰 소리로 떠들어댄다.

"보살행심!"

꾹꾹 눌러 참을 수밖에 없다.

갑자기 구름이 몰려들어 별들을 가린다 싶더니 바람이 불며 빗방울이 떨어지기 시작한다. 빗방울은 이내 장대비가 되어 쏟아진다. 트럭의 짐칸에서 어떻게든 비를 피할 방법이 없는 우리는 짐을 덮고 남은 검정색 비닐을 바닥으로부터 잡아당겨 뒤집어쓰고 비바람에 날리지 않도록 귀퉁이를 꽉 움켜잡는다.

지저분하기도 했지만 군데군데 구멍이 뚫린 비닐을 통해 흙물이 머리 위에서부터 온몸으로 떨어져 흘러내린다. 빗물에 젖은 몸으로 달리는 자동차의 속도가 더해지자 차가운 바람에 온몸이 식어 추워지기 시작한다. 좁디좁은 짐칸에서 더 이상 가까울 수 없도록 밀착되어 있지만, 이내 다들 입술이 새파래져선 달달거리며 온몸을 떨어댄다.

구멍 뚫린 비닐 한 장을 함께 뒤집어쓰고 있으니 냄새가 지독했으나 이제 더 이상 냄새는 문제가 되지 않는다. 시각은 이미 새벽 2시를 넘는다.

이윽고 정글을 빠져나온 자동차는 깨끗하게 새로 닦인 포장도로를 만난다. 비

고속도로는 시원하게 뚫려있지만

짐을 가득 실은 트럭 적재함에서도 처음에는 즐겁기만

는 얼추 그쳤으나 신작로를 만난 자동차가 속도를 더하자 젖은 몸으로 부딪혀오는 바람이 위세를 더한다. 이런 사정을 아는지 모르는지 잠시 자동차가 멈추어 선다. 이제 조금만 더 가면 국경 마을인 오이아포케라고 한다.

쓰레기 소각장 앞을 출발한 지 열두 시간여 만에 드디어 강변에 위치한 국경마을 오이아포케에 닿는다. 시계는 새벽 4시경을 가리키고 있다. 국경지대여서인지 새벽시간임에도 불을 환하게 밝히고 영업 중인 강변의 몇몇 포장마차가 우리를 기다리고 있다.

새벽의 일렁이는 검은 강과 어우러지는 포장집 노점의 불빛 아래에 앉아 불편한 몸으로 밥과 쇠고기조림, 시원한 맥주로 요기를 겸해 도착 축하 만찬을 벌인다. 두어 명의 바지런한 걸인들이 다가와서는 새벽커피를 사달라고 졸라댄다.

봉곳한 젖가슴 드러내고 웃는 인디오 처녀

많이 피곤하긴 했으나 어둡고 후덥지근한 방에서 더 이상 잠을 잘 수가 없어, 아직 깊은 잠속에 빠져 있는 일행을 두고 밖으로 나온다. 진한 커피 한 잔과 토스트 빵을 들고 강가 제방의 사람들 틈새를 비집고 앉아 아침을 먹는다.

눈부신 아침햇살을 받으며 약한 바람에 일렁이는 황토색 강물이 시야 가득 들어온다. 강폭은 어림잡아 1킬로미터는 넘어 보인다. 건너편으로는 가이아나의 정글 숲이 짙은 초록빛으로 빼곡하다. 이쪽 강변에는 강을 떠다니며 생활하는 원주민들의 하우스 보트 몇 척이 평화로이 떠있다.

보트의 아낙들은 강의 붉은 황톳물을 떠서는 큼지막한 물고기를 넣은 솥에 그대로 쏟아 부으며 아침준비를 하고 있다. 가장으로 보이는 사내들은 강물에 들어서서 양치질이며 아침세수를 한다.

그 옆에선 조무래기들이 발가벗은 채 강물 속으로 연신 자맥질을 하면서 놀고 있다. 아이들의 물에 젖은 살갗이 아침햇살에 부딪혀 아름답게 반짝인다. 아이들은 정말 아무런 걱정 없이 행복해 보인다. 인도의 어머니강인 갠지스처럼 이들에겐 이 강이 생명줄이다.

짧은 스콜이 지나가자 열대의 태양이 하늘 가운데를 향해 오르며 뜨거운 열기를 뿜어낸다. 꺽다리청년이 강변에서 보트를 흥정한다. 그는 이곳을 수시로 드나드는지 많은 사람들이 그의 이름을 알고 있다.

보트 한 척이 사람들 스무 명 정도를 싣고 나루로 들어선다. 보트에 탄 사람들은 기다란 푸른색 비닐 천막 한 장으로 강변 쪽에서 보이지 않도록 상체를 가리고 있다. 중요한 부분 말고는 거의 전라인 이 사람들은 깊은 정글 속 어디엔가 사는 인디오 원주민들이다.

앞에 앉은 길고 흰 수염의 노인이 몸을 가린 천막을 양손으로 꽉 움켜잡고는 강변 마을이며 사람들을 유심히 살핀다. 뒤쪽에 앉은 아낙들과 아이들은 천막을 건성으로 잡고는 드러나는 알몸은 아랑곳 않고 강 이쪽편의 풍물과 사람들을 바라보기에 여념이 없다. 아마도 모처럼 바깥나들이를 나온 모양이다.

그들의 시선이 일제히 바로 옆에서 막 보트에 오르는 내게로 모아진다. 그 보트가 기름통을 건네받는 2분도 못되는 짧은 순간이었으나 인디오들과 나 사이에 빠르게 시선이 교차된다. 내가 활짝 웃으며 그들 모두를 향해 손을 흔들어 주자 그들은 내 웃음에 어떻게 답을 해야 할지 몰라 난감한 듯 앞자리의 노인부터 당황한 표정이 역력하다.

그중 맨 뒤쪽에 앉은 처녀와 시선이 부딪힌다. 열여섯 살 정도로 보이는 처녀는 한순간 아무런 경계심 없는 해맑은 웃음을 보내온다. 활짝 보조개까지 만들어내며 소리 없는 웃음을 보여준 처녀는 일행을 의식했는지 이내 고개를 숙이며 수줍어한다. 그러느라고 한순간 몸을 가리는 것을 잊었는지 비닐은 그녀의 무릎 께에 떨어져 있고, 여과 없이 드러난 봉곳한 젖가슴도 아랑곳하지 않는다.

여분의 기름통을 건네받은 그들의 보트는 이내 강심을 향해 달려 나간다. 달리는 보트에서 처녀가 몸을 돌려 나를 바라본다. 그녀가 시야에서 사라질 때까지 손을

국경마을 오이아포케

흔들어 준다.

　'만약 저들이 허락한다면 깊은 정글의 원시림 속에서 태고의 모습으로 함께 살아갈 수도 있지 않을까? 저 하얀 수염의 노인에게 한번 부탁해볼까?'

　그런 생각이 머리를 스친다.

　잠시 꿈을 꾸고 있는 나를 바라보고 있었던 듯 꺽다리청년이 배낭을 보트에 옮겨 실으며 말을 건네 온다.

　"쑨! 저 소녀는 자기네와 모습이 같은 동양 사람을 아마도 처음 보았을 거다."

　녀석은 내 속내를 읽은 듯싶다.

꺽다리청년과 프랑스 청년 그리고 나를 실은 날렵한 보트는 세찬 물살을 양옆으로 뿜어내며 거의 날듯이 강을 거슬러 오른다. 국경이 바로 강 건너편에 있을 것이라는 생각과는 달리 보트는 정글 숲의 가장자리를 따라 수킬로미터 이상을 위쪽으로 거슬러 올라간다.

프랑스 청년은 시선이 부딪힐 적마다 방긋거리며 웃는다. 그의 맑은 미소가 마음에 든다. 그의 웃음을 보며 나도 때로는 여행에 지치고 짜증스러울 때가 있지만 웃음을 잃지 말아야겠다고 다짐한다. 나도 원래 자타가 공인하는 해맑은 웃음을 가지고 있었는데 세월의 흐름과 함께 이미 많이 잃어버린 것이다. 잃어버린 웃음을 되찾아야겠다.

30여 분 가까이 빠르게 달린 보트는 반대쪽 숲의 나루터에 배를 댄다. 바람을 가르던 속도가 정지되자 정글에서 뿜어져 나오는 후덥지근한 열기가 온몸으로 끼쳐 온다.

드디어 그토록 오고 싶었던 빠삐용의 유배지, 프랑스령 가이아나에 도착한 것이다. 나는 영화를 다섯 번 이상 보고 소설도 세 번 이상 읽었다. 한때는 바다를 배경으로 한 그 영화의 포스터만 보아도 어딘가 새로운 곳을 찾아 모험을 하고픈 욕망이 일었다.

자유를 향한 끊임없는 몸부림

두 시간 정도 걸린다는 이 나라 수도 가옌까지 어떻게 갈 것인지 묻는 말에는 대답도 않고 꺽다리청년은 플라스틱 콜라병으로 만든 봉을 끄집어내 저글링을 시작한다. 그는 이제 막 저글링을 배우기 시작한 모양으로 볼링 핀 모양의 봉들은 공중에 떠있는 시간보다 땅바닥을 구르는 시간이 더 많다.

근처를 배회하던 프랑스 청년이 허리를 굽혀 땅바닥에서 불행히도 지나가는 자동차에 깔려 죽은 바짝 마른 붉은 뱀 한 마리를 주워 와 쓰다듬으며 살핀다. 나에게도 건네지만 받지 않자 꺽다리청년이 받아들고 살핀다. 가죽만 남은 1미터 조금 못되는 꽃뱀이다. 거리에서 장신구를 만들어 판다는 꺽다리는 그 뱀 껍질에서 뭐 쓸 것이 없나 살피는 눈치다.

그리 오래지 않아 우리가 차를 세운 것도 아닌데 마침 가옌 시내로 나간다는 승용차 한 대가 멈춰 서서 행선지를 물어온다. 국경사무소에서 일한다는 선량해 보이는 흑인의 승용차 트렁크에 커다란 배낭 세 개가 다 들어가지 않아 내 배낭은 뒷좌석에 안고 탄다.

정글 숲속으로 깨끗하게 닦인 도로를 승용차가 구불거리며 달린다. 차량통행이 거의 없지만 자동차의 속도는 이미 130킬로미터를 넘는다. 구비를 돌 적마다 온몸이 휘청거리며 심하게 쏠렸으나 이곳의 운전 스타일이려니 하고는 불안한 생각을 정글 속으로 던져 버린다.

나는 이번 여행을 시작할 때부터 가이아나에 대한 기대가 컸다. 열대의 정글과 캐리비안 바다로 이어진 아틀란틱 해, 정글 숲속 인디오들의 마을!

나는 할 수 있는 대로 현대문명과 동떨어진 곳에서 한동안 지내고 가리라고 마음속으로 계획을 세웠다. 할 수만 있다면 빠삐용이 갇혔던 악명의 섬을 찾아가 인근의 탈출경로도 짚어 보고 싶었다.

구속과 자유, 죄와 벌! 자유를 구속하는 곳에는 반드시 탈출의 폭발력이 솟아나기 마련이다.

스물다섯 나이에 시작한 늦깎이 대학시절 겨울방학 때 나는 선배가 운영하는 도자기 가마에서 잔심부름을 하면서 장작불을 때는 불목하니로 한철을 보냈다. 인사동에서 만나게 된 예술가 선배들과 어울려 늘 축제같이 즐겁게 지내기는 했지만, 추운 겨울날 모두 열한 개나 되는 굴뚝에서 연기가 끊이지 않도록 일정하게 불을 지펴야 하는 고된 노동이 뒤따랐다.

두 달 동안 세수도 양치질도 하지 않고 불을 돌보며 때로는 종일 은근히 술에 취해 있기도 했다. 잠자리도 따로 없이 불을 지피는 아궁이 우묵한 곳에서 웅크리고 잠깐씩 눈을 붙이는 데 익숙해졌다. 그 시절 나는 알에서 깨어나 아브락사스로 향하는 데미안처럼 스스로 다시 태어나기 위한 몸앓이를 하고 있었던 것이다.

그때 가마 옆에는 울타리를 쳐둔 동물농장이 있었다. 여기저기서 얻어오고 사온 관상용 새들 외에도 병아리며 오리, 토끼 등 꽤나 여러 종의 가축을 키웠다.

그중에 흰색 토끼 한 쌍이 있었다. 이들은 처음에는 곧잘 사람을 따르는 것 같았다. 먹이로 배춧잎을 주면 애교를 부리 듯 작은 입으로 오물거리며 귀를 쫑긋거리는 것이 마치 재롱을 떠는 것 같았다.

그런데 추위가 가장 매서웠던 1월 어느 날, 그동안 얌전하기만 하던 수컷 토끼가 연일 철망을 뚫고 탈출을 감행하는 것이었다. 멀리도 가지 않고 고작 20여 미터 도망가서는 가마 입구를 봉하기 위해 파낸 흙구덩이 안에 들어가 있었다.

매일같이 근처의 구덩이를 뒤져 추위에 반쯤 얼어있는 토끼를 다시 울타리 안에 넣어주는 것이 아침 일과가 되었다. 그러던 어느 날 아침 토끼는 울 밖의 얕은 구덩이 안에서 간밤의 매서운 추위에 그만 꽁꽁 얼어 죽고 말았다. 우리는 그 자리에 무덤을 만들어 주었다.

그런데 문제는 얌전하던 암토끼도 다음날부터 울을 뛰쳐나가는 것이었다. 한 번도 울 밖으로 나가지 않던 암토끼마저 수컷이 죽은 다음날부터 울타리를 빠져나갔다. 두 번째 도망에서 암토끼는 서리가 하얗게 핀 추운 구덩이 속에서 앞발이 얼어붙어 걷지를 못했다.

반은 언 토끼를 울안에 넣어주며 살아날 수 있을까 걱정했는데, 다음날 아침에 보니 꼼짝을 못하던 토끼가 기어이 철망을 뚫고 어제의 그 구덩이까지 기어가서 하얀 서리를 뒤집어쓰고서 얼어 죽어 있었다.

토끼의 죽음 앞에서 선배와 나는 숙연해졌다. 우리를 벗어났다가 아침에 돌아오는 굳은 수컷의 온몸을 안타깝게 핥아대던 암토끼였다. 우리는 수컷을 묻은 구덩이에 함께 합장을 시켜주면서 한낱 미물이지만 이들의 명복을 빌어 주었다.

그런데 지금 이곳 가이아나의 깊은 정글을 지나며 그 토끼 한 쌍이 머릿속에 떠오르는 것이다. 울 밖의 자유를 찾아 구속으로부터 탈출하는 그 토끼들과 자유를 억누르는 감옥으로부터 끝내 탈출을 감행하는 빠삐용의 그 지독한 의지가 다를 것이 무언가?

영화 〈빠삐용〉에서 야자수 열매를 채운 포대를 안고 거친 바다를 향해 절벽을 뛰어내리는 빠삐용의 마지막 대사가 떠오른다.

"보아라! 나는 거기서 죽지 않았다."

처음 보는 나그네를 오랜 친구처럼 맞아준 청년들

우리를 태워준 사내는 친절하게도 프랑스 청년의 목적지인 친구 집까지 골목길을 마다 않고 데려다 준다.

나는 이때까지도 어디로 어떻게 움직여야 할지 전혀 방향 설정이 되어 있지 않아 얼떨결에 프랑스 청년의 친구 집까지 배낭을 메고 따라가게 된다. 산 밑에 있는 그 집은 야자수 열매며 바나나나무 등으로 둘러싸여 제법 아담하다.

하지만 현관을 들어서자 입구에서부터 어질러진 빨랫감하며 흐트러진 악기들이 정신을 혼란하게 만든다. 도무지 청소라곤 하지 않았는지 여기저기 널린 수북한 담배꽁초를 담은 그릇들 사이에 앉아 전기기타를 퉁기고 있던 청년과 간단한 인사를 주고받고는 바닥에 널린 것들을 밀고 자리를 만들어 앉는다.

이들은 친구들끼리 모여 사는 아마추어 연주그룹인 듯 전자악기가 구색 맞춰 구비되어 있다. 시간이 지남에 따라 이 집에 사는 청년들이 하나둘 집으로 돌아온다. 마침 오늘이 이곳의 축제일이라고 한다. 그러면서 이들은 나만 괜찮다면 당분간 이 집에 머물러도 좋다고 의견일치를 본다.

나로서는 고마운 일이지만 집안이 너무 지저분하다. 그래도 대화가 오갈수록 청년들이 마음에 든다. 뚝배기보다 장맛이라더니 청년들의 마음씀씀이가 푸근하다. 축제는 밤 9시에 열린다고 하니 우선은 방 구석자리에서 잠시 물먹은 솜처럼 늘어진 몸을 쉰다.

　수도인 가옌 시가지는 생각보다 작다. 오늘의 축제는 이곳에 사는 젊은 프랑스인들의 축제다. 광장에 작은 무대가 차려지고 주변으로는 먹거리 장이 선다. 모여든 사람들은 모두 이곳에 사는 젊은 프랑스인들이다. 대부분이 무대 위의 공연에는 관심이 없고 서로 모처럼 만나는지 맥주나 칵테일을 손에 들고 인사하는 시간이 길다.

　브라질계의 반 흑인인 꺽다리청년은 이곳에서 인기가 압권이다. 축제에 나타난 그에게는 거의 모든 프랑스 여인들이 비명에 가까운 인사를 건넨다. 시종 그와 붙어다니던 내가 쳐다보자 녀석은 고개를 갸웃거린다.

　"나도 모른다. 왜 프랑스 여자들이 나를 좋아하는지."

　녀석의 여자 친구 역시 프랑스 사람이란다. 녀석은 프랑스어를 유창하게 구사한다. 이름이 쥬뇨인 꺽다리청년은 늘 웃는 얼굴에 해맑은 눈을 지니고 있다. 지난 며칠간 이들과 함께 지내며 인상을 찌푸리는 것을 보지 못했다.

　쥬뇨는 갑자기 생각났다는 듯 자기 친구인 한국 사람이 있다면서 소개시켜 주겠다고 한다. 외따로 떨어진 낯선 곳에서 한국 사람을 만난다니 호기심에 들떠 그를 따라 시장모퉁이를 돌아나가자 중국식당 몇 개가 나타난다. 그 앞에 쪼그리고 앉아 광장에 모인 사람들을 구경하는 사람들 중에 한 사람을 지적하며 쥬뇨가 알은체를 한다.

　그에게 나를 소개시키자 그의 입에서 이상한 어감의 한국말이 튀어나온다.

　"조선에서 왔어요?"

　뜻밖의 한국말, 아니 조선말에 반갑고 놀랐지만 그는 더 이상 대화를 나누려 들지 않는다. 중국의 조선족인가 싶어 내가 몇 차례나 가본 옌볜 일대의 이야기로 말을 돌렸으나 사내는 차갑게 한 마디를 내뱉고는 불 꺼진 가게로 들어가 버린다.

　"기회 나면 또 보자요."

　언뜻 조선족이 아니라는 생각이 스친다. 옆에서 지켜보던 쥬뇨가 고개를 갸우뚱거린다.

"쑨, 저 사람 나와 친한 친구다. 한국에서 왔다고 했다. 아니냐?"

"맞다. 다음에 시간 있을 때 다시 보기로 했다."

나는 대답을 얼버무린다. 굳이 그에게까지 깊은 말을 하기가 싫다.

나는 중국을 약 10여 차례 드나들어 조선족을 확실히 구분해낼 수 있다. 이 사람은 북한에서 온 사람이 틀림없다. 북한사람이라고 이민 오지 말라는 법은 없다. 더욱이 사회주의 성향이 강한 라틴 아메리카에서는 충분히 있을 법한 일이다. 또는 북한에서 파견된 기관원일 수도 있다.

착잡한 마음으로 칵테일 한 잔을 들고 일행과 함께 광장에 서서 축제를 구경하는데 일행 중 하나가 누군가가 나를 부른다고 한다. 그쪽을 보니 서른 살 정도로 보이는 여인이 나를 바라보고 서있다.

그녀가 내게 다가오더니 다짜고짜 묻는다.

"전생을 믿느냐?"

내가 멈칫거리며 고개를 끄덕이자, 그녀의 다음 말이 뒤따른다.

"저쪽에서 당신을 봤는데 느낌에 전생의 내 남편인 것 같다."

나는 약간 당황스러워진다.

"응, 그래서?"

"오늘 여기서 만날 것이라는 느낌이 전해져 왔다."

그에 대한 내 대답은 동문서답으로 무언가 어울리지는 않지만 내가 여행한 티베트의 전생에 관련된 불교에 대한 것들이다. 그러자 이번엔 그녀가 당황해하면서 잠시 머뭇거리더니 말한다.

"다시 느낌이 왔는데 내가 잘못 봤다. 당신은 전생의 내 남편이 아니다."

말을 마친 여인은 사람들 사이로 사라져간다.

일행과 함께 칵테일을 홀짝거리고 있으려니 이번엔 다른 여인 하나가 가까이 다가와서 말을 걸어온다. 그녀는 내 곁에 바싹 붙어 서서 귀에 입술을 밀착시키고 말을 건넨다. 그녀의 말은 별 의미 없는 인사말이었으나 그녀가 귓속으로 불어넣는 입김에서 묘한 설렘이 전해져 나는 다시 당황한다. 내가 촌스럽게 머뭇거리는 사이 그녀는 대답이 늦은 나를 지나 다른 곳으로 간다.

사람들끼리 어깨를 스치며 어울리는 그리 넓지 않은 광장을 혼자 한 바퀴 둘러본다. 축제에는 빠지지 않는 음식을 파는 장사치들은 거의 중국인들로 보인다. 튀김 등의 음식도 대개는 중국식이거나 퓨전 형태다.

하지만 놀란 것은 이곳의 물가다. 프랑스와 같은 유로를 쓰는데 비싸기가 상상을 초월한다. 튀김조각 하나에 싼 것이 2유로 정도다. 어느 정도 먹겠다 싶으면 7~8유로가 넘는다. 우리 돈 만 원이 넘는 액수다. 맥주 한 잔이 1.5유로에 거리에서 마시는 싼 칵테일 한 잔이 3유로. 턱없이 비싼 물가가 가이아나에 대한 내 호기심을 한풀 꺾어 누른다.

시간이 흐르자 사람들이 하나둘씩 빠져 나간다. 오늘의 짝짓기에 성공한 남녀들은 인파로부터 벗어나 빠르게 둘만의 어둠속으로 스며든다. 조금 전 내게 전생의 남편 운운하던 여인이 눈에 띈다. 옆을 스쳐 지나가려니 다른 사내에게 건네는 여인의 말이 귀에 들어온다. 상대가 또 외국인이었던지 여인의 말은 영어다.

"내 느낌에 당신은 전생의 내 남편이었던 것 같다. 어떻게 생각하느냐?"

한산해진 광장의 한쪽에서 이번에는 더운 입김 섞인 귓속말을 건네주던 여인을 본다. 그녀는 주변을 돌며 여전히 남정네들에게 뒤꿈치를 들어 귀에 입술을 가까이 대고 속삭이고 있다. 나를 발견한 여인이 다시 내 귀에 대고 따뜻한 숨을 길게 불어 넣는다. 그녀에게 짧고 낮게 '굿 나잇'을 외치곤 일행에게로 돌아온다.

흩어져서 파티를 즐기던 일행이 다시 모인다. 타고 온 차로 함께 돌아가야 하기 때문이다. 일행 중에 운전을 맡은 친구를 따라 '귓속말 여인'이 붙어온다. 이미 광장에는 사람들이 거의 빠져나가고 파장 분위기다.

'귓속말 여인'은 주변에 있는 사람은 아랑곳 않고 친구에게 거의 사정을 한다. 그 모습에서 좀 전까지 광장을 돌며 우아하게 입김을 불어넣던 여유는 이미 사라졌다. 친구는 손에 든 자동차 열쇠와 일행을 가리키며 거절한다. 이내 전의를 잃은 여인은 고개를 떨어뜨린다. 그리고는 청바지 뒷주머니에 두 손을 찌르곤 홀로 어둠속으로 사라져 간다. 여인의 쓸쓸한 뒷모습에 연민이 인다.

아침이 되자 떠나기로 마음을 먹고는 벽에 세워 둔 배낭을 챙긴다. 동틀 무렵까지 이어진 술자리로 친구들은 여기저기서 여러 모습으로 웅크린 채 깊이 잠들어 있다. 그중 쥬뇨를 흔들어 깨우니 자기도 시내에 볼일도 있다며 내 작은 배낭을 지고는 눈을 비비며 따라 나선다.

비록 하루 동안 함께 지낸 친구들이지만 인사 없이 떠나는 것이 마음에 걸린다. 그렇다고 곤히 자는 이들을 깨우기가 미안해서 자는 얼굴을 하나하나 훑어보며 속으로 인사를 대신한다.

'잠시 만난 나를 스스럼없이 오랜 지우처럼 대해준 친구들아, 고맙다.'

사람은 사람 없이는 살 수 없다

산길을 내려와 큰 도로에 이른다. 아침하늘이 눈이 시리도록 푸르다. 쥬뇨가 달려오는 차들을 향해 오른손을 뻗어 엄지손가락을 치켜세운다. 이 친구는 히치하이크가 몸에 배었다.

그러나 오늘의 히치하이크는 실패다. 우리 앞에 멈춰선 미니버스는 구간을 운행하는 시내버스였던 것이다. 일인당 2.5유로를 받고 사람들을 대문 앞까지 일일이 데려다준다.

쥬뇨는 오늘 수리남과의 국경에 있는 집으로 돌아가기 위해 오후쯤 출발할 것이라고 한다. 집에 혼자 남아있는 프랑스인 여자 친구가 아이를 가졌다가 실패하는 바람에 건강이 좋지 않다고 걱정을 한다. 주소를 적어주는 그에게 나는 이곳에서 지내다가 빠삐용의 유배지인 섬을 둘러본 후 올라갈 것이라면서 아쉬운 작별을 한다.

아마존을 건너는 배에서 우연히 만난 이들에게 도움을 많이 받았다. 늘 혼자 하는 여행에 익숙하다가도 누군가 의지할 사람을 만나면 그만 마음이 기대어지는 모양이다.

배낭을 앞뒤로 메고 홀로 시내를 걸어 나가니 일순간 어찌해야 할지 막막하다. 우선은 싼 숙소를 구해 하룻밤 머물 생각으로 곳곳을 수소문한다. 프랑스 청년의 친구네 집에서 지내도 되겠지만 내게는 내 여행이 있다.

쥬뇨의 말이 맞다. 작은 시내를 몇 바퀴나 거듭 돌며 숙소를 찾아 헤맸으나 모두 너무 비싸다. 가장 싸다는 숙소가 싱글 룸에 화장실도 없이 하룻밤에 40유로라는 말에 아예 이곳에서 머물 생각을 접는다. 우리 돈으로 5만 원도 넘는 거금이다.

허탈한 마음으로 한 블록 바깥에 있는 바닷가를 서성인다. 항구에는 섬으로 가는 배들이 몇 척 햇살을 받으며 둥실거린다. 저 섬은 당일로만 다녀올 수 있다. 그래서 이 근처 숙소가 비싼가 보다.

바닷가로는 이전에 프랑스식으로 지은 녹슨 대포를 얹은 성곽이며 박물관, 관청 건물들이 세월의 흔적 속에 우람한 모습으로 서있다.

마지막 미련이 남아 시내를 한 바퀴 더 돌다가 작은 구멍가게 앞에 놓인 테이블에 앉아 음료수를 한 잔 사 마신다. 종업원은 싹싹하고 친절하다. 그런데 누군가 이층에서 소리쳐 나를 부른다. 아까 숙소를 찾을 때부터 이층 베란다에 앉아 손가락으로 위치를 일러주던 아주머니다. 그녀의 떠듬거리는 영어가 길가에 앉은 내게로 전해온다.

"숙소는 찾았니?"

"아뇨, 너무 비싸요!"

"그럼 우리 집에서라도 잘래?"

아주머니의 말에 혹시나 싶은 생각으로 고개를 치켜든다. 빠삐용의 땅을 그냥 지나쳐 가기에는 억울함이 많이 남았기에 아주머니의 말이 나를 유혹한다.

그 말에 이어 아래층으로 내려온 그녀는 내게로 다가와 나와 배낭을 세밀하게 훑어본다. 그녀의 입에서는 독한 싸구려 위스키 냄새가 진하게 풍겨온다. 위스키 냄새 못지않게 그녀에게서는 짙게 배어있는 외로움이 온몸으로 풍겨져 나온다.

"배낭엔 뭐가 들었니?"

"예? 그냥 여행하는 데 필요한 물건들이요."

"마약 같은 건 안 들었니?"

"그런 건 없는데요!"

"그럼 지나가는 경찰한테 가방을 조사해달라고 한 다음에 그런 게 없으면 우리 집에서 며칠이고 있어도 돼."

여인이 내 호기심을 끌어낸다. 그녀에게서 풍겨오는 술 냄새와 진한 외로움이 궁금해지기 시작한다. 마침 택시를 타고 가는 경찰이 보여, 그를 불러 세우고 가방을 가리키며 상황을 설명하지만 경찰은 영어를 못 알아듣는다.

옆에서 보던 여인은 그런 나를 끌듯이 이층으로 안내한다. 이층에 올라 현관문으로 안내하던 여인은 내 가방을 집안으로 들이지 않고 바깥에 세워둔다. 그리고는 그 무게에 놀랐는지 한마디 한다.

"대체 이 안에 뭐가 들었니? 죽은 사람?"

그녀의 집안으로 들어서던 나도 놀란다. 원룸인 집안은 덩그러니 바텐더 같은 조리대 하나만이 구석에 자리 잡고 있다. 좁은 집안에는 가구 하나 제대로 보이지 않고 잘게 찢어진 책들과 신문지만이 방안 가득 마구 흩어져 있다.

어질러진 방안의 한쪽 구석엔 책들이 아무렇게나 한 무더기 쌓여 있다. 그 책들을 한눈에 훑어보니 모두 전문서적들이다. 책들 위에는 그녀의 도수 높은 안경이 놓여 있다. 여자는 책을 읽다가 마치 종이 찰흙을 만들 때처럼 잘게 찢어서 방안에 마구 버리고 있는 듯하다. 그녀가 다시 말한다.

"배고프니? 배고프면 내가 널 위해 음식을 만들어줄 수 있어."

하지만 그녀의 말과는 달리 집안 어디에서도 음식이 나올 것 같지는 않다. 그녀는 나를 그녀가 앉아있던 베란다로 이끈다. 어질러진 집안에 비하면 베란다에는 꽃들이 담긴 화분이 있어 그나마 조금은 안정이 된다.

작은 테이블 위에는 마시던 위스키가 놓여 있고 그 밑바닥에는 이미 다 마신 빈

사람은 사람 없이 살 수 없다는 것을 다시 일깨워준 프랑스 아주머니

병이 하나 뒹굴고 있다. 테이블에 앉은 여인은 잔 하나를 내놓고는 내게도 술을 한 잔 권한다. 한낮의 햇살이 뜨겁지만 술을 받아 입술을 축인다.

프랑스에서 건너와 홀로 산 지 20년이 넘었다는 여자는 50대 중반은 넘어 보인다. 젊었을 때는 꽤 예뻤을 것 같다. 나이를 묻자 숙녀의 나이는 묻는 게 아니라며 살며시 웃는다. 술을 한 모금 마신 여자가 베란다 주위를 날아가는 새에게 말을 건넨다.

"안녕? 배고프니? 자, 이리 와서 이걸 먹으렴!"

여자는 테이블 위를 뒹구는 식빵 조각들을 새에게 뿌린다. 식빵은 아무렇게나 쏟아져서 잘게 부서져 있는 것이 새 먹이로 미리 준비한 것 같다.

밑에서 지나가던 걸인 하나가 여자를 올려다보며 말을 건넨다.

"어이, 안녕! 담배 한 가치만."

여자가 담뱃갑에서 한 가치를 뽑아 불까지 붙여 던진다.

"음식 사먹게 돈도 좀 주지!"

여자가 동전 몇 개를 처마를 피해 아래로 던진다. 걸인이 주워서 챙기고는 손을 흔들며 사라져간다. 늘 있는 일로 보인다.

여자가 내게 말을 건넨다.

"어디서 왔니?"

"한국에서요."

"여기는 어떻게?"

"여행 중이에요."

"가옌엔 뭘 보러 왔니?"

"빠삐용이 유배됐던 섬을 보려고요."

"어머, 너도 빠삐용을 좋아하니?"

이어서 그녀는 빠삐용에 대해서 말하기 시작한다. 여자는 상당히 유식하다. 방 안에 쌓인 책들과 널린 휴지 조각들이 그것을 반증한다.

"우리는 모두 빠삐용을 좋아해."

잠시 그녀가 술에 취한 눈으로 나를 건너다본다. 의외로 그녀의 눈에는 이슬이 맺혀 있다.

"너도 나를 떠날 거지?"

난데없는 질문이 당혹스럽다.

"그래, 너도 나를 떠날 거야."

나는 아무런 대답을 못한다. 여자는 눈물을 흘리기 시작한다. 내가 할 말을 찾지 못해 술을 다시 한 잔 따라 마시자 나를 건너다보던 여자가 묻는다.

"저 하늘에 떠있는 숨은 달을 따서 내게 가져다 줄 수 있겠니?"

"혹 제가 시간이 되면요."

"정말?"

"예. 시간이 되면 따다 드릴게요!"

나를 바라보던 여자의 그렁한 눈에서 굵은 눈물방울이 뚝뚝 흘러내린다.

여자는 의자를 당겨 내 곁으로 다가와서 내 손을 잡는다. 내 손을 쓰다듬던 그녀가 내 얼굴을 쓰다듬는다. 나는 여자가 하는 대로 그냥 둘 수밖에 없다. 달리 어찌할 방법이 생각나지 않는다.

여자가 물기 젖은 얼굴을 기울여 내게 입을 맞춰온다. 여자의 입에서 진한 위스키 냄새가 내 입으로 전해져 온다. 머릿속이 혼돈스럽다. 이 사태를 어찌 처리해야 할지 난감하다.

이 집에서 하룻밤 비럭질 잠을 자기는 그른 것 같다. 잠이야 한쪽 구석에서 침낭 속에 들어가 애벌레처럼 자면 된다고 하지만 짧은 꿈을 꾸고 있는 듯한 여인이 그냥 둘 것 같지 않다. 바로 떠나야겠다.

그런 한편으로는 내가 여기서 한동안 머물며 비록 '희랍인 조르바'는 아니지만 보이지 않는 달도 따다 안겨 드리고, 너무나 진한 외로움에 떨고 있는 여자를 달래 드리고도 싶다.

양쪽의 생각들을 교차시키던 나는 아직 시간이 이르니 아무래도 떠나야겠다고 마음먹는다. 어설프게 조르바를 흉내 내기에는 자신이 없다. 떠나겠다고 말하자 여인이 울며 말한다.

"봐! 너도 떠나잖니? 하지만 나를 보러 다시 찾아 줄 거지?"

"예. 다음에 기회가 되면 다시 뵈러 올게요!"

이별은 빠를수록 좋다. 남은 잔의 위스키를 입안으로 쏟아 붓고는 울고 있는 여자의 이마에 가볍게 입을 맞추고 집을 나온다. 여자는 앉은 채로 의자에서 일어나지 않는다. 그저 한 손만 힘없이 들어 보인다.

도로로 나와 앞뒤로 배낭을 메고는 베란다 위의 여자를 올려다본다. 나를 내려다보는 여자가 두 손으로 얼굴을 감싼다. 중년 여자의 회한으로 얼룩진 삶이 가슴으로 전해져 온다. 세상에 홀로 남은 이의 진한 외로움이 생생하게 전달되어온다. 술기운에 취한 여자는 나를 지금까지의 누군가로 착각한 것일까? 아니면 나를 통해 그녀를 스쳐간 모든 인연들을 다시 떠올리는 것일까?

이제 내 마음은 빠삐용에 대한 호기심까지 접어버린다. 그리고 나니 마음이 바빠진다. 빨리 국경으로 올라가서 수리남으로 건너가기로 한다.

다섯 시간 걸리는 세인트라우렌까지 가는 미니승합버스는 40유로를 내라고 한다. 배가 고파 근처의 식당에서 미리 만들어 진열해둔 음식을 도시락에 담아 산다. 식당들과 가게의 주인은 거의가 중국인들이다. 영어도 안 통하고 불어도 안 되니 중국어로 말한다. 처음엔 더듬거리더니 기억 속에서 살아나는 중국어에 나도 놀란다.

도로가의 승합버스 곁에서 도시락을 먹는다. 맥주를 마시며 외로움에 대한 생각을 한다. 오래된 유행가인 '모모'의 가사가 읊조려진다.

"인간은 사람 없이 살 수 없다는 것을 모모는 잘 알고 있기 때문이다."

"헤이, 쑨!"

누군가 나를 부른다. 쥬뇨와 친구들로 가득 찬 승용차가 도로를 지나며 나를 발견하고 멈춰 선다. 반갑다. 이들은 시내에서 일을 마친 쥬뇨를 배웅하기 위해 모두 한 차를 타고 나온 것이다.

이곳 숙소가 너무 비싸서 떠나기로 했다는 간단한 설명을 하고 쥬뇨와 동행하기로 한다. 차비로 미리 낸 40유로를 돌려받고는 승용차에 비집고 올라탄다. 프랑스 청년이 간밤의 술에서 깨어나 밝게 생글거린다. 이들은 시내를 벗어나 고속도로 초입에서 쥬뇨와 나를 내려주고는 작별을 한다. 여기서부터는 다시 히치하이크를 하는 것이다.

도로 초입에는 히치하이크를 하려는 사람들이 우리만이 아니다. 십여 미터 간격을 두고 사람들이 늘어서서는 지나가는 차량들을 향해 손을 흔든다. 간간히 자동차가 멈춰 서서 한사람씩 싣고는 달려간다.

우리도 자동차가 멈춰 설 공간을 확보하고 열심히 손을 흔들기 시작한다. 하지만 좀처럼 우리 앞에 멈춰서는 자동차는 없다. 쥬뇨가 다시 플라스틱 저글링 봉을 끄집어내 연습을 시작한다. 플라스틱 봉들이 바닥을 구르는 동안 나는 열심히 다가오는 차량을 향해 손을 흔들어 보인다.

늘어선 사람들이 하나둘 줄어드는가 싶더니 또 어디선가 그만큼의 사람들이 도로가에 늘어선다. 도시간의 이동비용이 워낙 비싸니 가난한 사람들은 자연히 히치하이크를 하는 것 같다. 또한 의외로 자동차를 가진 사람들도 선선히 그것을 받아들이는 것으로 보인다.

한 대의 승용차가 우리 앞에 멈춰 선다. 쥬뇨가 아는 사람이다. 그의 차에 올라타 도로를 달린다. 이차선의 좁은 도로지만 자동차는 휘청거리며 120킬로미터 이상의 속도로 달린다. 그렇게 한 시간 반쯤 달려 갈림길에서 우리를 내려준다.

여기서 다른 쪽으로 간다는 사내는 우리에게 만약 저녁때까지 다른 차를 못 잡으면 볼일이 끝난 후 지나는 길에 다시 태워 주겠다는 말을 남기고 마을로 들어간다. 우리는 배낭을 메고 길의 안쪽 부분으로 거슬러 올라간다. 조금이라도 더 달려오는 차를 보기 좋고, 그들이 우리를 확인한 후 세우기 편한 곳에 자리 잡기 위해서다.

쥬뇨는 집으로 돌아가는 길이라 배낭이 터질듯 무겁다. 일어설 때마다 내가 받쳐 주어야 한다. 간신히 일어선 후에도 그는 무게를 잘 감당하지 못한다. 족히 40킬로그램은 넘을 것으로 보인다. 큰 배낭 외에도 작은 배낭과 흔들의자 등이 든 주머니를 따로 들었다.

길목을 1킬로미터쯤 거슬러 올라 자리를 잡는다. 역시 이곳에도 보따리를 앞에 놓은 흑인 여인과 흑인 청년이 한 명씩 미리 자리를 잡고 지나는 차들을 향해 손을 흔들고 있다. 그중 여인이 먼저 떠나고 다음에 청년이 차를 잡는다.

길엔 우리만 남았다. 우리의 조화가 맞지 않는 모습과 커다란 배낭이 자동차를 운전하는 이들에게는 부담스러운가 보다. 속도를 늦추는가 싶다가도 다시 빠르게 달려가 버린다. 쥬뇨는 다시 저글링을 열심히 연습한다. 그것이 싫증나면 깃발을 꺼내 흔드는 연습을 한다. 이미 저녁 어스름이 찾아오고 있다.

아까부터 아랫배가 살살 아픈 것이 탈이 났다 보다. 싸구려 위스키에 중국음식에 맥주에, 그중에 어떤 것이 속을 긁고 있다. 화장실이 급하지만 마침 휴지가 없다. 대용으로 쓸 만한 것을 찾던 나는 아깝긴 하지만 인도에서부터 사서 입고 다니던 속옷 한 장을 선택한다. 이미 어둑해진 산 밑의 풀밭에 앉아 일을 치른다.

별이 하나 둘 뜨고 있다. 산 너머에서는 어딘가 멀리서부터 둥둥거리는 북소리가 들려온다. 쥬뇨는 그 북소리가 그냥 마을에서 들려오는 음악이라고 하지만 내가 듣기엔 그것은 다른 악기가 섞이지 않은 순수한 북소리만으로, 어디선가 발가벗은 인디오들이 만들어내는 소리 같다.

별은 뜨고 있지만 발밑을 구분할 수 없는 칠흑 같은 어둠이 우리를 에워싼다. 배낭 곁에 앉아 멀리서 들려오는 어둠의 북소리를 감상한다. 깊이를 분간하기 힘든 외로움이 밀려오고 밀려간다. 할 수만 있다면 저들의 저녁축제에 함께하고 싶다. 그들과 함께 어깨를 흥청이며 나무로 된 북을 둥둥 울리고 싶다.

빠삐용의 섬 건너다보며 바닷가 야영

"오늘은 더 이상 차가 안 선다. 내일 가자."

우리가 거의 동시에 내린 결론이다. 어두워진 뒤부터는 지나가는 차도 거의 없지만 그나마 간간히 지나치는 자동차도 전혀 멈출 기미가 없다.

"근데 어디서 자지?"

쥬뇨의 말에 내가 대답한다.

"야영!"

내 말에 쥬뇨가 동의한다. 우리는 배낭을 메고 마을길로 접어든다. 길옆의 24시간 영업을 하는 주유소를 쥬뇨가 가리킨다.

"쓴! 저기서 말하고 마당에서 자면 어떨까?"

쥬뇨는 안전을 염두에 두고 있다. 하지만 나는 다르다.

"아니, 어차피 침낭 덮고 잘건대 바닷가 같은 데로 가자."

우리는 바닷가를 끼고 위로 올라가고 있으므로 멀지않은 곳에 바다가 있다는 것을 나는 안다.

"바닷가가 있기는 하지만……."

그는 여전히 안전을 걱정하고 있다. 마을로 걸어가는 우리 앞에 마침 승용차 한대가 멈춰 선다. 차 주인은 기꺼이 커다란 배낭을 차에 싣고 우리를 어두운 바닷가

⊙ 길가에 앉아 차를 기다리는 여인

로 옮겨 준다. 인적이 없는 해안이지만 그래도 해수욕장이다. 바다 건너로 불빛이 반짝이는 섬 하나가 보인다.

"쑨! 저 섬이 빠삐용의 감옥이 있는 섬이다."

쥬뇨가 말한다. 우여곡절 끝에 빠삐용의 섬이 건너다보이는 바닷가로 오게 된 것이 신기하고 기쁘다. 여기서 자기로 마음을 굳힌 내가 주변을 둘러보다가 작은 정자 건물을 하나 발견한다.

"쥬뇨, 우리 저기서 자자!"

하지만 쥬뇨는 여전히 안전이 걱정이다.

"쑨, 그럼 우리 이 배낭을 마을 경찰서에 맡겨두고 다시 여기로 와서 자자."

우리는 다시 배낭을 들쳐 메고 아까 지나오면서 본 경찰서로 향한다. 정문을 지키고 선 경찰에게 상황을 설명하고 배낭을 보관해 줄 것을 부탁하니 일언지하에 거절이다. 작은 시가지를 눈으로 훑어보던 내가 방법 하나를 제안한다.

"어이, 쥬뇨! 우리 저기 보이는 중국식당에서 저녁도 먹고 배낭도 맡기자."

두어 군데 불을 밝힌 중국식당을 살펴 그중 깔끔한 집으로 들어선다. 우선 주문부터 한다.

"해물볶음밥 하나에 해물탕 하나!"

그리고는 내친 김에 배갈 작은 것도 한 병 시킨다. 음식은 한 그릇씩이지만 양을 많이 달라고 부탁하고 음식이 나오기 전에 식당 주인에게 배낭 좀 맡아달라고 부탁한다. 사람이 좋아 보이는 젊은 주인은 기꺼이 그러라며 고개를 끄덕거린다. 쥬뇨는 중국어로 말하는 나를 신기한 듯 입을 벌리고 쳐다본다.

그런데 음식을 다 먹고 나오며 내일 아침 일찍 배낭을 찾으러 오겠다고 하자 주인은 내일 오후 두 시가 넘어야 가게로 나온다고 한다. 시간까지는 미처 확인하지 못한 것이다.

우리는 할 수 없이 끙끙거리며 다시 배낭을 메고 2킬로미터 이상 떨어진 아까의 해안으로 온다. 쥬뇨가 자신은 바닥이 편하다며 자기 해먹을 내게 준다. 사양했으나 막무가내다. 친구의 배려가 느껴진다.

흐린 하늘을 뚫고서 별들이 반짝인다. 빠삐용의 유형지였던 루아얄 섬에서 경계를 알리는 등대의 불빛이 손에 잡힐 듯 가까이 반짝인다. 오늘 하루의 일들을 아스라하게 되새기며 잠을 청한다. 달을 따달라던 가옌의 외로운 여자, 히치하이크, 빠삐용의 섬, 해먹을 출렁이며 잠을 청하고 있는 바닷가 그리고 별들……

밝은 아침햇살이 부드럽게 퍼져 오자 조용하던 해안가에 사람들이 하나 둘 운동을 하러 나온다. 부지런한 청소부가 해안을 돌며 청소를 한다. 바다는 잿빛이다. 갯벌의 흙이 많이 섞이는 모양이다.

모래를 밟으며 해안으로 나가 가까이 손에 잡힐 듯한 루아얄 섬을 바라보며 생각에 잠긴다. 18세기말부터 20세기 중반까지 저 섬으로 유형을 당한 8만 명 정도 가운데 살아서 고국으로 돌아간 사람은 2만 명도 채 못 된다고 한다. 대부분은 종신형을 선고받고 보내진 저곳에서 강제 노동을 하며 죽어간 것이다.

하지만 실제로 나비문신을 한 빠삐용은 저 섬을 탈출해 갖가지 모험을 하며 고국으로 돌아가 자신의 이야기를 바탕으로 소설을 써서 프랑스는 물론 유럽 전역에 센세이션을 일으켰다. 그는 죽음의 유형지를 조롱하듯 자신을 옭아맨 사슬로부터 탈출에 성공했던 것이다.

간밤의 썰물에 밀려들어왔다가 미처 빠져나가지 못하고 아침햇살에 메마른 웅덩이에 갇힌 복어 한 마리가 몸을 있는 대로 부풀린 채로 죽어가고 있다. 이 가여운 복어는 스스로 갇힌 환경으로부터 벗어나지 못한다.

웃통을 벗은 건장한 사내 한 명이 잿빛바다에 연 같은 작은 낙하산을 띄워놓고서 바람이 이리저리 이끌고 가는 패러세일링을 즐긴다. 언뜻 그는 바람이 이끄는 대로 끌려다니는 듯 보이지만 사실은 자연이 불러오는 바람을 그의 뜻대로 조종하고 있는 것이다.

작은 게들과 함께 더없이 아름다운 오두막

우리는 가다 쉬다 반복하며 한참을 걸어 어제의 갈림길까지 간다. 마을은 제법 규모가 크다. 아파트며 사원주택 그리고 로켓그림들이 있다. 이곳이 바로 가이아나의 로켓 발사 장소다. 적도 부근에서 가장 최상의 조건으로 전 세계 각종 인공위성들을 쏘아 올리는 곳 중 한 곳이다.

어제의 장소에는 흑인 청년 한 명이 미리 나와 작은 가방을 앞에 두고 히치하이크를 하고 있다. 햇살이 따갑게 피부를 뚫고 들어온다. 정오가 다 되어서야 마침내 우리를 태워줄 자동차를 만난다. 하지만 우리의 최종 목적지까지는 못 가고 갈림길이 있는 또 다른 곳에서 내린다.

도로변에 주저앉아 따가운 햇살을 받고 있으려니 목도 마르고 나른하기 그지없다. 인근에 보이는 농가로 물을 얻으러 간다. 마침 농가에서는 김이 모락거리는 밥을 푸고 있다. 땟물이 줄줄 흐르는 발가벗은 주변아이들의 몰골에도 불구하고 하얗게 김을 피워내는 쌀밥에 침이 꼴깍 넘어간다.

물을 청하니 옷이라고 표현하기조차 힘든 남루한 천 조각을 걸친 젊은 아낙이 양동이에서 조심스럽게 윗물을 떠서 담아준다. 아래에는 흙먼지가 뿌옇게 가라앉아 있다. 처마에서 떨어지는 빗물을 받은 것이다.

그것을 고맙게 받아서 들고 나와 흑인 청년 녀석까지 셋이서 물을 나누어 마신다. 몇 대의 차량이 멈춰 섰지만 이번에는 목적지까지 돈을 요구한다. 쥬뇨는 지쳤는지 돈을 내고 타고 가자고 한다.

"쏜! 나는 오늘 다시 길에서 자고 싶지 않다. 내가 돈을 낼 테니 차타고 가자."

"쥬뇨! 아직 시간 많다. 이제 94킬로미터 남았는데 조금만 더 기다려보자."

브라질 청년과 프랑스 처녀의 사랑이 머무는 작은 오두막 ◐

빈 버스 한대가 멈춰 선다. 버스임에도 불구하고 돈을 안 받고 우회하는 길로 어느 지점까지 데려다 준다. 우리는 직선로를 버리고 돌아가기로 마음먹는다. 버스에서 내려 다시 갈림길에 지키고 서서 지나가는 자동차를 세운다. 이윽고 승용차 한대가 멈춰 선다. 낡은 승용차였지만 친절하게 직접 트렁크를 열고 짐까지 받아 실어 준다.

언제나 느끼는 것이지만 대체로 가난한 사람들은 부자들보다 훨씬 인정이 많다. 그들은 가난하지만 이렇게 나눌 수 있어서 행복하다. 마음의 행복은 나누는 기쁨으로부터 출발하는 것이니까.

다소 걱정스러워하던 쥬노의 얼굴이 그제야 활짝 펴지며 집으로 간다는 달뜬 기분을 여과 없이 나타낸다. 승용차는 한 시간 정도 달려 아담한 소도시에 우리를 내려준다. 마을은 한가운데에 작지만 아담한 종탑을 가진 교회를 중심으로 나직하고도 정감이 느껴지도록 형성되어 있다.

어디선가 쥬노가 금세 친구의 자동차를 불러와서 마을을 벗어나 그리 멀지 않은 강변 깊은 곳으로 들어간다. 마침내 쥬노의 집이다. 개들이 먼저 달려 나오고 몇 사람의 인디오들이 우리를 반긴다.

강변까지 강물이 드나드는 진흙 밭 위로 널빤지를 깐 길을 건너 쥬노의 오두막에 이른다. 황토색으로 흐르는 넓은 강을 바로 앞에 두고 야자나무들이 하늘 높이 솟아있는 한편에 널판으로 아무렇게나 뚝딱거린 듯 이어 만든 오두막은 비록 초라하지만 더없이 소박하고 아름답다.

작은 게들이 구멍마다 가득 들어있는 강의 갯벌 위에 기둥을 박아 띄워서 만든 오두막에 우선 짐을 풀자 이웃들이 몰려온다. 인디오 이웃들과 프랑스인 친구들이 몰려오고 마지막으로 쥬노의 여자 친구가 조무래기들을 몰고 나타난다.

쥬노는 고향인 브라질 상파울루에 갔다가 수개월 만에 집으로 돌아온 것이다. 어제부터 빨리 집으로 돌아가기 위해 안달하던 그의 마음이 이해가 된다.

좁은 원두막 위에서 작은 파티가 벌어진다. 맞은편에 사는 한 쌍의 프랑스인들

오두막에서 바로 내다보이는 강

과일과 사람들이 싱그러운 시장

이 가이아나의 전통주 럼을 들고 오고, 인디오 아낙이 아침에 강에서 잡은 생선으로 인디오식 생선찜을 만들어 날라 온다. 쥬뇨의 여자 친구는 부엌으로 들어가 그릇들을 내온다.

쥬뇨는 이웃들이 있는 자리에서 자기 여자 친구에게 줄 선물들을 끄집어내 늘어놓는다. 옷가지가 대부분이다. 선물을 받은 여자 친구는 기쁨이 가득한 얼굴로 그것들을 입어보기 위해 연신 방안을 들락거린다.

어젯밤에 잃어버릴 것을 염려해 경찰에 맡기자던 배낭 안의 물건은 대부분 여자 친구의 선물이다. 간밤에 그는 그것들이 든 가방을 담요자락에 묶고 밤잠을 설치며 밤새껏 오늘의 이 시간을 꿈꾸었을 것이다.

전통 럼주 한 잔에 인디오식 생선찜을 한 점씩 집어 먹으며 그 모습을 지켜보는 오두막 위의 일행 모두가 흐뭇한 표정들이다. 마지막 옷으로 바꿔 입은 여자 친구가 그제야 쥬뇨 곁에 앉아 기쁨에 겨운 얼굴을 그의 팔에 기댄다. 여자는 쥬뇨가 브라질에서 사온 인도 라자스탄 지방의 의상인 거울조각이 붙은 예쁜 나팔바지에 발목엔 인도식 은빛 발찌를 찼다.

오두막과 황토강 위로 서서히 붉은 저녁노을이 드리워지기 시작한다. 아름답다. 사람이, 지금 이 시간이 그리고 저녁노을이.

모두들 돌아간 후 오두막 위에 걸쳐진 어제의 해먹이 오늘도 내 차지가 된다. 고요한 강변 숲에서 들려오는 밤벌레소리 또한 아름답다. 그 벌레소리와 함께 내게도 작은 그리움들이 하나 둘 일어난다.

국경의 강변에 일군 청년들의 파라다이스

청년들은 아침부터 분주하다. 집으로 돌아온 쥬뇨는 연신 벙긋거리며 집 앞의 낡은 나룻배로 만든 화단을 정리하고 무성해진 뒷마당의 잡초들을 긁어모아 불을 놓는다. 그리곤 어디선가 싹이 튼 야자열매를 몇 개 가져와 군데군데 정성들여 심고

북돋운다.

맞은편 집 청년들은 자신들이 요리한 아침식사를 들고 온다. 숲길 건너에서 홀로 사는 이집트 파라오의 수염을 한 청년은 아침부터 럼주 통을 들고 건너온다. 쥬뇨의 여자 친구는 부엌에서 공동으로 먹을 아침을 준비한다.

아침상이 차려지기 전까지 그들은 이리저리 몰려다니며 주변 곳곳에서 일거리를 찾는다. 그 후 모두 황토색 강물에 뛰어들어 아침목욕을 하고 나오자 여인들이 통나무 테이블 위에 아침상을 펼친다. 맞은편 청년들이 가져온 생선수프와 빵, 야채를 넣어 볶은 고기에 아침부터 럼주를 마신다.

럼주에는 설탕을 진하게 넣고 잔 주위에 레몬을 흠뻑 둘러친다. 혀끝을 감도는 달고 향긋한 냄새에 이어 목을 타고 넘어가는 술이 짜릿하다.

청년들은 쥬뇨를 제외하고는 모두 프랑스인으로 비교적 시간이 자유로운 직장에 다닌다고 한다. 쥬뇨의 여자 친구는 학교에서 영어를 가르치지만 근간에는 태아가 유산되는 바람에 잠시 쉬고 있는 중이라고 한다. 이들은 자유롭게 쓸 수 있는 시간도 많지만 모두들 수입이 안정적이라고 한다.

이들의 월급은 쥬뇨가 브라질에서 반년 넘게 일해야 벌 수 있는 액수를 넘는다고 한다. 브라질 사람들의 보통 월급 수준이 700헤알 정도로 우리 돈 35만 원 정도인 데 비해 쥬뇨의 여자 친구는 월급이 1800유로로 200만 원이 훨씬 넘는다. 이들은 신분상 식민지 땅에 사는 프랑스인들이므로 프랑스 수준의 임금을 받는 것이다.

가장 큰 지출이 집세로 월 400유로 정도나 된다는데 쥬뇨와 여자 친구는 오두막만 있는 이곳을 세내어 반년 넘게 직접 뚝딱거리며 개조해 살고 있다고 한다. 그래서 여기저기 엉성한 곳은 많지만 정감이 넘친다.

화장실로 가는 다리는 밧줄로 엮어 출렁다리를 만들었고, 지붕의 빗물은 홈통을 통해 물통으로 흘러내려 생활용수는 물론 식수로도 쓰인다. 연인의 침실은 거실 뒤쪽에 붙여 갯벌 위에 띄워서 만들었다. 쥬뇨와 여자 친구는 올 여름이면 결혼을 앞두고 여자의 부모님께 인사를 드리기 위해 프랑스로 떠날 것이라고 한다.

강에서 자연과 함께 살아가는 그녀

　　대충 아침식사를 마치자 여자들은 수영복 차림으로 설거지거리를 챙겨 강변으로 나간다. 나룻배 옆에 앉아 설거지를 해놓고는 강물 속으로 들어가 비누칠을 하고 몸을 감는다.

　　여기서는 그 흔한 샴푸 하나 쓰지 않는다. 설거지를 하던 빨래비누로 머리를 감고 온몸에 비누칠을 하고는 물속으로 자맥질해 들어간다. 그리고는 젖은 몸 그대로 설거지 그릇을 들고 원두막으로 돌아와 앉는다.

　　너무나 소박하고 자연에 동화된 이들의 생활이 아름답다. 이들의 대화에는 웃음이 떠나지 않는다. 쥬뇨는 유창한 프랑스어로 시종 화제를 몰고 간다.

쥬뇨 커플과 나는 쥬뇨의 너덜거리는 빨간색 승용차를 타고 시장으로 가고, 파라오수염의 청년과 다른 한 쌍의 연인은 자전거를 타고 볼일을 보러 시내로 나간다.

때로는 낡은 것이 아름답다. 그 안에 그것이 지난 세월의 소중함이 묻어있기 때문이다. 쥬뇨의 빨간색 자동차는 여기저기 칠이 벗어지고, 라이트는 이미 깨져 날아갔으며, 문짝이 열리지 않아 뒤쪽 깨진 창문으로 기어 들어간다. 의자 또한 앞뒤로 덜컹대지만 이 차를 타고 시장으로 향하는 동안 나는 어떤 좋은 차를 탔을 때보다 마음이 푸근하다.

시장은 검은 사람들이 뿜어내는 활력으로 출렁인다. 사람들의 검은 피부와 원색의 푸성귀며 과일들이 한 폭의 아름다운 그림처럼 조화롭게 어우러진다. 젊고 늙은 검은 아낙들이 각양각색의 레게머리를 하고는 풍성하게 물건을 쌓아둔 수레를 앞에 놓고 분주히 움직이고 있다.

쥬뇨 커플이 시장을 보는 동안 카메라를 들고 그다지 넓지 않은 장터를 한 바퀴 돈다. 전체 풍경을 먼저 담고 인물을 찍으려고 카메라를 조준하면 예외 없이 손을 휘젓거나 얼굴을 돌린다.

이전에 우리나라에서도 영혼을 빼앗긴다고 사진을 찍지 않는 관습이 있었는데 이곳에는 아직도 이런 관습이 그대로 살아있다. 비록 사진은 많이 찍지 못했지만 관광객들이나 외지인들에 의해 오염되지 않은 이런 전래의 시장이 소중해 보인다.

쥬뇨는 길에서 마을의 모든 프랑스 젊은이들을 만나는 듯하다. 눈치로 보아 그들 중 몇은 오늘밤 집으로 초대하는 것 같다.

잠시 둘만 남게 되자 쥬뇨가 말을 건넨다.

"쑨, 여기서 함께 살자. 내가 좋은 프랑스 여자를 소개시켜 줄게."

"뭐라고?"

"우리 집 앞에 집을 하나 더 짓고 살자. 여기 좋은 여자 많다. 내가 오늘밤 두 명을 초대했으니 한번 봐라."

녀석의 말이 전혀 실없는 소리로 들리지는 않는다.

"쥬뇨, 내가 여기서 뭘 하고 살지? 나는 여행자야. 말은 고맙지만 여행자는 한 곳에 오래 머물러 있으면 안 돼."

쥬뇨가 고개를 끄덕인다. 그의 말대로 이곳에 머물러 이들과 함께 살면 어떨까 잠시 생각해본다.

국경의 푸근한 황토빛 강변에서 이쪽저쪽 나라를 쪽배로 건너다니며 인디오들과 어울려 물고기를 잡고, 정글 숲에 아담한 오두막 하나 짓고 프랑스인 여자 친구와 타잔처럼 알콩달콩 산다.

썩 나쁜 그림은 아니다. 하지만 나는 나대로 스스로 구축해야 할 나의 파라다이스가 있는 것이다.

인디오 사내가 나를 위해 생선조림을 만들어 온 것으로부터 오늘의 파티는 다시 시작된다. 그는 쟁반만 한 접시에 커다란 생선 몇 토막을 조려 담아와 아버지의 솜씨라며 얼굴 가득 맑은 웃음을 머금는다.

그는 얼굴 모양새와 피부색이 닮은 내게 호기심과 호감을 가지고 있다. 그는 한국인들에 대해서도 많이 알고 있다. 이전에 자기 아버지가 강 건너 수리남의 한국인이 경영하는 새우가공 공장에서 일을 한 적이 있다고 한다. 그는 그곳에서 들어 기억하고 있다는 한국말 한마디를 내게 들려준다.

"빠리, 빠리, 개쉐끼야!"

그리고는 이 말이 무슨 뜻이냐고 내게 묻는다. 그의 아버지가 조그만 한국인에게 늘 이 말을 들으며 일했다는 것이다.

아, 이런 때는 뭐라고 둘러대야 하나! 그저 못 들은 척할 수밖에 없다.

수리남에는 한국에서 온 새우잡이 배가 조업을 하며, 그 새우를 냉동하거나 가공해서 일본 등지로 수출하는 한국 공장이 있다고 한다. 인디오 사내의 아버지는 그 공장에서 얼마간 일을 했다는 것이다.

인디오 사내가 다녀간 후 파라오 수염의 청년이 럼주 박스와 안주 몇 가지를 가져오고 맞은편 커플이 다른 요리를 한 접시 만들어 온다. 파티가 시작되고 어둑해지자 낮에 장터에서 만난 여자 둘이 와인 한 병과 맥주 한 박스를 들고 온다. 원두막으로 올라오는 그들을 보며 쥬노가 나를 뒤돌아보고 의미 있는 윙크를 건넨다. 키는 장대만 한 녀석이 싱겁다.

여자들 역시 이곳 학교의 선생님들이다. 좁은 원두막에 가득하게 앉은 일행은 저녁을 겸해 파티를 벌인다. 오두막을 울리는 짧고도 힘찬 비트의 재즈 선율이 분위기를 고조시킨다.

맥주 캔 하나를 들고 어둠이 짙어진 강변으로 나간다. 밀물 때가 되어 물이 안쪽으로 많이 들어와, 갈퀴 같은 뿌리를 드러낸 고목나무 옆에서 출렁이며 묶여 있는 보트에 올라 비스듬히 눕는다.

맥주를 한 모금 마시고는 건너편 수리남의 작은 마을에서 반짝이는 불빛을 바라본다. 또 다른 나라의 빛깔로 반짝이는 불빛이 검은 강물에 그 빛을 길게 드리우고 물결 따라 함께 일렁인다. 옅게 틀어둔 솜이불 같은 구름을 뚫고 달빛 또한 색색으로 부서지며 조용하게 강물 위로 내려앉는다. 내일은 저 강을 건너야겠다.

원두막의 사람들이 모두들 맥주 한 캔씩 들고 보트로 몰려온다. 몇 척의 보트에 나누어 탄 사람들은 노래를 부르고 건배를 외치더니 옷을 훌훌 벗고 강물로 뛰어든다. 강물 속에서 자맥질해 들어간 친구들의 웃음소리가 뱃전에 메아리친다.

"헤이 쑨, 들어와!"

친구들이 나를 부른다. 우리는 모두 어두운 강 속에 잠겨 자연과 하나가 된다. 나는 아름다운 강변 사람들이 일군 파라다이스에 잠시 초대받은 나그네다.

흑인 노예들의 도시 수리남 파라마리보

거실에서 배낭을 챙기자 쥬노는 며칠만 더 있다 가라고 잡지만 '나는 여행자'라는 말에 선선히 물러선다. 아침을 먹고 짧은 이별을 한 후 쥬노의 낡은 승용차로 국경이 있는 강변으로 향한다.

가는 길에 잠시 은행에 들러 행여나 싶은 마음으로 현금카드를 인출기에 집어넣어보지만 역시 돈은 나오지 않는다. 이때쯤에는 이미 내 은행구좌에 사고가 났는데도 아직 그것을 모르는 나는 전 세계 150여 개국 어디서나 인출가능이라는 이 회사의 광고 문구만 원망한다.

강변에는 10여 대의 소형 보트들이 나뭇잎처럼 물결에 출렁이며 손님을 기다린다. 작은 선착장 옆에 국경사무실이 아담하게 붙어 있다. 출국수속은 입국할 때와는 달리 간단하다. 여권을 기계에 한번 집어넣었다가는 도장 하나 찍으니 끝이다.

쥬뇨는 보트 한 척을 불러 건너편까지 가격을 흥정하고는 나를 떠나보낸다. 이별이다. 다시 만나자고 서로 말은 하지만 기약은 없다. 고맙다는 말을 거듭하며 포옹을 한다.

그의 빨간색 승용차를 먼저 돌려보낸다. 헤어질 땐 뒷모습을 보이는 것보다 가는 자의 뒷모습을 보는 것이 차라리 낫다. 모퉁이를 돌아나가는 그의 낡은 애마를 바라보며 저들이 언제까지나 이곳에서 자연과 더불어 낙원을 일구며 살기를 기원한다.

수리남의 수도 파라마리보는 온통 중국인들이 상권을 장악하고 있다. 가게나 식당들도 대부분 중국인들이 운영하고 있고 몇 군데 둘러본 숙소도 주인이 중국인들이다. 커다란 PC방도 중국인 것이고 백화점에도 입구부터 한문이 쓰여 있다.

그런 중국인들의 힘을 자랑이라도 하듯 중심가 교차로에는 붉은 대문 안에 커다란 중국인 회관이 있다. 마당에는 중국 본토에서 흔히 볼 수 있듯이 노인들이 햇볕 아래서 머리를 맞대고 마작을 두는가 하면 삼삼오오 모여 담소를 즐기며 차를 마신다. 전 세계적으로 이제 중국인이 진출해 자리 잡지 않은 곳이 없는 듯하다.

그런 반면에 거리를 활보하는 행인들과 노점 상인들은 검은 피부의 흑인들이다. 구석으로 들어간 작은 야채시장 안에도 온통 검은 사람들로 가득 차 있다. 인구 비율이 흑백혼혈인 크레올계가 가장 많고 다음이 인도계, 흑인, 인도네시아계 그리

수리남 수도 파라마리보의 중심가

중국인들이 상권을 잡은 수리남 시장의 행인들은 전부 흑인

고 중국인 순이라고 하는데, 일층의 가게를 지키는 사람들은 모두 중국인들이고 거리를 걸어다니거나 시장에 몰려있는 사람들은 모두 검은 사람들이다.

강변을 따라 위쪽으로 걸어가니 유럽풍의 오래된 고급 주택가와 식당들이 몰려있는 인근에 하얀색의 유럽풍으로 지어진 대통령궁이 있다. 아름답긴 하지만 소박한 모습이다.

강변에 조성된 공원에서는 몇 쌍의 젊은 연인이 사랑을 속삭이고 있다. 나들이 나온 사람들이 공원 매점에서 강 쪽으로 놓아둔 몇 개의 테이블에 둘러앉아 맥주를 마신다. 한가롭고 평화스런 풍경이다.

소년소녀 몇이 음악과 영화 시디가 든 가방을 등과 어깨에 메고 손에도 들고서 많지 않은 사람들 사이를 헤집고 다닌다. 계속 지켜보지만 그들 누구도 아직 한 장도 팔지 못한다.

강 아래쪽으로는 배들이 지나갈 수 있도록 배를 불룩하게 솟구쳐 만든 다리가 폭넓은 강에 걸쳐져 있다. 바다로 나가는 어선들이 황토색으로 흐르는 그 강을 따라 흘러내려 간다. 강물에서 갑자기 커다란 물고기 한 마리가 솟구쳐 오른다. 조금 기다렸다가 다시 솟구쳐 오르는 것을 보니 돌고래다. 넘실거리는 물결을 타고 넘는 돌고래의 검푸른 등이 햇살에 반짝인다.

중심가의 한 블록 거리에 닮은꼴의 커다란 건물 두 동이 우람하게 서있다. 수리남에서 본 가장 육중하고 커다란 건물이다. 큰길을 마주하고 서있는 건물은 한 동은 수리남의 정부청사이고, 다른 한 동은 아래층 입구부터 전기철조망과 쇠창살로 된 날카로운 담장이 둘러쳐져 있고 대형 성조기가 휘날리는 미국 대사관이다. 지금껏 여러 나라를 다니며 본 것 중에 가장 큰 대사관 건물이다.

20세기 후반에 수리남에도 미국 자본의 유입으로 보크사이트 광산이 개발되어 현재 수리남의 주산업이 되어 있다. 세계 어디든 자원과 이익이 있는 곳이라면 미국은 빈약한 현지정권과 결탁해 개발을 자행하고 자원과 목돈을 챙긴다. 수리남도 그런 미국의 표적에서 벗어날 수 없었던 것이다.

이튿날 국경을 넘는 미니버스는 아스팔트길을 벗어나 황토 흙이 푹푹 빠지는 좁은 밭두렁 길을 간다. 국경의 강은 생각보다 멀다. 한 시간 정도를 달려서야 국경에 도착하자 10여 명의 사람들이 국경을 건너는 배를 기다리고 있다.

출국수속을 하고 얼마 남은 이곳 돈을 건너편의 가이아나 돈으로 환전한다. 환율이 마음에 안 들어 한번 바꾼 돈을 도로 돌려받았다간 할 수 없이 다시 환전을 한다. 느물거리며 배짱을 튕기는 환전상 사내가 마음에 들지 않는다.

배에 오르는데 승선장 입구의 처마에 걸린 인사말이 눈에 들어온다.

"씨 유 쑨 어게인(SEE YOU SOON AGAIN)."

곧 다시 만나자는 국경의 형식적인 인사말이지만 피식 하고 혼자 웃음이 나오며 왠지 예감이 이상하다. '쑨'은 여행 중에 만나는 사람들이 나를 부르는 이름이다. 그러니까 '쑨 다시 보자'로 해석할 수도 있는 것이다.

내가 이곳을 다시 볼 일은 없다. 이제 강을 건너면 빠르게 수도인 조지타운을 거쳐 '잃어버린 세계'가 있는 베네수엘라로 올라갈 것이니까.

배는 몇 대의 자동차까지 실은 카페리다. 황토의 바다 같은 강을 배가 미끄러지며 앞으로 나아간다. 건너편 정글 숲이 수킬로미터 밖으로 아스라이 보인다. 강심에 몇 개의 동그란 섬들이 아름답게 떠있다. 작은 보트 몇 척이 그 섬들 주위를 돌며 물고기를 잡는다.

30여 분 정도 하구 쪽으로 내려가던 배가 건너편 선착장에 닿는다. 천연 운하의 나라이며 원시 정글이 고스란히 남아있다는 이전 영국의 식민지였던 가이아나 국경이다.

배에서 내리는 사람들을 살펴보던 정복 차림의 사무원이 나를 불러 세운다. 20여 명의 승객 중 외국인은 나밖에 없다. 여권을 보여주니 비자가 없다며 입국심사

줄에서 나를 빼낸다. 다른 사람들은 좁은 통로 가운데에 높게 앉은 심사원에게서 간단하게 도장을 쾅쾅 받고는 건물을 빠져나간다.

뭔가 이상한 예감으로 초조하게 내 여권을 가져간 사무원을 기다린다. 사람들이 모두 빠져나가고 심사원이 서류들을 챙겨서 들어가고 난 뒤에야 나타난 사무원은 여권을 보여주며 다시 비자를 묻는다. 내가 설명해준다.

"비자는 무슨 비자? 우리나라는 너희 나라와 비자면제협정이 되어있다. 규정집을 찾아보거나 전화로 물어봐라!"

하지만 사무원의 대답은 뜻밖이다.

"그건 그렇다. 다른 때 같으면 무비자로 들어올 수 있지만 지금은 우리나라에서 크리켓 월드컵이 열리고 있다. 이때는 외국인은 나라를 불문하고 일인당 100달러인 특별 비자를 사와야만 한다."

이건 완전히 아닌 밤중에 홍두깨. 게다가 100달러는 정식비자비가 아니고 아직 개최되려면 한 달 정도나 남은 크리켓경기 전체를 관람할 수 있는 일등석 관람료란다.

화가 나서 사무원과 입국심사관에 둘러싸여 소리친다.

"나는 크리켓에 관심도 없고, 너희 나라에 오래 있지도 않을 거다. 그냥 여기를 거쳐 베네수엘라로 올라갈 거다. 그런데 갑자기 무슨 경기장 관람료냐?"

"너는 인터넷도 안 보냐? 이미 공고가 되었다."

사무원은 옆에 붙은 A4용지의 작은 공고를 보여준다. 거기엔 비자비가 아니라 입장료라고 명시된 관람비가 등급에 따라 적혀 있다. 1등석 100달러, 2등석 70달러, 3등석 40달러다. 이것은 여기서는 살 수도 없으며 파라마리보에 있는 대사관에서 사와야 한다는 것이다.

사무원들은 항의하는 내게 다시 출항준비를 하고 있는 타고 온 배를 가리키며 빨리 나가라고 독촉한다. 갈 수 있는 데까지 가보자고 버티니 권총까지 찬 젊은 사무원이 버럭 소리를 지른다.

"아니! 이 자식이?"

화가 나서 내가 눈을 부라리며 덤벼들자 녀석은 자세를 낮추며 제발 조용히 하고 나가 달라고 부탁한다. 말끝에 '플리즈'를 붙인다.

잠시 의자에 앉아 생각한다. 어차피 입국은 글렀다. 타고 온 배로 꼼짝없이 돌아가야만 하게 생겼다. 여기까지 와서 못 가고 다시 나가야 한다니 베네수엘라까지 돌아가야 하는 먼 길이 눈앞에 떠오르며 온 길을 되돌아가서 다시 아마존을 거슬러 올라가는 여정이 아득하게 느껴진다.

비용은 100달러가 훨씬 더 들겠지만 보지도 않을 크리켓 입장료를 이 나라에 뜯기고 싶지는 않다. 사무원이 다가와서 나 때문에 배가 기다린다며 서둘러 달라고 한다. 더욱 열 받는 건 배표를 다시 사야 한다는 거다.

"아니, 너희가 강제로 되돌려보내면서 또 배표를 사야 한다고?"

하지만 막무가내다. 그러면서 입국하지도 않았는데 출국카드를 다시 쓰라고 한다. 씩씩거리며 괴발개발 출국카드를 쓰면서 젊은 사무관을 째려보니 녀석이 시선을 피한다.

돌아가는 배에서 보는 강은 여전히 아름다웠으나 눈에 들어오지 않는다. 끓어오르는 화로 심한 몸살을 앓을 때처럼 머리가 뜨겁다. 우연히 입국카드의 뒷면을 보니 파라마리보에 있는 한국인 식당이 뒷면 가득 광고로 나와 있다.

다시 수리남으로 돌아온다. 떠날 때 출국장에서 도장을 찍어주던 직원이 이번엔 입국장에 앉아있다. 그에게 다시 돌아온 연유를 설명하니 도장을 찍어주며 뉴니케리에 영사관이 있으니 그곳에 한번 가보라고 한다.

"오늘이 토요일이긴 하지만 작은 마을이라 사람들이 영사를 안다. 잘 부탁하면 40달러에 비자를 받을 수 있을 거다."

그의 말이 갑자기 한줄기 빛이 된다. 40달러 정도라면 액땜했다 치고 다시 강을 건널 생각이 든다.

직원은 배에서 내린 사람들에게 교통을 연결시켜 주던 사내를 소개해준다. 지금 당장은 달러도 이곳 돈도 없다고 말하니 버스비는 나중에 받겠다며 사내는 버스를 태워준다. 버스는 올 때보다는 햇볕에 말라 덜 빠지는 두렁길을 달려 뉴니케리의 가이아나 영사관 앞에 내려준다. 작은 시골동네의 읍사무소 같은 건물 앞에 가이아나 국기가 휘날린다.

영사관 앞마당에서 수위와 함께 이미 퇴근한 영사를 기다린다. 한 시간 이상을 기다린 후에야 영사는 낚시를 갔던 차림으로 나타난다. 내가 사정을 설명하자 영사가 말한다.

"지난주에도 똑같은 처지의 서양인을 급하다고 해서 토요일날 도와줬더니 그는 다음 월요일에야 건너갔다. 그리고 이건 원칙에 어긋난다. 더 이상 원칙을 어기지 않겠다. 필요하면 월요일 아침에 사진 두 장과 100달러를 가지고 와라."

그는 말을 마치고는 지프를 타고 미처 내가 말할 틈도 주지 않고 휭하니 떠나 버린다. 떠나는 그의 꼭지에 대고 내가 소리친다.

"40달러면 된다는데!"

하지만 창문을 통해 들려온 그의 대답은 이것이다.

"아니다! 사진 두 장과 100달러!"

40달러까지는 자존심을 뭉개고 참아주려 했지만 100달러는 아니다. 지금 현금도 없거니와 길가는 걸인에게 적선을 할 수는 있어도 이런 나라에 그렇게 뜯길 수는 없다. 마음은 다시 브라질까지 되돌아가서 아마존을 거슬러 오르는 쪽을 택한다.

외딴 나라에서 따끈한 밥 차려주신 교민 부부

버스비를 받으러 오겠다던 사내는 결국 오지 않는다. 오늘 아침 내가 국경으로 가는 버스에 타지 않았으니 영사관에서의 상황을 짐작하고 버스비 받기를 포기했나 보다.

미니버스로 파라마리보로 돌아와 인도인의 이층 게스트하우스에 짐을 푼다.

밑져야 본전이라는 생각으로 아침 일찍 가이아나 대사관을 물어 찾아간다. 시내에 있는 대사관에는 사람들이 줄지어 앉아 순서를 기다리고 있다.

접수대의 직원에게 상황을 설명하니 순서를 기다리라고 한다. 그런데 사람들은 대사의 방에 들어가면 좀처럼 나오지 않는다. 벌써 세 시간이 지났다. 조금 뒤 점심시간이 되면 오늘의 대사업무가 끝나버린다.

대기실 벽에 가이아나 입국장에서 본 크리켓 입장료에 관한 내용이 적혀 있다. 40달러짜리 3등석을 사서 입국할 수는 없을까 하는 바람으로 여기를 찾아온 것이다. 업무시간의 마지막으로 내 순서가 된다. 방에 들어가 뚱뚱한 아줌마 대사에게 상황을 설명한다. 그녀가 몇몇 직원에게 물어보고 내게 건넨 대답은 간단하다.

"100달러 내고 비자를 사든가, 그것이 싫으면 비행기 타고 가라."

더욱 열이 솟는다.

"아니, 불과 5분도 안 걸리고 끝날 면담을 세 시간이나 기다리게 해놓고 고작 한다는 말이 그거냐?"

뚱뚱한 아줌마 대사는 마지막 말을 남기고는 사무실을 나가버린다.

"내 일은 끝났다. 더 이상 해줄 말이 없다."

혹시나 싶어 찾은 대사관에서 억지로 가라앉혀가던 열이 더욱 오른다.

오르는 화를 꾹꾹 눌러 참으며 강변을 걸어 입국카드 뒷면 광고에 난 한국인 식당을 찾아간다. 낯선 오지에 와있는 한국인이 궁금했던 것이다.

'이씨 레스토랑.'

한국식의 청기와 솟을대문을 한 식당은 규모가 크다. 하지만 지금은 영업시간이 아니다. 점심과 저녁시간에만 영업을 한단다. 그래도 초인종을 누른다. 이층에서 한 아저씨가 창문을 열고 내려다보신다. 아저씨는 내가 한국인임을 확인하고는 샛문을 열어 주신다.

이층으로 올라가자 가게와 붙은 가정집으로 안내하신다. 시원한 과일음료수 한 잔을 내오신 아주머니가 아직 점심을 안 먹었으면 김치에 밥이라도 먹겠냐고 물어보시는데 죄송한 마음에 이미 점심을 먹었노라고 대답한다.

'김치에 밥이라니!'

갑자기 뱃속에서 꼬르륵거리는 소리가 들리고 입안으로는 꼴까닥 하고 군침이 넘어간다.

이곳으로 이민 오신 지 수십 년 되셨다는 내외분은 이곳에서 자리를 잡아, 한국에 살던 아들까지 와서 장사를 돕는다고 한다. 바로 앞에 있는 새우가공 공장에서 일하는 한국인들과 이곳에 사는 한국인 선교사들 그리고 이 나라에서는 상류층 사람들이 단골 고객이라고 한다.

그런데 근간에는 한국인의 사업규모가 많이 축소되어 한국인들보다는 이 나라의 고관대작들이 더 많이 찾는다며 내외분은 그것을 보람으로 여긴다고 하신다.

"이곳이 한국보다 살기가 더 좋아요. 개발할 땅이 많아 정부에 계획서만 잘 만들어 올리면 필요한 땅을 얼마든지 무상으로 받을 수도 있어요. 이 나라의 관료들이 아직 머리가 깨지 않아 행여 이용당할까 싶어 다른 나라 사람들과 손잡기 꺼리는 게 문제이긴 하지만요."

인사를 드리고 나오는 나에게 아주머니께서 다시 말씀하신다.

"이따 저녁때 와요. 따끈한 밥에다 찌개라도 먹어요. 그렇게라도 먹고 가야 우리가 마음이 편치."

인근을 둘러보던 나는 해거름녘이 되어 다시 그 식당을 찾는다. 찌개에 따끈한 밥이 이유지만 장사하는 모습도 보고 싶고, 두 분을 한 번 더 뵙고 떠나고 싶다.

아까와는 달리 종업원들이 분주하게 움직이는 가게는 첫 느낌이 고급스럽다. 잘 만들어진 바와 깨끗한 테이블들 그리고 식사를 즐기는 사람들 또한 고급스러워 보인다. 화려한 조명의 바를 지키고 선 젊은 아들과도 인사를 나눈다.

아주머니가 종업원을 시켜 두부찌개와 밥을 내주신다. 오랜만에 고춧가루 듬뿍 쳐서 얼큰하게 끓인 두부찌개에 말아먹는 한국 밥은 감동 그 자체다.

마지막으로 여행사에 들러 비행기 값을 확인해본다. 오기로 돌아서 가기로 결

수리남 파라마리보의 따뜻한 한국식당과 주인아저씨

정을 내리기는 했으나 이곳에서 브라질까지 그리고 다시 뱃길로 아마존을 거슬러 베네수엘라까지 4000킬로미터가 넘는 길은 너무 멀기 때문이다. 그러나 비행기로 는 다시 벨렘을 거쳐 마나우스로 가야 하며 요금은 합쳐서 600달러가 넘는단다.

결국 돌아서 육로와 뱃길로 가기로 최종 결정을 내린다. 그렇게 가더라도 여비 를 합하면 300~400달러는 들 것이고 시간도 오래 걸리겠지만 아쉬웠던 아마존을 다시 제대로 오른다는 설렘으로 그동안의 분한 마음을 위로한다.

단숨에 프렌치 가이아나와의 국경 강변 마을까지 온다. 쥬노와 친구들을 다시 만날 생각에 마음이 달뜬다. 보트를 탄다. 젊은 청년은 곡예를 하듯 강을 아래위로 오가며 아슬아슬하게 강을 건네준다.

거리는 한낮의 햇살이 따갑다. 제법 먼 길이었으나 택시비는 비싸고 돈도 없으니 걷는다. 땀이 비 오듯 쏟아진다. 몇 번을 쉬며 쥬뇨의 집에 이른다. 뒷마당에서 화단을 손질하던 쥬뇨가 "쑌!" 하며 반색을 한다. 친구들도 모두 마침 잘 왔다고 반긴다.

다음날은 이들 모두가 며칠 뒤 있을 파티를 위해 가옌으로 원정을 간다는 것이다. 그 차로 내일 가옌까지 함께 가기로 한다. 다시 돌아온 나를 위해 조촐한 파티가 열린다.

다음날 두 대의 자동차에 나누어 타고 가옌으로 향한다. 올 때와는 달리 너무나 쉽게 가옌 시가지로 접어든다. 시내를 통과하는 승용차 안에서 외로운 중년여인의 집을 올려다본다.

여인은 역시 베란다 의자에 앉아 어둠이 내리는 시가지를 굽어보고 있다. 해가 떨어지고 바닷가의 쌀쌀해진 기운에 여인은 어깨에 붉은색 스웨터를 걸쳤다. 오늘은 지난번처럼 술에 취해있지는 않은 듯하다. 일행만 없다면 다시 들러 그녀와 좀 더 이야기를 나누고 싶다는 생각을 억누르며 지나간다.

또 한 차례 파티가 열린다. 아마추어 연주가들과 함께 나도 가지고 다니는 대금을 불어 친구들을 놀라게 한다. 그리고는 이튿날 눈을 뜨자 고양이세수만 하고는 떠날 채비를 한다.

쥬뇨가 다시 한 번 나를 잡는다.

"쑌! 파티가 끝날 때까지만 함께 있자."

내가 대답한다.

"쥬뇨! 고맙긴 하지만 나는 여행자야. 여행자는 한 곳에 오래 머물지 않아."

쥬뇨는 더 이상 잡지 않고 아직 잠들어있는 한 여자를 깨운다. 간밤의 술자리에서 내게 많은 말을 걸어오던 여자다. 이 여자가 시내에 볼일이 있어서 차를 운전하고 나가야 하니 그녀가 나를 합승버스 타는 곳까지 데려다 줄 거라고 한다.

녀석은 여자에게 나를 인계하고는 윙크를 건네며 나를 포옹한다. 뭔가 조금은 이상했지만 여자가 운전하는 쥬노의 차에 배낭을 밀어 넣는다.

여자는 말을 많이 한다. 그녀는 이곳 학교에서 프랑스어를 가르친다고 한다. 그러면서 며칠 뒤 있을 파티를 이야기하고 그때까지만이라도 함께 있었으면 좋겠다고 한다. 어렴풋이 쥬노와 모종의 이야기가 있었음이 느껴진다.

30대 중반으로 보이는 여자는 조금 통통하지만 차분하고 예쁘다. 여자는 남자친구와 헤어진 지 꽤 오래 되어 지금은 외롭다는 말까지 하며 나를 바라본다.

시내를 빙 돌아 버스 타는 곳에 이르러 여자와 작별을 한다. 트렁크에서 배낭을 끄집어내는 나를 여자가 바라본다. 머문들 얼마나 머물 것이며 내가 남을 위해 무엇을 할 수 있을 것인가 하는 근원적인 물음을 스스로에게 던지며 여자를 떠나보낸다.

여자가 운전하는 쥬노의 빨간색 낡은 승용차가 시야에서 멀어져가자 갑자기 외로움과 함께 아쉬움이 왈칵 몰려온다.

하지만 스스로 말한다.

"하루를 지내도 아쉽고, 평생을 함께해도 아쉬움은 남는다. 내 가슴의 못은 견딜 수 있겠지만 남의 가슴에는 애초부터 못 박을 생각을 하지 말자."

나는 지금까지 남의 가슴에 꽤나 여러 개의 뽑아줄 수 없는 못을 박아왔다. 부디 그 못들이 치유의 세월에 삭아 스스로 녹아지기를 바랄 뿐이다.

다시 거슬러 오르는 머나먼 아마존

합승버스는 히치하이크로 온 길을 단숨에 달려 브라질과의 국경에 나를 내려놓는다. 간단한 출국수속을 하고는 보트에 오른다. 몇 번 들락거렸다고 여기저기 바비큐 굽는 연기와 사람들의 소음으로 활력이 넘치는 브라질에 닿으니 마음이 푸근해져 온다.

하지만 주머니에는 지난번에 쓰고 남은 브라질 돈 6헤알밖에 없다. 3달러도 채 못 되는 돈이다. 지난 번 묵은 숙소에 배낭을 맡기고 은행으로 달려가 현금인출을

아마존에서 배를 젓고 있는 아이들

강을 오르는 뱃전에 서있는 미인들

시도한다.

그런데 맙소사, 이곳에 오면 당연히 찾을 수 있으리라고 생각한 돈은 전혀 나올 생각을 않는다. 옆의 은행을 찾아도 마찬가지다. 여행자수표도 이곳에서는 환전이 안된다. 갑자기 암담해져 온다. 당장 저녁은 고사하고 숙소비도 지불하지 못한다.

순간 강 건너편 프렌치 가이아나의 국경마을에 있던 은행에 생각이 미친다. 이미 어둠이 밀려오고 있었기에 서둘러야 한다. 가진 돈은 편도 보트 값에도 모자란다. 그렇지만 시도해보기로 마음먹고 강변으로 달려 나간다.

강변에 서있는 몇 척의 보트 중 20대 초반으로 보이는 청년에게 더듬거리며 사정이야기를 하자 의외로 선선히 고개를 끄덕인다. 만약 돈을 못 찾으면 다시 이쪽으로 건너와야 하며 왕복 뱃삯으로 6헤알밖에 줄 수 없다고 했는데도 청년은 가벼운 미소를 지으며 고개를 끄덕인다.

청년의 보트에 올라타고 전 속력으로 강을 건너가 은행으로 달려간다. 은행에 카드를 집어넣고 기도하는 심정으로 돈이 나오기를 기다리자 아직 운이 다하진 않았던지 차르륵 하는 지폐 세는 소리를 내며 기계가 빳빳한 유로 몇 장을 토해 놓는다. 정말 살았다 하는 생각으로 큰 숨을 내뿜는다.

다시 강을 건너와 하룻밤 묵은 후 버스를 타고 열두 시간을 달려 마까파에 이른다. 시내버스는 도시 구석구석을 일부러 구경시키듯 샅샅이 돌아 싼타나 항에 닿는다. 하루쯤 이곳에서 묵어갈 생각으로 지난번 타고 갔던 트럭 주인이 운영하는 숙소를 찾는다.

배낭을 맡기고 항구로 나가니 싼타렘까지 가는 배가 금방 떠난단다. 하얀색의 작지만 통통한 이층 배를 살펴보니 의외로 선장 내외가 마음에 든다. 그들은 이인용 선실을 혼자 쓰고 한 사람 요금만 내고 산타렘까지 가자고 권해온다.

어차피 마나우스까지 가려면 싼타렘을 거쳐야 하기에 쉬지 않고 5일 동안 아마존을 거슬러 오르는 것보다는 중간에서 하루쯤 쉬어 가는 것도 좋을 듯하다. 게다가 선장 내외가 순하고 후덕해 보여서 배낭을 찾아와 배에 오른다.

배에 탄 사람들은 저마다 편한 자리를 골라 갑판 천장의 철봉에 서둘러 해먹을 건다. 천장에는 해먹을 걸 수 있도록 격자로 쇠파이프를 설치해 두었다. 아직 갑판에는 해먹을 걸 공간이 반 이상 남아 있다. 공간을 비운 채로 그냥 가진 않을 것이니 산타렘까지 45시간을 가면서 중간에서 사람들을 더 실을 모양이다.

배를 묶은 밧줄이 끌러지고 닻이 올라온다. 길게 뱃고동을 울리며 배가 항구를 빠져나간다. 따갑게 내려쪼이던 적도의 태양 볕이 강바람에 무더운 기운을 한풀 떨어뜨린다. 배는 대서양에 접한 드넓은 아마존의 끝자락에서부터 강을 거슬러 오르기 시작한다. 저 멀리 붉은 황토의 강이 밝게 빛나는 푸른 바다와 만나는 지점이 보인다.

안데스산맥의 만년설로부터 흘러온 강물이 마지막으로 빠져나가는 아틀란틱의 푸른 바다에는 몇 척의 거대한 철선이 떠있다. 결국 나는 100달러짜리 크리켓 월드컵 특별 비자를 거부하고 머나먼 아마존을 거슬러 오르기 시작한 것이다. 가이아나 국경에서 되돌려져 8일 만에 아마존을 거슬러 오르는 배에 탄 것이다. 죽이기 힘든 성깔 때문에 몸이 고생한다.

하지만 지구 최대의 강 아마존 한복판에 떠있는 지금 마음은 더없이 평온하다. 시원하게 불어오는 강바람을 맞으며 하얀 배가 둥실 떠간다. 배는 무인지경의 정글 숲 사이를 지난다. 빽빽하게 우거진 정글 숲 사이로 좁은 수로들이 흐른다.

또 다른 섬 하나가 정글의 숲이 되어 다가온다. 한쪽 귀퉁이에 소박하게 나무로 물 위에 띄워 지은 집 한 채가 보인다. 열린 창문으로 어른들은 손을 흔들고 아이들은 쪽배를 타고 노를 저어 가까이 다가온다. 다가온 아이들의 벗은 몸에 햇살이 부딪쳐 아름답게 빛난다.

몇 개의 비닐봉투가 강으로 던져진다. 아이들이 봉투를 향해 노를 젓는다. 봉투를 건져 든 아이들이 활짝 웃음을 웃으며 세차게 손을 흔든다. 정글 섬에서 외롭게 사는 아이들에게서는 도시의 길목에서 만나는 헐벗은 아이들의 가련한 모습은 찾아볼 수 없다.

강물엔 연꽃들이 한 송이씩 아름다운 꽃을 피워 올리며 평화롭게 둥둥 떠오고 있다. 연꽃들은 바다까지 흘러갈 것이다. 그런데 연꽃이 짠 바닷물에서 살아갈 수 있을까? 잠시 의문이 인다.

뱃머리 닻줄 위에 앉아 붉은 강을 바라본다. 황토의 붉은 강 위로 강 속으로 자맥질해 들어가는 태양의 붉은 기운이 합쳐진다. 점점이 떠있는 구름들 또한 붉은빛을 받아들여 빛이 섞이고 있다. 하늘 높은 곳에서부터 점차 검푸른 어둠이 아래로 내려오며 붉은 기운을 가라앉힌다. 붉은빛이 모두 물속으로 가라앉자 짙은 어둠이 몰려온다.

엔진실 옆의 식당으로 내려간다. 벨렘에서 마까파로 건너올 때와는 달리 이 배의 뱃삯에는 세 끼 음식이 포함되어 있다. 밥과 고기 섞인 걸쭉한 수프 그리고 아프리카 음식에서 유래했다는 콩 요리가 저녁이다.

식탁에는 병에 담긴 작고 매운 붉은 고추가 놓여 있다. 그 병에서 십여 개의 고추를 끄집어내 칼로 썰자 식탁에 앉아있던 사람들이 놀란 눈으로 바라본다. 썬 고추를 음식에 섞어 맛있게 먹는다. 식탁의 사람들이 눈을 휘둥그레 뜨고 지켜보더니 이윽고는 단체로 웃음을 터트린다. 건너편의 아낙이 고추를 내 접시에 쏟아 붓는다.

"오브리가도(고맙다)!"

이때부터 배를 내릴 때까지 내 별명은 '피깐테 꼬레아(매운 한국인)'가 된다. 배의 이곳저곳에서 사람들이 나를 불러댄다.

"헤이, 피깐테 꼬레아!"

배의 후미에 있는 바에서 아까 고추를 쏟아놓던 아낙이 부른다. 아낙은 남편의 어깨에 기대어 맥주를 마신다. 아낙은 잠시 일어나 바에서 맥주 한 캔을 사서 내게 건넨다. 역시 '오브리가도'를 외친다. 요란하고 흥겨운 음악이 의자에 앉아 맥주를 마시는 사람들의 어깨며 다리를 춤추게 한다.

장대비 속에서도 광란하는 카니발

아침에 서둘러 선실을 나왔건만 이미 태양은 뜨거운 열기를 뿜어내며 하늘 가운데로 오르고 있다. 일출구경을 놓친 것이다. 부족한 잠을 더 잘 생각으로 다시 선실로 들어간다. 선실 문을 열자 바닥에서 침대까지 빈틈없이 새까맣게 나와 있던 바퀴벌레들이 문 여는 소리에 모두들 바람처럼 어디론가 흩어진다.

간단한 아침을 먹고 진한 커피 한 잔을 들고 오전의 아마존을 바라본다. 찬란한 오전의 햇빛에 붉은 강이 은빛 비늘로 부서지며 반짝인다. 배는 넓은 강을 지나고 있다. 지나치는 정글 섬 가의 외로운 집들에서 여인들이 나루에 앉아 그릇을 닦고 빨래를 한다. 곁에서 발가벗은 아이들이 물속에 잠긴 채 손을 흔든다. 그리 멀지 않은 곳에서 섬 그늘을 돌며 사내들이 그물을 던진다. 그 모습들을 바라보니 마음이 더없이 편안해져 온다.

이 배에는 나 말고 한 명의 여행객이 더 있다. 프렌치 가이아나에서 온 프랑스 청년이다. 그와 나는 교대로 뱃머리에 카메라를 들고 선다.

아까부터 그는 배를 따라오며 간간히 모습을 드러내는 핑크빛 아마존 돌고래를 사진에 담기 위해 안간힘을 쓰고 있다. 그의 말에 의하면 이것은 민물 돌고래로 이곳에서만 산다고 한다. 하지만 나는 이런 색의 민물 돌고래를 인도의 바라나시 갠지스 강에서 이미 많이 만났다.

돌고래들은 서너 마리씩 몰려다니며 배를 둘러싸고 빠르게 아래위로 오르내린다. 뱃전 가까운 곳에서 뛰어 오를 땐 핑크빛의 아름다운 몸이 투명한 빛으로 햇살에 반짝인다. 하지만 워낙 빨라 좀처럼 카메라에 잡히지 않는다. 물속으로 들어갔는가 싶으면 예상치 못한 반대편으로 뛰어 오른다.

색색의 하늘이 붉은빛과 어우러지며 점차 태양이 물속으로 가라앉는다. 태양이 가라앉는 먼 곳에 점점이 떠있는 섬들이 공연이 끝난 뒤 무대 커튼을 치듯 물속

가끔씩 오르내리는 여객선은 강가 아이들의 큰 구경거리

강가의 작은 집

으로 가라앉는 태양을 가린다. 오늘의 공연은 여기까지다.

하지만 아직 공연은 끝나지 않았다. 1막이 이제 막 끝났으니 다시 2막이 펼쳐진다. 태양이 퇴장한 그 자리에 별들이 하나 둘 등장하고 달 또한 뒤를 잇는 것이다. 빛의 공연은 계속된다.

새벽녘에 어느 작은 항구에 멈춰 서서 졸음 가득한 손님들을 더 태운다. 배에 오른 사람들은 자리를 비집으며 해먹들을 걸고는 고단한 잠속으로 빠져든다. 불빛 반짝이는 작은 항구가 점차 멀어진다. 배는 다시 어둠속으로 빠져 든다. 하지만 하늘엔 별들과 달이 어둠을 뚫고 여린 빛을 보내온다. 그 빛과 더불어 깊이를 가늠키 어려운 서러움이 몰려온다.

멀리 도시가 보인다. 강물이 자를 대고 선을 그은 듯 두 갈래로 갈라지기 시작한다. 정글을 통과하며 맑고 푸른빛을 띤 타파조스 강과 아마존의 황토색 물이 서로 뒤섞이지 않고 이웃하며 흐르는 것이다. 두 강물이 섞이지 않는 이유는 강물의 온도와 비중 그리고 속도가 다르기 때문이라고 한다.

더욱 많아진 핑크빛 돌고래들이 황토물 쪽에서 뛰어 오른다. 그 윤곽을 보이고도 도시가 가까워지기까지는 서너 시간이 더 흐른다. 싼타렘이다.

자연스럽게 프랑스 청년과 동행이 된다. 짧은 휴가를 온 그는 이곳에서 하루나 이틀을 보낸 후 다시 돌아가야 한단다. 오늘밤 머물 곳을 찾는 나를 선선히 그가 따라 나선다.

강변을 따라 조성된 작은 도시는 깔끔하고 운치 있다. 강변 공원을 따라 아름다운 가로등들이 줄맞추어 늘어서 있고, 강 위엔 아름다운 보트들이 가득 머리를 강둑으로 기대고 멈춰서 있다. 사람들은 평화롭게 강변마을의 오후를 즐기고 있다.

한 철물점 앞을 지나는데 프랑스 청년이 놀란다.

"아, 저 철물점 이름이 '세상의 끝'이네."

커다란 철물점의 간판을 다시 한 번 올려다본다. 여기가 세상의 끝이라면 이 집은 세상의 끝으로 향할 수 있는 각종 연장을 파는 곳인가?

아마존은 생활의 터전이자 또한 유일한 놀이터

강가의 좀 큰 마을

해변의 젊은이들

바다와 나무와 해먹

이곳에 대해 아무런 정보가 없는 나와는 달리 프랑스 청년은 미리 많은 것을 알아 온 모양이다. 이튿날은 아침부터 이곳의 강변 수영장으로 가자고 한다. 그제야 가이드북을 뒤지니 이 수영장은 '아르테르도숀', 싼타렘 서쪽 약 35킬로미터 지점에 있는 아마존 유역에서 가장 아름다운 휴양지 가운데 하나라고 적혀 있다.

프랑스 청년과 함께 그곳으로 가는 시내버스 타는 곳으로 향한다. 그런데 거리 풍경이 심상치 않다. 젊은이들이 떼로 몰려다니고 강변의 한 곳에는 축제를 위한 퍼레이드 차량들이 저마다 화려한 치장을 하고 줄맞춰 서있다.

알아보니 오늘이 이곳의 축제일이란다. 축제는 낮에 우리가 가는 아르테르도숀에서부터 시작해 저녁이 되면 이곳으로 옮겨 온다고 한다. 가는 날이 장날이라더니, 유명한 리오카니발을 보지 못해 아쉬웠는데, 바야흐로 축제의 계절을 맞아 브라질 전역에서 치러지는 카니발 중 하나를 이곳 아마존 기슭, '세상의 끝'에서 만나게 된 것이다.

설레는 마음으로 버스를 타고 강변으로 향한다. 강변에 이르러 둔덕길을 내려오니 눈앞에 펼쳐진 광경에 나도 모르게 감탄사가 흘러나온다. 맑디맑은 얕은 강물에 하얗게 반짝이는 백사장과 모래섬, 쭉쭉 뻗은 키 큰 열대야자수들 그리고 빼곡하게 물속에 들어가 더위를 식히는 사람들! 이곳이 내가 거슬러 올라온 붉은 황톳물이 흐르던 아마존이라고 믿기에는 눈이 의심스러울 정도다.

배를 타고 가운데에 있는 모래섬으로 건너가기에는 시간이 애매해 우리는 강변 백사장 한쪽에 테이블을 차지하고 자리를 잡는다. 부모들과 함께 온 아이들이 즐겁게 물장난을 친다. 물이 얕고 맑아 아이들과 함께 놀기에는 최적의 장소다.

프랑스 청년이 반바지 차림 그대로 물로 뛰어들어 제법 멀리까지 나아가 수영을 즐긴다. 아슬아슬한 비키니차림의 여인들이 한동안 시야를 어지럽힌다. 아이들을 찍다가도 렌즈에 비키니여인이 잡히면 스스로 당황스러워 얼른 카메라를 내린다. 이런 내가 촌스러운 생각이 들어 아예 카메라를 내려놓고 맥주만 마신다.

광장 주변이 소란해져 온다. 커다란 스피커를 실은 픽업트럭을 선두로 요란한 음악에 맞추어 사람들이 함성을 지르고 춤추며 뒤를 따른다. 축제의 개막이다. 강마을 주변을 한 바퀴 돈 그들은 광장에 모여 서로들 밀가루 같은 것을 뿌려대며 즐거워한다. 이전 우리네 중고등학교 졸업식장 풍경이 생각난다.

시내로 돌아오니 퍼레이드 차량들을 최종 점검하고 있다. 강변과 길옆에서는 노점상들이 전을 펼치느라 분주하다. 그런데 빗방울이 하나 둘 떨어지더니 이내 본격적으로 내리기 시작한다. 전을 펼치던 상인들은 장사를 망친다고 투덜거리며 서둘러 비를 피할 천막부터 치기 시작한다.

화려한 꽃장식의 퍼레이드 차량에서는 종이로 만든 거대한 비키니여인이 비에 젖어 속살대궁을 드러내며 조금씩 녹아내린다. 하지만 장대비 속에서도 어둠이 내리자 축제는 시작된다. 비에 젖은 인형들의 자동차에 미희들이 올라타고 아마존 강변을 울리는 커다란 음악이 흘러나온다.

행사차량들이 움직이기 시작하자 건물들의 처마에서 비를 피하던 사람들이 하나 둘 거리로 나온다. 그들은 처음에는 우산을 쓰고 차량을 따랐으나 이내 우산과 비옷들을 벗어버린다.

이제 사람들은 샤워같이 쏟아지는 비를 오히려 즐기고 있다. 사내들은 웃통을 벗어던지고 여인들은 강변 수영장에서부터 겉옷 안에 입고 온 수영복차림이 된다. 수영복과 빗속의 화려한 축제가 절묘하게 어울린다.

십여 대의 행사차량은 사람들을 달고서 강변 끝까지 갔다간 다시 거꾸로 돌아오기를 반복한다. 차량에 올라탄 악단의 연주와 노래에 맞추어 미희들이 요란하고 화려하게 몸을 흔든다. 즉석에서 청바지의 젊은 여인이 차량에 올라 바를 잡고 신나게 몸을 흔든다. 따르는 인파가 괴성을 지르며 춤을 춘다.

가로수인 망고나무에서는 작은 돌멩이같이 거센 비를 맞고 잘 익은 망고 열매들이 뚝뚝 떨어진다.

축제가 열리는 섬 ◉

섬에서 배로 삶은 달걀 팔러 오는 소녀

프랑스 청년은 프렌치 가이아나로 돌아가고 나는 예약해둔 배를 탄다. 배는 이곳까지 타고 온 것보다 크고 한 층이 더 높다. 위층 상갑판에는 휴게실 겸 바까지 마련되어 있다.

마나우스까지는 요금을 아끼려는 이유도 있지만 갑판에서 한번 해먹을 치고 자볼 생각으로 해먹 칸을 샀다. 이번 여정을 위해 마까빠에서 가볍고 싼 얼룩천의 해먹을 하나 샀던 것이다.

선원이 모든 승객들의 해먹을 걷어들여 앞쪽부터 차례대로 지그재그로 건다. 해먹을 다 걸고도 공간이 반 이상이나 남는다. 영문을 몰라 내 해먹을 가리키며 뒷기둥 쪽에 다른 해먹들과 떨어져 걸겠다고 하니 처음에는 안 된다고 하다가 할 수 없다는 듯 허락한다. 새로 산 해먹을 출렁거리며 잠시 한가로이 누워본다. 새로 장만한 해먹이 흐뭇하다.

푸른 천막 사이로 흠뻑 비를 맞고 있는 아마존을 바라본다. 가운데 섬을 경계로 황토색과 검푸른 색의 두 갈래 강이 물안개를 낮게 피워 올리며 아스라하게 흘러간다. 강변에 길게 정박한 여러 배들도 흠뻑 비에 젖고 있고, 그 사이로 작은 조각배를 탄 노인이 우산을 쓰고서 간단한 음식과 음료수, 과일 등을 팔고 있다.

노인은 주문하는 사람들에게 높이 팔을 뻗어 물건을 건네고 돈을 받는다. 한 층 위의 사람들에게는 아래층 사람들이 대신 팔을 뻗어 물건을 올려주고 돈을 받아 내려준다.

배는 비 내리는 아마존을 거슬러 올라간다. 마나우스까지는 2박 3일 동안 마흔 일곱 시간을 가야 한다. 일반적인 경우가 그렇다니 얼마나 걸릴지는 가봐야 안다.

바다 같은 강을 지나고 호수 같은 강도 지난다. 어느새 비는 그쳐 있다. 멀리 인적 없는 육지가 보이고 인적 없는 정글섬도 지난다. 다시 저녁노을이 붉게 물들기 시작한다. 드넓게 펼쳐지는 저녁노을을 가르며 배는 양쪽으로 섬들이 있는 좁은 수로로 접어든다.

양쪽 섬들에 간간히 집들이 보인다. 조각배를 탄 사내들이 배를 향해 노를 저어와 선원들에게 무언가가 담긴 바구니를 건넨다. 아래층으로 내려가 살펴보니 집에서 만든 치즈다. 담긴 그릇의 모양대로 굳어있는 노란빛 치즈들이 조각배로 건너와 무게를 달아 수첩에 기재된다. 선원들이 돈을 지불하지 않는 것으로 보아 이 배는 그것들을 도시의 어느 가게로 전달해주는 역할을 하고 있는 듯하다.

어둠이 내리는 섬 언덕에는 집으로 들어오는 소들이 보인다. 노란 치즈는 저들로부터 만든 것인가 보다. 비 갠 맑은 하늘에서 별들이 총총하게 반짝이기 시작한다. 별빛 속으로 배가 항해한다.

작은 마을의 오색불빛들이 일렁이는가 싶더니 배는 조그만 항구로 들어선다. 늦은 밤, 작은 마을의 어디서 그렇게 몰려왔는지 100여 명은 족히 넘어 보이는 사람들이 짐을 들고 달리듯 널판자를 넘어온다. 고요하던 배안이 난장판이 된다.

배로 들어온 사람들은 서로 좋은 자리에 해먹을 거느라고 한바탕 소란을 피운다. 넉넉하던 공간에 한 치의 빈틈도 없이 순식간에 해먹이 걸린다. 내 양옆에도 해먹이 걸린다. 이제야 출항 전 선원이 해먹을 걷어들여 앞쪽에서부터 차례대로 걸어준 이유를 알겠다.

이제 배 위에서의 생활이 어느 정도 몸에 익었는지 그저 그런가 보다 하고는 뱃전에 기대어 부두와 배 위의 사람들을 구경한다.

부두에서 한 쌍의 젊은 연인이 이별을 하면서 사람들이 모두 탈 때까지 포옹을 풀지 않는다. 널판자가 걷어지기 전에 마지막으로 소녀가 배에 오른다. 배에 오른 소녀는 뱃전에 기대어 어두운 얼굴의 청년을 슬프게 바라본다. 서서히 배가 항구를 빠져나오자 손을 들어 보이던 소녀는 급기야 울음을 터트린다.

바로 옆에서 바라보던 나도 코끝이 찡해온다. 여러 이별을 보아왔지만 밤의 아마존 선창에서 보는 이별은 더욱 애잔하다. 다시 한 번 소망한다, 세상의 모든 연인

섬에는 소들이 있어 뭍에 치즈를 보내준다.

들이 이별 없는 삶을 살기를.

　　사람들 사이를 비집고 해먹에 누워 잠을 청하지만 채 두 시간도 못 자고 일어날
수밖에 없다. 양옆의 해먹에 누운 사람들의 무게에 밀려 도저히 무거워서 잠을 잘
수가 없는 것이다. 마지막으로 들어와 누운 위쪽 해먹에 들어선 사내는 그 몸무게가
몽땅 내게로 밀려온다. 이건 마치 내가 몇 사람을 메고 자는 것과 같다.

　　웬만하면 참고 잠을 청하려 했으나 결국 해먹에서 일어나 밖으로 나온다. 늘어
져 알주머니처럼 빼곡한 해먹들을 바라보니 지그재그로 얽혀 다들 잠들어 있다. 내
해먹을 기둥 옆에 친 것이 잘못이다. 기둥에 걸려 자연스럽게 뒤쪽으로 밀려나지 못
하고 지그재그로 걸쳐진 몇 사람의 무게를 내가 모두 질 수밖에 없는 것이다.

다시 해먹으로 비집고 들어갈 엄두가 나지 않아 잠자기를 포기하고 졸린 눈을 비비며 좁은 배안을 배회한다. 조타실을 기웃거리던 나는 한 곳을 바라보고는 쾌재를 부른다. 조타실 벽 앞의 선두 갑판이 비어 있는 게 보였기 때문이다.

비록 사람들이 건너다니는 통로이긴 하지만 안쪽으로 바짝 붙으면 잘 수도 있겠다는 생각으로 항해사에게 부탁을 하니 선선히 고개를 끄덕인다. 천장에 묶인 내 해먹을 걷고, 배낭을 뒤져 담요 한 장을 끄집어낸다. 경사진 바닥이라 자꾸 난간 쪽으로 미끄러져 내려갔지만 몸을 꿈틀거려 다시 벽 쪽으로 붙으며 잠 속으로 빠진다.

사람들이 오가는 소음에 잠을 깨니 아침햇살이 찬란하게 비춰온다. 일어나 벽에 기대 앉아 아침햇살을 바라본다. 배는 다시 넓은 강을 지나고 있다. 가까운 한쪽 옆으로 보이는 육지엔 집들이 보이고 강으로 뻗어 나온 작은 나루들 위에선 사람들이 다시 하루의 일상을 시작하고 있다. 푸르게 펼쳐진 초지로 소들이 줄지어 우리를 나가고 있다. 이름 모를 새들이 밝은 아침 숲을 누비며 날아다닌다.

열 살 안팎의 소녀가 쪽배를 저어 배로 다가온다. 소녀가 싣고 온 바구니에는 집에서 기른 닭들이 낳은 달걀을 삶은 것이 소복이 담겨 있다. 소녀는 배에 타고 있는 사람들에게 달걀을 팔러 온 것이다.

이미 아래층 식당에선 아침식사가 시작되고 있었지만 사람들은 소녀에게서 달걀을 산다. 나도 주머니 안에서 짤랑거리는 동전 몇 개를 주고는 소녀에게서 삶은 달걀 두 개와 소금 약간을 건네받는다. 달걀을 하나 입에 넣으며 문득 돈이 없어 삶은 달걀 한 개를 사서 나누어 먹던 중학교 동창 녀석의 오래 된 얼굴이 떠오른다.

소녀의 달걀 바구니는 이내 다 빈다. 소녀는 사람들에게서 받은 달걀값 외에도 아침상에 차려졌던 음식 몇 가지와 사람들로부터 받은 과자, 담배 등을 바구니에 담고는 다시 쪽배를 저어 집으로 돌아간다. 소녀에게 웃으며 손을 흔드니 소녀도 이를 모두 드러내고 활짝 웃으며 마주 손을 흔든다.

먹을 것이 있어도 소녀의 달걀을 팔아주고 넉넉지 않은 자신의 물건을 나눠주는 사람들, 자신이 키운 닭의 소중한 알을 모아 배 시간에 맞춰 삶아오는 섬 소녀,

모두 아름다운 사람들이다. 배는 여전히 화창하고 평화로운 아침의 아마존을 미끌어져 간다.

어젯밤 항구에서 울며 청년과 이별하던 소녀가 아까부터 눈에 들어온다. 그 소녀에게 한 녀석이 붙어 자신의 해먹에 함께 앉아서는 노트북을 펼쳐 보이며 열심히 꼬드기고 있다. 소녀는 이미 간밤의 슬픈 이별일랑은 잊은 듯 보인다. 사내의 손이 소녀의 어깨며 다리를 쓰다듬고 있다.

상갑판에서 맥주 한 캔을 마시며 강 풍경을 바라보다가 조타실로 오는 길에 쳐다보니 소녀와 사내는 걸터앉았던 해먹 안으로 함께 들어가 해먹자락으로 온몸을 감고는 출렁이고 있다. 해먹 아래엔 그녀를 꼬드기던 노트북이 접혀져 있다.

소녀의 이별과 눈물이라니! 저놈의 노트북을 강물에 집어 던지고픈 충동을 억지로 누른다.

뱃머리에서, 상갑판에서, 뱃전에서 망연히 지나는 강을 바라본다. 아무런 생각이 없다가도 어떤 생각들이 스치면 지금껏 지나온 삶을 하나하나 끄집어내 돌아본다. 부끄러운 것들이 너무 많다. 떠오르는 그 생각만으로도 부끄러움에 얼굴이 붉게 달아오른다.

이 부끄러움을 어쩌면 좋은가. 어찌할 수 없는 부끄러움들이 바닥 깊은 곳에서부터 마침내 슬픔으로 터져 나온다. 어느덧 붉게 물들어오는 저녁노을에 붉어진 내 얼굴이 감춰진다.

일찍부터 조타실 앞에 자리를 펴고 앉는다. 다시 별들이 쏟아진다. 앉아서 그리고 누워서 밤하늘의 별들과 어두운 아마존을 바라다본다. 배는 느릿느릿 별들을 헤치며 앞으로 나아간다.

아침이 되자 다시 바다 같은 넓은 강을 지나고 드디어 멀리 도시의 모습이 보이기 시작한다. 마나우스다. 뒤쪽 멀리에서 강을 따라 오르는 거대한 유조선이 보인다. 바다에서나 떠다니는 유조선이 강물을 거슬러 오르는 것이 경이롭다.

항구는 아마존 곳곳에서 모여든 여객선들로 빈틈이 없다. 이층 삼층의 아름다운 하얀색 배들이 가운데로 난 통로에 머리를 대고 사람과 물건을 싣고 내린다. 어디에서 와서 어디로 가는지 수많은 사람들이 짐을 들고 배들 사이로 놓인 나무다리를 활기차게 오간다. 그런 사람들 위로 화창한 한낮의 햇살이 눈부시게 부서진다.

배낭을 메고 항구를 둘러보며 시가지 쪽으로 난 언덕길을 오른다. 언덕길을 올라 로터리쯤에 이르니 이미 온몸이 땀으로 흥건하다.

근처에 오래된 작은 호텔이 보인다. 가격은 적당하지만 실내가 너무 어둡고 지저분해 다시 나오니 들어올 땐 보이지 않던 화장기 진한 여인들이 두엇 입구에서 서성인다. 여인들은 짧은 휴식을 위해 돌아오는 뱃사람들을 기다리는 듯하다. 그리고 보니 이 거리 전체가 그런 곳이다. 눈에 들어오는 몇 군데 호텔마다 입구엔 여자들이 서성인다.

위쪽 시내 방향으로 올라가니 낮은 이층집에 붙어있는 게스트하우스 간판이 반갑게 눈에 들어온다. 이층의 실내로 들어가자 서너 명의 여행자들이 영화를 보고 있다. 한국배우도 함께 출연하는 '재키찬(성룡)' 주연의 중국영화다. TV속에 비친 낯익은 한국배우도 반갑지만 오랜만에 만나는 여행자들 또한 반갑다.

서로 인사를 나누는데 아르헨티나에서 왔다는 젊은 한 쌍이 악수를 건네 온다. 사진작가인 이들은 연인 사이로 함께 촬영여행을 하고 있다고 한다. 청년은 자신들이 찍은 사진을 보여준다. 소외된 사람들을 주로 찍은 그들의 사진과 시각이 마음에 든다.

지나오는 길에 보고 사진을 찍고 싶었지만 배낭 때문에 숙소를 정한 다음 다시 나오기로 마음먹었던 골목길이 떠오른다. 가난한 이들이 살고 있는, 햇살이 밝은 골목이었다. 내가 이야기를 꺼내자 두 사람은 광선이 좋은 저녁 어스름 직전에 함께 촬영을 나가기로 한다.

샤워를 하고 도미토리지만 편안한 침대에 누워 배에서 지친 몸을 잠시 쉰다. 벨렘에서 마까파까지 1박 2일 25시간, 마까파에서 싼타렘까지 2박 3일 45시간, 다시 싼타렘에서 이 곳 마나우스까지 2박 3일 47시간, 6일 동안 총 117시간을 배를 타고 아마존을 거슬러 올라온 것이다.

이제 이곳에서 버스를 타고 조금만 더 가면 애초의 목적지인 '잃어버린 세계' 테이블마운틴이 있는 베네수엘라 국경이다. 드디어 나는 가이아나에서부터 대략 4000킬로미터 이상의 길을 돌아 국경 가까이까지 온 것이다. 나는 그 괘씸한 가이아나에 100달러를 뜯기지 않았다.

청년 커플과 함께 카메라를 챙겨들고 게스트하우스를 나선다. 여자의 이름은 마리안, 남자는 훌리오다. 항구 가까운 쪽의 내가 올라오며 본 골목길을 먼저 찾아간다. 저녁노을 직전의 햇살이 참 좋다. 골목길의 낡은 지붕과 판잣집들의 나무틈새로 햇살이 사선으로 비춰든다.

카메라를 꺼내 늦은 해바라기를 하고 있는 사람들에게 웃음을 보이고 사진을 찍자 사람들이 바로 집안으로 흩어진다 싶더니 금세 집안에서 더 많은 사람들이 몰려나와 마구 뭐라고 한다. 당황한 우리는 서둘러 골목을 빠져 나온다. 도로까지 도망치듯 나와 서로 얼굴을 마주보며 고개를 흔든다.

도로를 따라 강변 쪽으로 내려간다. 부산하던 상가들은 이미 문을 닫았고 그늘진 도로에는 인적이 없다.

갑자기 훌리오가 한 곳을 향해 손을 가리킨다. 얼른 쳐다보니 우리가 빠져나온 골목에서 나온 것으로 보이는 청년 둘이 다가온다. 뛰어오듯이 내게 접근한 그들이 손을 내민다.

"뭐야?"

내가 놀란 눈으로 묻다가 그들이 옆구리에서 꺼내는 칼을 발견한다. 칼날이 반짝거리자 나는 순간적으로 오른손에 들고 있던 카메라를 왼손으로 옮기고, 그들이 칼을 바로잡기 직전에 오른손을 뻗어 앞으로 다가온 청년을 밀쳐낸다.

이것은 내가 배우로 활동할 때 극단에서 거의 강제로 아침마다 도장에 나가게 해서 게으르게 배운 태껸 가운데 '이크 에크'의 기본초식이다. 그냥 밀쳐냈다고는 하지만 거기에는 순간의 힘이 들어가 있다. 나도, 칼을 들고 다가온 청년도 서로 놀란다.

모든 상황은 순식간에 벌어진다. 얼른 다시 발을 뒤로 한 발짝 물린 나는 늘 메고 다니는 보조배낭 옆 주머니에서 재빨리 쇠사슬을 끄집어낸다. 인도에서 구입한 것으로 가방을 버스나 열차에 묶을 때 쓰는 것이다.

나는 사슬 끝에 열쇠 하나를 채우고 바로 꺼낼 수 있게 보조배낭 옆에 달린 그물주머니에 넣어 다닌다. 비상시에는 무기로 쓸 생각을 하고 있었던 것이다. 무기로 쓸 때를 대비해 때때로 연습까지 했다.

내가 사슬을 끄집어내며 대련자세를 잡자 달려들려던 청년들이 놀란다. 그들의 눈빛이 배낭에서 빠져나오는 쇠사슬과 바로 발을 날릴 수 있도록 기마자세로 벌린 다리에 간다.

그들이 빠르게 시선을 주고받는다. 그들의 눈빛에서 당황스러움과 두려움이 나타나더니 내가 사슬을 휘두를 태세를 취하자 뒷걸음질을 치기 시작한다. 그리고는 곧바로 몸을 돌려 달아단다. 나는 이미 한판 붙을 준비가 되어 있는데.

그들이 달아나기 시작하자 어디로 피해 있었던지 훌리오가 그제야 붉게 상기된 얼굴로 여행용 주머니칼을 뽑아들고 나타난다. 마리안은 어디로 갔는지 보이지도 않는다.

도로를 빠져 나오자 길 건너 다른 도로의 슈퍼 안쪽에서 마리안이 나온다. 우리가 무사하고 상황이 종료된 것을 본 그녀는 아이처럼 좋아한다. 서로 얼굴을 보며 웃고들 있지만 우리는 사실 모두 놀랐다. 놀란 두 사람은 촬영을 포기하고 숙소로 돌아가겠다고 한다.

나는 혼자 강변으로 향한다. 뭍에서 아마존의 석양을 보고 싶다. 저녁노을로 붉게 물들어가는 강변엔 포장마차들이 늘어서 있다. 그중 한 집에서 접시에 담긴 필라루크의 하얀 살을 발견한다. 필라루크는 숯불에 굽지 않고 프라이팬에 튀겨낸다. 손바닥만 한 튀김 한 접시와 맥주를 주문한다.

입안에서 쫀득거리며 녹아내리는 필라루크 한 점에 맥주를 마신다. 한 잔 맥주를 들이키자 그제야 좀 전의 아슬아슬했던 상황에 안도의 한숨을 쉰다. 길을 달려 슈퍼로 달아난 마리안과, 청년들이 달아나기 시작한 후에야 주머니칼을 뽑아들고 나타난 훌리오의 모습이 떠오르자 피식 웃음이 나온다.

넓은 강의 수평선으로 서서히 해가 떨어지기 시작한다. 붉은 저녁노을이 아름답고 추함에 관계없이 아마존의 모든 풍경을 푸근하게 감싸 안는다.

숙소로 돌아오자 거실에 모여 있던 모든 여행자들이 박수를 친다. 미리 돌아온 훌리오 커플이 상황 설명을 했나보다. 이야기하는 것을 들어보니 실제보다 훨씬 부풀려있다.

"갑자기 쏜의 팔이 날아가고 다리가 날아가고……"

박수를 치고 있는 이들 가운데에서 처음 만나는 스페인 여자 둘은 바로 어제 좀 전의 그 골목에서 칼 든 강도를 만나 전대와 여권까지 모두 빼앗겼다고 한다. 이들은 여권을 새로 만들기 위해 대사관으로 가야 한다면서 앞으로는 어디를 가든 나와 같이 가겠다고 한다. 훌리오 커플의 부풀림 때문에 나는 갑자기 숙소에서 '코리안 재키'가 된다.

며칠 후, 국경인 보아비스타로 향하는 나를 배웅하기 위해 훌리오 커플이 따라나선다. 나와 함께 갈 것인가 한동안 고민하던 이들은 우선은 아마존 안쪽의 상류로 갈 것이라고 한다.

버스정류장 앞의 식당에서 점심을 함께 먹고는 헤어진다. 출발하는 버스 안에까지 오른 훌리오가 다시 만나자며 힘차게 나를 포옹한다. 녀석은 눈물까지 그렁거린다. 짧은 기간이지만 정이 많이 들었나 보다.

세상의 어느 귀퉁이나 사람 사는 곳에는 따뜻한 정도 살아있다. 소박하고 다양한 삶들 속에 녹아있는 그 정을 만나기 위해 나는 떠돌고 있는 것이다.

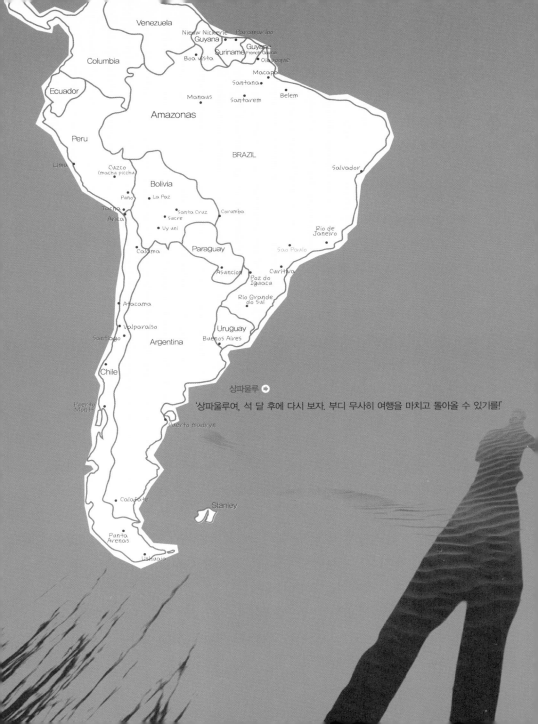

상파울루

'상파울루여, 석 달 후에 다시 보자. 부디 무사히 여행을 마치고 돌아올 수 있기를!'

제 **3** 장

상파울루는
눈물에 젖어

이제 여기서 이 여행의 처음으로 되돌아가자.

2006년 10월 11일 4시 30분, 브라질 상파울루. 마침내 나는 남아메리카 대륙에 발을 디딘다.

과를로스 공항 청사를 빠져나오면서 후덥지근한 공기를 가슴 깊숙이 들이마신다. 내 가난한 고행의 새로운 시작이다. 이 미지의 낯선 대륙에서는 또 어떤 일들이 나를 기다리고 있을까?

기대와 설렘으로 공항버스를 타고 시내로 향한다. 보기에는 깨끗한 공항버스가 앞 유리창의 와이퍼가 고장나 마침 내리기 시작한 빗속에 앞을 전혀 내다볼 수가 없다.

버스 기사는 가다가 차를 세우고 내려서 손으로 빗물을 닦아내기를 반복한다. 빗길에 와이퍼가 고장난 공항버스라니. 시계제로! 앞으로의 내 여행도 아마 저러하리라는 생각에 첫발을 내딛는 새로운 시작의 마음을 다잡는다.

전철역 앞에서 버스를 내려 붐비는 사람들 틈새를 두리번거리며 첫 목적지로 정한 '동양인 거리' 리베르다데 행 전철을 타러 간다. 전철역 구내를 막 접어드는 순간 어디선가 불그레한 오물이 물총처럼 쏘아져 날아와 배낭과 옷에 묻는다.

어리둥절한 시선으로 건물 위쪽과 앞뒤를 살피자니 후줄근한 양복을 입은 웬 50대 사내가 다가와 건물 위쪽을 가리킨다. 위쪽에서 떨어졌다는 말이다. 그리고는 주머니에서 휴지를 꺼내 닦아 주겠다고 한다.

그때까지도 영문을 몰라 옷과 배낭에 묻은 붉은 물을 살피던 내 뇌리에 언뜻 오랜 여행의 짬밥으로 얻은 하나의 생각이 스친다.

'아하, 그렇구나! 이게 바로 말로만 들던 브라질 들치기로구나.'

아니나 다를까! 사내는 들고 있던 낡은 서류 가방을 내게 내밀며 내 보조가방을 달라고 한다. 냄새 난다고 인상까지 찌푸리며 자기가 닦아주겠다는 거다.

　이미 눈치를 챈 내가 장난기어린 냉소를 흘리며 그가 손에 쥐고 흔드는 휴지를 빼앗으려고 하자 사내는 휴지 든 손을 얼른 뒤로 빼고는 자기가 직접 닦아주겠다며 저쪽 후미진 곳으로 가자고 손짓을 한다.

　사태가 파악되자 나는 다시 한 번 배낭을 고쳐 메고는 좀 과장된 몸짓으로 그가 흔드는 휴지를 빼앗으려 달려든다. 그러기를 두어 차례 반복하니 그의 뒤편으로 같은 패거리로 보이는 사내 두엇이 나타나는데 모습이 몹시 불량하다. 손에 신문을 말아 쥐었는데 그 안에 무엇이 들었는지 모르겠다.

　그래봐야 기껏 과도나 쇠파이프일 텐데, 그런 사내들 두엇쯤이야 눈앞에서 닥치면 어렵지 않게 당해낼 수 있지만 여기는 처음 도착한 타국이고, 앞뒤로 멘 배낭과 가방 때문에 움직임이 빠르지 못하다.

　일촉즉발, 낯선 나라 전철역에서 어떤 일이 벌어질지 몰라 긴장하는데, 마침 앞쪽으로 경찰 두 명이 전철 역사 안에서 걸어 나온다. 건물을 등지고 있는 사내들은 미처 경찰을 보지 못했다.

　내가 다시 한 번 휴지를 빼앗으려는 척하다가 눈으로 경찰을 가리키니 사내들이 힐끔 돌아보고는 화들짝 놀란다. 나와 경찰과 사내들의 시선이 다급하게 부딪친다. 나는 슬쩍 미소를 짓고, 사내들은 뒷걸음을 치더니 이내 걸음아 날 살려라 하고 도망친다. 그제야 경찰은 무슨 일이 있었다는 걸 알아챈다.

　어찌 된 일이냐고 표정으로 묻는 경찰에게 옷과 배낭에 묻은 오물을 보여주며 그들이 달아난 쪽을 가리키는 것으로 상황은 일단락된다. 그러고 나자 주변에서 지켜보던 사람들이 손짓을 하며 말을 건넨다. 그들 몇 사람은 가던 길을 멈추고 금방 일어난 작태를 유심히 관찰하고 있었던 거다.

　참 멍청한 여행자라니! 여행 떠나기 직전에 선물로 받은 너무 깨끗한 새 배낭과 새 가방에, 어리벙벙 두리번거리는 내 모습이 건수를 찾아 눈을 번득이는 그들에게 표적이 된 것은 너무나 당연한 일이다.

동양인 거리 리베르다데

먹을거리 장이 선 리베르다데 저녁 풍경

칠칠치 못한 내 처신을 반성하고 이것으로 남아메리카 상륙 인사를 했다고 자위하면서 전철 역사 안의 햄버거 집 휴지를 얻어 가방과 옷, 몸에 묻은 오물을 대충 닦아낸다. 잘 닦아지지도 않는 불그죽죽한 오물은 지독한 냄새를 풍긴다.

브라질에는 왜 이렇게 친절한 사람이 많지?

리베르다데 역을 빠져나오자 이미 날은 저물어 화려한 네온사인 불빛에 거리가 요란스럽게 반짝인다. 약간은 조급한 마음으로 싼 숙소를 찾아 헤매는데 좀처럼 보이지 않는다. 몇 군데 호텔을 들어갔으나 70~80헤알을 내라고 한다. 35달러가량 되는 돈이다.

어두워진 거리를 살피며 영어가 통할 만한 사람을 찾았으나 몇 사람이나 손을 휘젓고는 그냥 지나가버린다. 배낭은 그다지 무겁지 않았지만 두어 차례 거리를 오르내리니 땀이 흐르기 시작한다. 그때 마침 앞에서 일본인으로 보이는 젊은 여자가 걸어와 행여나 싶어 말을 건넨다.

"저, 죄송합니다. 한국에서 왔는데 혹시 싼 숙소 아시는 데가 있으면……."

"아, 여행자시군요. 마침 내 친구가 배낭여행 와서 묵었던 곳이 있는데요."

운이 좋다. 영어가 유창한 여자는 매우 친절하기까지 하다. 그녀는 거리를 내려가 골목을 꺾어져서 손바닥만 한 일본어 문패가 붙은 집으로 나를 데려다준다. 그녀는 초인종을 눌러 주인 할머니를 불러내고는 일본어로 한참 이야기를 나눈다. 그러자 할머니는 또 누군가와 전화로 한참 이야기를 하며 내 생김새와 차림새 등을 소상하게 보고한다.

"한국인 머슴앤데 배낭이 크고 머리가 길고……."

눈치를 보니 할머니 혼자 꾸려가는 가정집 같은 이곳 숙소에 한국인은 처음인 모양이다. 10여 분 이상이 지나서야 할머니는 내가 머물 것을 허락하고 현관, 방, 사물함 도합 3개의 열쇠가 달린 꾸러미를 건네준다. 그제야 이름이 '미오' 라는 고마운 일본여인은 잘 자라는 인사를 하고 돌아간다. 참 친절한 사람이다.

네 명이 함께 쓰는 방의 2층 침대에 자리를 잡고 어두운 밤거리로 나와 맥주 한 병으로 자축한다.

"라틴아메리카여, 드디어 무사착륙이다!"

숙소엔 사내들만 열댓 명 있는 듯하다. 그들은 모두 아침 일찍 일어나서는 커피와 간단한 아침을 만들어 먹고는 어디론가 나간다. 모두 여행자는 아닌 것 같다.

나도 이름이 마르코비치라는 이스라엘 사내가 타 준 커피를 한 잔 얻어 마시고 주인 할머니에게 물어 한국인 거리를 찾아 나선다. 이스라엘 사내는 전철역까지 동행해서 현지 돈이 한 푼도 없는 내게 자기 정액권을 대신 찍어주고는 경찰에게서 지도까지 구해 길을 알려주고 자기 갈 길을 간다. 브라질에는 어찌하여 이렇게 친절한 사람들이 많나.

10여 분간 전철을 타고 가서 티라덴치 역에 내려 봉헤치로라는 한국인 거리를 찾는다. 이 지역은 한국인들의 집단상권이 형성되어 있는 곳이다. '서울식당', '한국슈퍼' '장미비디오' 등 여기 저기 한글 간판들이 보인다. 그중에 여행사 간판도 있어 우선 정보수집차 올라간다.

쥐뿔도 없는 가난이 직업인 내 지난 수년간의 여행 방법은 인도 등지에 머물며 시즌마다 한국의 여행사에서 보내오는 여행자들을 맡아 현지 인솔과 가이드를 하는 것이었다. 이번의 세계일주 여행계획 역시 마찬가지로 준비했다.

현지에 먼저 가서 면밀히 답사를 한 후 여행 프로그램을 짜서 한국의 여행사와 기존의 내 고객들에게 보내고, 그에 맞춰 한국에서 여행 팀이 도착하면 현지에서 인솔해 안내하는 것이다. 그리고 그 일에서 번 얼마의 돈으로 나만의 여행을 계속한다. 그러자면 우선 현지 사정에 밝아야 하니 최대한 정보를 모아야 한다.

다행히도 그 여행사는 생긴 지 얼마 되지 않았으나 성실한 인상의 젊은 친구들이 운영하는 곳으로, 내 소개를 하고 협조를 구하자 흔쾌히 도와주겠다고 한다. 우선 대략의 날짜별로 항공 스케줄과 가격 조사를 부탁한다.

이튿날 10여 분을 걸어 시내 중심가로 나가니 거대한 석조성당인 상파울루 대성당이 먼저 눈에 들어온다. 우리 명동성당의 3배쯤은 될까? 그 거대한 성당 앞은 온통 부랑자와 거지들이 차지하고 있다. 그야말로 낮은 곳에 임한 성당 광장이다.

그들은 성당을 오르는 계단에 앉아 구걸을 하는가 하면 넋을 놓고 앉아 햇볕을 쪼이고, 훔치거나 주워온 것 같은 너절한 물건들을 늘어놓고 사람들을 불러 모은다. 계단과 광장, 성당의 바깥쪽 구석구석을 그때의 용도에 맞춰 기가 막히게 활용하고 있다.

그 사이를 비집고 올라가 성당 안쪽을 들여다보니 미사가 한창 진행 중이다. 부랑자와 거지들의 점령지역은 현관 입구 바로 아래 계단까지만이다. 성당 너머로는 도시의 마천루들이 빼곡히 솟아 하늘을 가리고 있다. 성당을 나와 빌딩 사이를 걸어가니 휴일이라 그런지 사람들이 거의 보이지 않는다. 보이는 사람이라곤 일정한 간격으로 처마 밑에 터를 잡은 거지들뿐이다. 상파울루에는 거지가 많다더니 온 도시가 처마 밑은 거지들에게 보금자리로 내주고 있다.

현직 대통령인 룰라의 정책이 성공해 경제가 가파르게 상승하고 있어서 대내외적으로 나라 살림이 많이 나아졌다는데도 이런 것을 보면 정부 형편과 빈부의 차이는 역시 무관한 모양이다.

상파울루 중심가인 '쎄' 역 근처에는 많은 걸인 가족들이 살고 있다. 늘 맨바닥에 종이박스만 깔고 거적을 덮고 살던 그들 중 한 가족이 어느 날은 어디선가 비닐 조각을 주워와 낮은 화단 담장에 제법 움막 같은 것을 쳐두었다. 가장으로 보이는 사내가 주변의 걸인 가장들을 불러 천막을 가리키며 무어라고 설명을 한다.

다음 날 다시 그곳을 지나며 보니 이번에는 또 어디선가 과일 박스들을 잔뜩 주워와 벽을 쌓아놓고 제법 문 같은 것을 만들어두었다. 역시 전날의 가장 걸인이 주

변의 걸인들에게 무어라고 일장연설을 하고 있다.

다음날엔 일부러 그곳을 찾아 다시 가보니 처음에 움막을 덮고 있던 비닐조각은 사라지고 제대로 된 천막용 푸른 비닐 천으로 삼각 텐트를 만들어두었다. 과일박스 담장도 보다 튼튼하게 증축되어 있다. 가장 사내는 역시 걸인들을 모아놓고 자랑스레 천막을 가리키며 설명을 한다.

내 생각에 이제 며칠 뒤면 저들은 거리생활을 청산하고 안정된 새로운 곳으로 삶의 터전을 찾아갈 것 같다. 저런 식으로 삶을 개조해 나가다보면 언젠가는 걸인생활도 청산하고 정상적인 가정을 이루게 되리라 싶어 흐뭇한 마음이 된다.

그런데 이틀 뒤 그곳을 지나게 되어 궁금해서 가보니 전혀 뜻밖의 상황이 벌어져 있다. 천막은 어디론가 사라지고 담장이었던 과일박스들은 산산조각이 나 있는 것이다. 게다가 가장 사내는 다시 종이 박스 위에 맥없이 늘어져 누워있는데 팔에 깁스까지 하고 있다.

어찌 된 건지 궁금했지만 누워있는 사내에게 직접 물어볼 수는 없어서 길 건너 커피숍에 들어가 커피 한 잔을 시키고 종업원에게 영문을 물어본다.

"어제 경찰이 와서 다 부숴버렸어요. 남자가 대들자 팔을 부러뜨렸지요."

경찰이 왜 그랬는지 의문이다. 브라질에서는 혹시 거리의 걸인들이 걸인답게 살 때만 정부로부터 묵언의 허락을 받을 수 있는 게 아닐까?

상파울루에서 며칠이 지나면서 해거름이면 찾아가는 단골 노천 바에서 날마다 만나는 얼굴들이 있다. 검과 사탕, 초콜릿 등을 파는 열대여섯 살 소녀와 같은 행상을 하는 열 살 남짓의 소년 그리고 깡통을 줍는 40대 후반으로 보이는 아줌마다. 소녀는 살집이 통통한 꼬마로 귀여운 얼굴이다.

소녀와 소년은 날마다 해가 떨어질 무렵이면 물건을 진열한 작은 가판대를 메

◎ 상파울루 대성당

고 전철역 근처의 노천 바들을 돌아다닌다. 이미 나와 낯이 익은 그들은 나를 발견하면 알은체를 하며 반가워한다. 소년은 내 어깨를 툭 치며 손을 불쑥 내밀고 악수를 청한다. 통통하고 조그만 손이 따뜻하고 꽤 힘이 있다.

하지만 나는 껌을 씹지도 않고 사탕이나 초콜릿도 먹지 않으니 그들에게서 딱히 살 만한 물건이 없다. 그럼에도 꼬박꼬박 인사를 하는 그들이 대견하기도 하고 귀엽기도 해서 하루에 한 번씩은 물건을 팔아준다. 1헤알에 두 통을 주는 껌이나 사탕, 초콜릿을 사서 가게의 여종업원에게 주기도 하고 그냥 테이블에 얹어두고 나오기도 한다.

하지만 가난한 여행자 입장에서 두 사람 것을 다 팔아줄 수는 없어서 그날 먼저 오는 순서대로 한 사람 것만 사기로 한다. 아이들은 그런 내 원칙을 이해했는지 내가 먼저 만난 소년의 물건을 사면 소녀는 뒤에 와서 배시시 웃기만 한다. 소녀의 물건을 먼저 사면 소년은 그냥 다가와 주먹을 부딪치며 파이팅만 하고……

거리의 처마 밑이나 어두운 골목에서 불쑥 튀어나오는 아이들처럼 구걸을 하지 않는 그들이 대견하면서도 고마운 마음이 든다. 그들은 돈만 받은 적도 없고, 두 개 줄 물건을 한 개만 주고 만 적도 없다. 정직하고 자존심이 강한 아이들이다.

어린 시절의 기억 한 토막이 떠오른다. 집을 떠나 산중을 유랑하며 사신 아버지로 인해 어머니의 삯바느질에만 의지하고 살아야 했던 우리는 지독히도 가난했다. 내가 국민학교에 들어가기 전 형들은 껌통을 들고 작은 광산촌 마을의 다방을 돌아다니며 껌을 팔아 번 돈을 밤마다 어머니에게 꼬박꼬박 갖다드렸다. 물론 어머니가 시켜서 한 일은 아니었고, 형들이 자발적으로 한 일이다.

그런데 하루는 막내 형이 얼굴에 커다란 신발자국을 묻혀가지고 시무룩한 표정으로 집에 돌아왔다. 어느 다방에 들어가 껌을 팔려고 했더니 술 취한 손님이 신발을 벗어서 뺨을 때렸다는 것이다.

그날 밤 어머니는 우리 형제들의 손을 잡고 소리 없는 눈물 한 방울을 흘리셨다. 형들과 나는 치솟는 분노와 깊은 슬픔에 젖었다. 어머니는 형들에게 앞으로는

거리의 벽에 그려진 그림

거리에서 지친 피에로가 낮잠에 빠져

더 이상 검을 팔지 말라고 당부하셨으나 다음날 형들은 다시 검통을 메고 멀리 읍내로 나갔다.

　그 형들은 이제 우리 사회의 어엿한 일꾼들로 떳떳이 자리를 잡았으나 그 자랑스러운 형들을 보아주실 어머니는 이미 가시고 안 계신다.

　그런 기억이 있어 나는 상파울루 거리에서 날마다 만나는 이 아이들이 더욱 예사롭게 보이지 않는다.

　'저 아이들이 구김살 없이 밝고 건강하게 자라나 브라질의 떳떳한 일꾼이 되어야 할 텐데.'

　또 한 사람, 매일 부딪히는 얼굴은 맥주 깡통을 줍는 아줌마다. 그녀는 허름한 옷에 두꺼운 장갑을 끼고는 부대자루를 들고 테이블 아래만 바라보고 다닌다. 그녀 또한 차림은 그러했으나 보기 싫은 용모는 아니다.

　그녀는 나와 몇 번 눈이 마주치더니 그 다음부터 잔잔한 눈인사와 미소를 보내온다. 나는 몇 번 주변의 깡통을 모아두었다가 그녀를 기다려서는 건네주기도 했다. 처음에는 맥주 깡통 가운데 콜라 깡통이 섞여 있었는데, 그녀는 수줍게 웃으며 콜라 깡통은 골라내 옆의 쓰레기통에 넣으며 말하는 거였다.

　"콜라 캔은 돈이 되지 않아요."

　"그렇게 맥주 캔을 모아가지고 가면 얼마나 받나요?"

　"1킬로그램에 2헤알."

　새털처럼 가벼운 맥주 깡통이 1킬로그램이 되려면 몇 개나 모아야 하는지, 거의 다 찬 커다란 자루를 들어 보았으나 1킬로그램이 안 되는 것 같다. 하지만 그녀는 하루도 쉬지 않고 저녁이면 부대자루를 들고 손님들 발치를 살피며 허리를 숙이고 걸어다닌다.

　그런데 어느 밝은 날 중국식당에 앉아 있던 나는 시장을 보아 돌아가는 그녀를 다시 보게 된다. 그녀는 깡통 줍기를 하는 허름한 옷차림이 아니라 일반 가정주부의 깔끔한 옷을 입고 장바구니 가득 장을 보아선 돌아가고 있었다. 그런 그녀의 모습에서는 궁색함이나 삶에 찌든 모습이 조금도 보이지 않았다. 그녀의 일상적이고 활기찬 모습을 볼 수 있게 되어 너무나 기뻤다.

"경기도 고양군 벽제면 내유리."

고향을 여쭙는 내 질문에 할머니는 마치 오래된 라디오 같은 일률적인 톤으로 한달음에 외우신다.

올해 74세, 이옥순 할머니. 동양인 거리 뒷길을 걷다가 우연히 발견한 한국야식집에서 만났다. 노래방기계까지 설치되어 있는 야식집 한편에 무표정한 얼굴로 말없이 앉아계셨다.

40대 후반의 식당 주인은 할머니의 딸이다. 식당 안 곳곳에는 신문에 난 그녀의 얼굴사진과 기사가 붙어 있다. 신문 기사는 한국인인 그녀가 운영하는 이동식차량의 볶음우동집이 불티나게 잘 된다는 내용이다. 그녀에게는 브라질인인 전 남편과의 사이에서 태어난 열두 살 된 사내아이가 있다는 이야기도 나와 있다.

우동 한 그릇에 맥주 한 병을 시켜 말없이 앉아 있으려니 여주인의 아들이 들어온다. 예쁘장하게 생긴 아이는 붙임성이 있다. 그때까지 말없이 먼 곳만 응시하고 계시던 할머니가 아이를 보자 얼굴에 화색이 돌며 살짝 웃으신다.

아이는 할머니를 붙잡고 응석을 부린다. 노래방기계의 음악을 틀고 할머니의 손을 잡아 끌어내더니 가게를 빙글빙글 돌며 춤을 춘다. 할머니는 얼굴은 웃고 계시지만 엉거주춤한 자세로 아무 말이 없으시다. 어색한 웃음을 띤 얼굴에 세월의 진한 우수가 묻어있다. 가게에는 손님이 나밖에 없다.

땅거미가 지기 시작하면 그 집을 찾아 여주인과 아이와 할머니와 대화를 나눈다. 아이는 나를 반가워하고 따랐으나 한국말을 거의 못한다. 초저녁 야식집에는 손님이 별로 없다. 맥주 한두 병을 시켜 일부러 할머니 앞 의자에 앉아 마신다. 할머니를 보고 있노라니 그 우수에 찬 처연한 표정에서 이미 돌아가시고 안 계신 어머니 생각이 난다.

하루는 여주인도 합석해 술을 몇 병 가져온다. 그녀는 맥주를 두어 잔 마시더니 발음이 부서지는 어눌한 한국말로 넋두리처럼 이야기를 늘어놓는다.

"한 달 전 교통사고로 오빠를 잃었세요. 오빠가 어머니를 모시고 살았는데……. 30년 전에 열두 살 나이로 부모의 손을 잡고 건너와 아버지가 가시고는 오빠만 의지하고 살았는데……."

여자의 눈에 이슬이 맺히기 시작한다. 할머니는 아들을 잃었다. 그 아들과 함께 살던 할머니는 이제 야식집 주인인 딸과 함께 사신다.

"아버지가 없어도 오빠가 있어서 우리는 가난했지만 별 어려움 모르고 살 수 있었는데……, 돈이 없어도 오빠가 있어서 남부러운 줄 몰랐는데……."

여자가 운다. 몇 잔술에 취했는지 감정에 겨워 눈물을 흘린다. 아버지 같은 오빠를 많이 의지했었나 보다. 여자의 흐느낌은 강도가 높아진다. 콧물까지 줄줄 흘리며 숫제 통곡을 한다. 억눌렀던 슬픔을 하루 저녁에 쏟아내려나 보다.

울고 있는 여자보다 한편에서 말없이 앉아계신 할머니가 더 걱정이 된다. 하지만 할머니의 표정은 담담하다. 아무 표정 없이 무겁게 가라앉아 계신다. 슬픔이나 회한을 찾을 수가 없다. 할머니는 마음속으로 오히려 울고 있는 딸을 위로하고 계신 건 아닐까?

가방 속에서 할머니에게 불어드리려고 일부러 챙겨온 대금을 꺼낸다. 한국에서 가져올 때는 라틴아메리카를 여행하면서 많이 불 수 있으리라 여겼으나 별로 불고 싶지 않았던, 여행 때는 늘 가지고 다니는 내 애장품이다.

30년 넘게 낯선 나라에 와서 사시며 아직 고국을 한 번도 다녀오지 못하셨다는 할머니, 남의 땅 험한 생활에서 남편과 아들을 잃고도 한 마디 말이 없으신 할머니, 고난의 세월을 얼굴에 모두 간직하시고도 속으로 깊이 갈무리해 표정으로 드러내지 않으시는 할머니. 바로 우리 어머니들의 모습을 가슴 깊이 새기며 울음을 울듯

한 곡을 연주한다.

아리랑, 아리랑, 아라리요.
간다지, 못 간다지, 얼마나 울었나.
봉정암 나루터가 한강수가 되었네.

정선 아리랑이다. 여자의 울음이 멎고 할머니의 얼굴이 희미하게 밝아진다. 하지만 이제는 내가 더 이상 대금을 불 수 없게 된다. 아프고 시리도록 인고의 세월을 견뎌낸 고목 같은 어머니의 모습이 떠올라 자칫하면 내가 눈물을 보일 것 같다.

한동안 어색한 침묵이 흐르자 할머니가 자리에서 일어나 딱 한 마디 하시곤 어두운 주방 쪽으로 들어가신다.

"한국 생각이 나네요."

이튿날 다시 들른 야식집에는 마침 할머니 혼자 앉아계시다가 가게 문을 열고 들어서는 나를 향해 살짝 눈인사를 건네신다. 그런 할머니를 모셔놓고 나지막하게 궁금했던 이야기를 여쭙는다.

"할머니는 어떻게 이민을 오셨어요?"

한동안 망설이시던 할머니가 역시 오래 된 라디오 같은 일률적인 톤으로 대답하신다.

"30년도 더 된 것 같네요. 남편은 서울 성수동 근처에서 금형공장을 하고 있었는데 어느 날 갑자기 남미로 이민을 가자는 거야. 남미에 가서 금형공장 하면 돈을 잘 번다나? 그때 한창 이민 바람이 불 때였지요. 당시 육군대령이었던 형부와 이미 이야기를 했나 봐요. 그래서 나는 아무것도 모르고 그냥 따라왔지요."

형부네 가족과 함께 아이들을 데리고 브라질에 와서 남편은 이것저것 일을 벌였으나, 브라질 말도 모르고 물정도 모르니 일이 잘 될 리 없었다. 뜻한 대로 사업은 풀리지 않고 가지고 온 돈만 축내게 되자 남편은 차츰 좌절하기 시작하더니 매일 술만 마셨다.

결국 남편은 사업을 포기하고 술로 살다가 일찍 돌아가고 말았다. 그 뒤로 할머니는 닥치는 대로 잡일을 하면서 겨우 입에 풀칠하고 살다가 이윽고 아들이 장성해 그에 의지하게 되었다.

아들 이야기가 나오자 어제와는 달리 할머니 눈가에 이슬이 맺힌다. 딸자식 가슴 다칠까 싶어 참고 참았던 슬픔이 밀려오시나 보다. 그때 마침 시장을 보러 갔던 딸이 돌아오자 할머니는 얼른 눈가를 훔치시고 아무 일도 없었다는 듯 구석자리로 옮겨가 앉으신다. 자식 앞에서는 한없이 강한 우리네 어머니의 모습 그대로다.

할머니의 딸은 얼마 전까지만 해도 리베르다데 전철역 광장에서 잘나가던 원조 노점상이었다. 중고 폭스바겐 식당차를 사서 볶음우동, 즉 '야끼소바'를 팔았는데 지역신문에 대서특필될 만큼 손님이 몰렸다.

그녀는 순식간에 유명해져서 그녀의 식당차 앞에는 우동을 사먹으려는 사람들의 줄이 길게 늘어서 순서를 기다리게 되었다. 돈이 쏟아져 들어왔다. 돈을 자루에 쓸어 담았다고 그녀가 표현한다.

그러나 리베르다데는 이미 일본인들이 장악한 거리였다. 그녀의 장사가 불티나게 일어나는 것을 일본인들이 가만히 보고만 있을 리 없었다. 그들이 쥐고 있는 행정당국과 경찰을 움직여 그 거리에서 그녀를 쫓아내고 말았다. 음식 노점상은 엄연히 불법이었으니까.

그녀가 쫓겨난 자리는 일본인들이 차지하고 합법적인 일본인들의 노점 음식장 터로 만들었다. 지금은 주말 시장이 서는 날이면 관광명소가 되어 사람들이 인산인해를 이룬다. 그곳에서 쫓겨난 그녀는 창고로 쓰던 이곳을 개조해 야식집을 냈다. 그러나 외진 곳이라 손님이 없어 번 돈을 거의 다 까먹었다.

그래서 주말이면 한국인 남편과의 사이에서 난 큰아들을 데리고 경찰의 눈을 피해 리베르다데 거리 모퉁이 모퉁이를 돌며 볶음우동을 판다. 그녀의 식당차는 언제라도 도망칠 준비를 하고 장사를 한다.

어느 일요일 오후, 나는 그녀의 폭스바겐 식당차가 일을 하는 것을 오랫동안 지켜보았다. 시장이 서는 광장에서 좀 벗어난 큰길 다리 위에 멈추어선 그녀의 식당차에는 그래도 제법 많은 사람들이 찾아들었다. 그녀는 음식을 팔면서도 단속원이 나타날까 싶어 주변을 세심히 살폈다.

상파울루를 떠나기 전날, 다시 야식집을 찾아간다. 사진 한 장 변변한 게 없다는 말씀에 어제 일부러 찍은 할머니의 사진 몇 장을 인화해서 대금까지 챙겨들고 문을 들어서니 이날따라 나이 든 손님 두어 분이 계신다. 마침 옛날 한국에서 음악을 하셨다면서 기꺼이 대금 연주를 청한다.

흘러나오는 노래방기계 음악을 멈추고 할머니 앞에서 한 곡을 연주한다. 진양조에서 시작해 자진모리로 넘어가는 계면조다. 술도 한 모금 마시지 않았는데 소리가 제법 잘 넘어간다. 한 곡이 끝나자 할머니는 전과 같지 않게 얼굴을 활짝 펴시면서 박수를 치신다.

"정말 오랜만에 한국 음악을 들으니 눈물이 나려고 하네요."

마음 가득 할머니의 여생이 건강하고 평안하시기를 빈다. 할머니는 이민 30년이 넘었는데도 아직 브라질 말을 잘 못하신다고 한다.

노천 바에서 춤추는 남루한 노인과 미녀

리베르다데의 동양인 거리는 오래 전 노예들의 묘지였다고 한다. 전철 역 앞의 광장은 노예들의 처형장이었고, 광장에서 멀지 않은 내가 묵는 호텔 바로 옆의 오래된 낡은 성당은 처형장에서 죽어간, 아프리카에서 끌려온 노예들을 장례 치르던 곳이라고 한다.

아프리카에서 6000만 명 이상의 흑인들이 노예로 팔려 왔으며 그중 살아서 이땅에 도착한 흑인들은 불과 1500만 명에 지나지 않았다고 한다.

인적이 드문 골목 안쪽의 성당은 늘 으스스하고 문을 여는 날이 거의 없다. 처음에는 비어있는 성당인가 싶었으나 어느 날 문을 열고 사람들이 미사를 드린다. 안으로 들어가 보니 오래 전 지어진 그대로인 내부는 동굴 같은 음습한 분위기다. 이 국땅에서 억울하게 죽어간 아프리카인들의 슬픈 영혼들이 절규하고 있는 것 같은 느낌이다.

흑인 노예들과 관계된 성당이어서 그런지 미사를 드리는 사람들 또한 백인 계통보다는 흑인과 흑백이 섞인 얼굴들이 대부분이다.

리베르다데 전철역 바깥쪽 쉼터에 앉아 오가는 행인들 구경을 한다. 원형 시멘트 의자가 있는 쉼터에는 나 말고도 사람들 몇이 한가롭게 앉아 있고, 그 가운데로 비둘기 떼가 노닌다.

내 바로 옆자리에 남루한 옷차림의 여자가 와 앉더니 가방에서 주섬주섬 무언가를 꺼낸다. 돌아보니 분장용 화장품이다. 그녀는 작은 거울을 들여다보며 얼굴 분장을 시작한다. 베이스를 바르고 색조를 그려 넣고 눈과 입을 흰색으로 칠해 광대분장을 한다.

연필로 윤곽을 그려 마무리하더니 붉은 광대코를 꺼내 코에 끼우고는 마지막으로 가발을 뒤집어쓴다. 오늘의 일과를 시작할 준비를 마친 것이다.

나도 몇 년 전에는 매일 두어 차례씩 저런 분장을 하고 관객들 앞에 섰다는 생각을 하며 망연히 지켜보고 있자니, 나를 의식했는지 분장을 마친 여자는 나를 향해 '헹!' 하고 몸짓 섞은 코웃음을 치고는 인파 속으로 사라져간다.

일요일이라 동양인 거리에는 평일과 달리 인파가 붐빈다. 행인이 몰리는 전철역 앞에는 일요장터가 섰다. 한국 야식집 주인여자가 이동식당차로 볶음우동을 팔다가 일본인들에게 **빼앗긴** 바로 그 자리다. 먹을거리를 파는 시장이 큰길가를 차지하고 구수한 튀김 냄새가 행인들을 붙잡는다.

광장 안쪽으로는 갖가지 공예품들과 잡동사니를 파는 천막들이 들어섰다. 장사꾼들은 일본인들이 많고 파는 물건들 역시 왜색이 물씬 풍긴다. 천막들 사이의 좁은 골목에는 관광객들과 휴일 나들이를 나온 사람들이 노점에서 파는 꼬치 따위를 먹으며 걸어가느라 발을 옮기기가 힘들 정도다.

일요 시장을 지나 아래쪽 도로로 걸어가니 노천 바에서 음악이 흘러나온다. 그 음악에 맞춰 한 노인과 젊은 미녀가 춤을 춘다. 노인은 여자인지 남자인지 얼른 분간이 가지 않는다. 노랗게 물들인 짧은 머리를 모히칸 족처럼 머리 위 가운데 부분만 일자로 남겨두고 다른 곳은 박박 밀어버렸다. 입성이 남루한데다 생김새도 좀 괴이하다. 유심히 살펴보니 할머니임이 분명하다.

할머니와 함께 춤을 추는 젊은 여자는 동양인이다. 얇고 짧은 치마와 나풀거리는 긴 머리가 매력적으로 잘 어울린다. 춤추는 그들을 지켜보는 사람들은 테이블에 앉아 맥주병을 앞에 놓고 손바닥으로 박자를 맞추며 즐거워한다.

석양 무렵의 노천 바와 보도 위에서 춤추는 노인과 미녀! 그 모습이 아름다워 빈 테이블을 차지하고 맥주를 시킨다. 가벼운 몸으로, 한 쌍의 나비가 날듯 나풀거리는 노인과 미녀의 춤 솜씨는 상당한 수준으로 보인다.

이윽고 음악이 끝나자 두 사람은 주변의 관객들에게 무대 식으로 인사를 한다. 홀로 앉아 맥주를 마시며 구경하던 내게도 미소를 던지고는 둘이 다정하게 손을 잡고 경쾌한 걸음으로 거리 아래쪽으로 사라져간다.

멀어져 가는 그들의 뒷모습을 바라보면서 두 사람이 어떤 관계인지 궁금해진다. 분명 모녀는 아니겠고 나이와 관계없는 친구 사이?

사기꾼에 다 털리고 굶는 일본인 여행자

전철역 앞 노천 바에 앉아 숯불에 구워 파는 소시지 하나와 맥주로 저녁을 먹는다. 값은 10헤알로 우리 돈 5000원이 조금 안 된다. 일본인이 주인인 가게는 주변의 점포가 문을 닫으면 얼른 그 처마 밑으로 테이블을 펼쳐놓고 장사를 한다. 음식 값도 적당하고 분위기도 좋아서 늘 늦은 밤까지 사람들이 붐빈다. 주변에 경찰이 널려 있어서 밤이 늦어도 안전 걱정은 없다.

음식을 먹는데 안쪽 가게에 틀어놓은 텔레비전에서 뉴스가 나온다. 알아들은 것은 '리우데자네이루'라는 지명 하나뿐인데 화면에 검은 비닐 봉투에 담겨서 바다에 던져진 젊은이의 시체가 나온다. 화면은 비닐 봉투를 벗겨내 청년의 얼굴까지 똑똑히 보여준다.

무엇 때문에 살해되었는지는 알 수 없지만 며칠 뒤면 리우데자네이루로 떠날 생각을 하는 나로서는 슬쩍 염려가 된다. 한국을 떠나오기 전 며칠간 읽어본 가이드북에 의하면 라틴아메리카는 온통 범죄소굴이다.

가이드북대로라면 세계 어디든 안전한 곳이 없다. 내게는 이미 익숙해진 인도 역시 가이드북에는 전부 위험경고 일색이다. 이쪽 라틴아메리카로 떠나와 인도를 생각하니 요란한 인도의 범죄들은 차라리 순박하다고 표현해야 할 것 같다.

숙소에 돌아오니 비어있는 침대에 일본인 대학생이 새로 들어왔다. 그는 두 달 동안 남아메리카 여행을 했는데, 환전사기에 버스에서의 도난 등 나라마다 한 번씩은 모두 사기나 도둑을 당했다면서 더듬거리는 영어로 그 수법들을 일일이 설명해준다.

예를 들면 이런 것이다. 어느 암달러상이 시세보다 더 쳐준다는 말에 그만 푼돈에 목숨 거는 배낭족의 습성으로 얼씨구나 따라갔는데, 어느 골목에 들어갔더니 달러만 받아가고 금방 오겠다던 사람은 나타나지 않았다.

또 내가 도착 첫날 당했던 것처럼 몰래 오물을 뿌리고는 닦아준다며 가방을 받아들고는 줄행랑을 치는 들치기와 야간에 이동하는 버스에서 피곤에 곯아떨어진 틈을 타서 가방을 슬쩍하는 좀도둑에게도 당했다.

좀 더 악성으로는 볼리비아에서 있었던 일인데 사복경찰을 사칭하고는 신분증과 소지품 검사를 하더라는 것이다. 경찰 배지를 보여주기에 안심하고 짐을 보여주고 지갑까지 내주었는데 그들이 떠난 뒤 지갑을 살펴보니 돈이 없어졌다고 한다. 어느새 현금을 빼내간 것이다.

그래도 그 학생이 당한 일들은 좀 나은 경우다. 보다 악질은 경찰을 사칭하고 다짜고짜 자동차에 태워서 으슥한 곳으로 끌고 가 가진 것 모두를 빼앗는 강도들이다. 이런 경우는 몸이 무사한 것만도 다행으로 생각해야 한다.

하지만 진짜 경찰은 절대로 사복으로 불심검문을 하지 않는다. 만약 이럴 경우 호텔이나 사람들이 많은 곳으로 가자고 하면 가짜 경찰은 대개는 물러난다.

그런데 정말 위험한 것은 밤에 택시 합승을 하게 되는 경우다. 대개는 일당인 경우가 많으며 흉기로 위협하거나 목을 조르고 가진 것을 전부 빼앗아간다. 역시 몸이 무사한 것만을 다행으로 생각해야 한다.

이밖에도 밤길에 뒤에서 떼거리로 덮치거나 흉기로 위협하는 등 세계적으로 널리 퍼져 있는 수법들이 많다.

이들에게 당하지 않기 위해서는 늘 조심하는 것이 상책이며 귀중품과 당장 쓸 현지 돈을 따로 가지고 다니는 것도 한 방법이다. 운이 없어 걸릴 경우는 현지 돈 얼마가 든 지갑만 주고 해결하는 것이다. 이럴 경우에는 물론 그것밖에 없다고 그들이 믿게 해야 한다.

믿을 만한 숙소에서는 여권 등 귀중품은 맡겨두고 가볍게 외출하는 것이 상책이다. 이외에도 총기를 이용한 강도들도 왕왕 생기지만 아직 나는 그런 피해자는 직접 만나 보지 못했다.

일본 아이는 진짜 강도와 총기강도만 빼고는 두 달 동안의 짧은 여행에서 모든 사기와 좀도둑을 한 번 이상씩 당했다고 한다. 그는 얼른 보기에도 어수룩하고 조금은 멍해 보인다. 그러니까 모든 사기와 도둑은 어수룩하고 만만해 보이는 사람에게 일어나기 마련이다.

그렇게 해서 돈을 다 털리고 수중에 한 푼도 없어 당분간 이곳에 머물면서 부모님으로부터 송금이 오기를 기다려야 한다면서 춥고 배고픈 표정을 짓는다. 더욱 불행한 것은 네 일은 네가 알아서 하라는 식으로 완고한 부모님이 빨리 송금을 하지 않는 것이다.

이튿날 아침 눈을 뜨니 건너편 침대에서 일본 학생이 어제 사온 것 같은 빈 종이봉투에 머리를 처박고 남은 것이 없나 살핀다. 그 모습이 처량하고 딱해 보여서 가게에 데리고 가 햄버거를 하나 사주니 녀석은 울 것 같은 표정을 지으며 감지덕지한다.

더블햄버거 하나를 뚝딱 해치운 녀석은 아침부터 부모님으로부터 송금이 왔는지 확인한다고 은행부터 찾는다.

길거리 복덕방의 애달픈 한국 아저씨들

아침 일찍 중심가의 고층건물들 사이를 걸어 한국인 거리를 찾아간다. 고층건물의 숲이라 방향을 잡기가 힘들어 아예 나침반을 열고 독도를 하며 길을 찾는다.

여행사 직원들이 아직 출근하기 전이어서 길 건너편 식당 거리에 놓인 테이블에 앉아 커피 한 잔을 시켜 마시는데 한국인 아저씨 한 분이 다가와 말을 걸더니 내 앞자리에 털썩 앉는다.

"한국에서 온 지 얼마 안 되나 보네."

"어떻게 아세요?"

"척 보면 알지. 그렇지 않고서야 여기서 일 못하지."

몇 마디 질문과 대답이 오가는데 아저씨 뒤로 금세 네 명의 한국 아저씨들이 더 모여든다. 그들은 나를 보자 돌아가면서 무얼 하러 왔는지, 어디를 다녀봤는지, 어디로 갈 것인지 질문 공세를 퍼붓는다. 조용히 앉아서 여행사 직원들과 이야기할 항목들을 정리하던 참이라 갑작스러운 소란이 당황스럽다.

그런 표정을 읽었는지 한 아저씨가 식당 간판 밑에 조그맣게 붙은 한글 팻말을 가리킨다. 아까는 보지 못했는데 거기에 '부동산'이라고 씌어있다.

'아하, 지금 내가 앉아 있는 곳이 이 아저씨들의 부동산 사무실이구나.'

그러니까 나는 주인들이 출근도 하기 전에 먼저 부동산 사무실을 차지하고 앉아 있었던 셈이다. 상황이 파악되자 펼쳐놓았던 노트와 책을 집어넣고 아저씨들에게 되레 본격적으로 역질문을 시작한다.

"부동산 사업이 잘 되세요?"

"잘 되면 우리들 모양이 이렇겠소?"

아닌게 아니라 아저씨들은 모두 얼굴이 부스스하고 입성이 신통치 않다. 아마도 소일거리가 없어 매일같이 여기 나와 앉아있는 모양이다.

아저씨들의 이야기를 들어보면 한국인의 브라질 이민 역사는 박정희 대통령 시절의 이른바 농업이민으로부터 시작해 40년 정도 되었다고 한다. 그 이전에도 이민자가 아주 없었던 건 아니어서 한국전쟁 후 거제도 포로수용소의 반공포로들이 제3국 이주를 희망해 이곳으로 왔으나 그 수는 많지 않았다는 것이다.

현재까지도 포로수용소를 거친 사람이 몇 분 생존해 계셔서 그중 한 분은 한국어-포르투갈어 사전을 펴냈는데 아직까지도 그 책을 따라올 책이 없다고 한다.

반공포로든 농업이민이든 한국인은 말도 못하고 배운 것도 없이 이 나라에 와서 맨 밑바닥에서부터 궂은일을 도맡아 하며 생계를 이어 오늘에 이르렀다. 오로지 부지런함 하나에 의지해 이제 모두 먹고 사는 데는 큰 지장이 없으나 아직도 생활의 여유는 많지 않다고 한다.

이 초로의 부동산 아저씨들은 1.5세대라 할 수 있는데 브라질에 살면서 주변 나라 여행은커녕 국내의 관광지도 한 번 제대로 가보지 못했다고 한탄한다. 기껏 가보았다는 곳이 여기서 멀지 않은 리우데자네이루나 주변의 낚시터 정도라는 것이다.

한 가지 사치를 부린다면 모두 골프를 친다는 것이라고 한다. 골프 비용이 싸니까 주말이면 대개의 친목단체가 골프장에 모여 자장면을 시켜 먹으며 골프를 친다는 것이다. 골프와 자장면이라! 한국에서라면 소가 웃을 일이다.

한국인 거리인 봉헤치로에는 한국인이 운영하는 옷가게들이 늘어서 있는데, 겉으로는 매우 화려해 보이지만 실상은 그렇지 못하다는 이야기도 한다.

"장사를 하면 뭘 해? 돈은 유대인들한테로 다 가는데. 한국 사람들은 골 빠지게 일만 하고 그 돈은 건물주인 유대인들이 먹어요."

그 거리에는 유대인들이 먼저 정착해 건물을 지어서 한국인들은 임대료를 내고 장사를 하는데, 장사가 잘 되면 그만큼 임대료를 올린다는 이야기다. 그래서 한국인들은 겉만 그럴듯하지 속으로는 비싼 임대료 내랴, 종업원 월급 주랴 힘들다는 것이다.

"이제 옷장사도 하기 힘들어. 중국인들이 악착같이 달려들고 있거든. 이웃의 다른 나라 사람들도 눈독을 들이고 있고. 그래서 지금은 업종을 변경하는 사람들이 많지. 근데 뭐 아는 게 있어야지, 업종을 바꿔도 일을 모르니 다 망하고, 그 망한 사람들을 보니 적자 봐도 죽으나 사나 하던 것만 할 수밖에 없어."

옷장사로 돈을 번 사람들이 지금은 조금씩 부동산에 눈을 돌리고 있는데 그것도 유대인들이 워낙 값을 올려놓아 별로 박수칠 만한 일은 못 된다고 한다.

헤어지기 전에 한 아저씨가 던진 말이 씁쓸한 여운을 남긴다.

"똑똑하고 많이 배운 사람들은 미국이나 유럽 가지 브라질 같은 나라로 오겠어?"

아저씨들의 말이 너무나 부정적이어서 암담한 생각이 들었는데 나중에 알고 보니 그럴 만도 하다.

남아메리카를 한 바퀴 돌고 연말에 돌아와 새해를 앞두고 부동산 아저씨들을 다시 찾아갔더니 그날의 주된 화제는 설날 아침에 어떻게 하면 떡국을 얻어먹느냐 하는 것이었다. 즉석에서 설날 떡국 얻어먹기 작전 토론회가 열렸다.

부동산 아저씨들은 모두 홀아비 아닌 홀아비였던 것이다. 부인이 있는데도 집에서 쫓겨났거나 이혼한 아저씨들이었다. 젊어서는 열심히 일해 기반을 잡아 가게도 마련했으나 그 이후에는 부인에게 가게를 맡기고 골프 치고 술 마시고 바람피우다가 꼬리를 잡혀 이혼을 당한 사람도 있고, 알코올에 중독되어 집을 나온 사람도 있었다.

이야기를 들어보니 브라질 한인들의 주업은 옷장사인데, 이 업종에서는 남자보다 여자들이 감각도 좋고 수완이 뛰어나 남자들은 뒷전으로 처지고 경제권까지 빼앗기는 경우가 많다는 것이다.

그동안 거의 벙어리 신세였다가 이제 한 마디씩 인사말이나 숫자, 음식주문 등 입이 떨어지기 시작한다. 이제 여행을 떠날 때가 된 것이다.

다음날 리우데자네이루로 가기로 마음먹고 전철을 타고 장거리 버스터미널에 가서 표를 사고 돌아오는 길에 PC방 앞에서 돈 떨어진 일본 아이가 보인다. 녀석은 이제나 저제나 일본의 부모로부터 돈이 오기만 목메어 기다리고 있다. 오늘도 돈이 오지 않았다며 녀석은 울상을 짓는다. 녀석의 부모는 아예 이참에 자식 훈련 한번 제대로 시킬 작정인가 보다.

마침 밥을 먹으러 가는 중이라 자주 들르는 대만 부부가 운영하는 식당으로 녀석을 데리고 가서 내가 평소 먹는 것보다 갑절은 비싼 해물볶음우동을 시켜주었더니 순식간에 국물 한 방울 안 남기고 깨끗이 비워낸다.

그러더니 이튿날 내가 떠날 준비를 하자 리우의 좋은 숙소를 소개해주겠다며 가방을 뒤져 명함 한 장을 건네준다.

"배고픈 제게 두 번이나 밥을 사주셔서 정말 고맙습니다. 일본에 돌아가면 반드시 좋은 일본 술 한 병 사들고 한국으로 찾아뵙겠습니다."

역시 뭐니 뭐니 해도 배고픈 것이 최고의 설움인가 보다.

가까운 전철역을 두고 일부러 열흘간 익숙해진 동양인 거리를 걸어 리베르다데 역까지 가는 길에 추적추적 가랑비가 내리더니 버스를 탈 무렵이 되자 본격적으로 퍼붓기 시작한다.

'상파울루여, 석 달 후에 다시 보자. 부디 무사히 여행을 마치고 돌아올 수 있기를!'

이곳에서 만난 사람들의 얼굴이 하나하나 떠오른다.

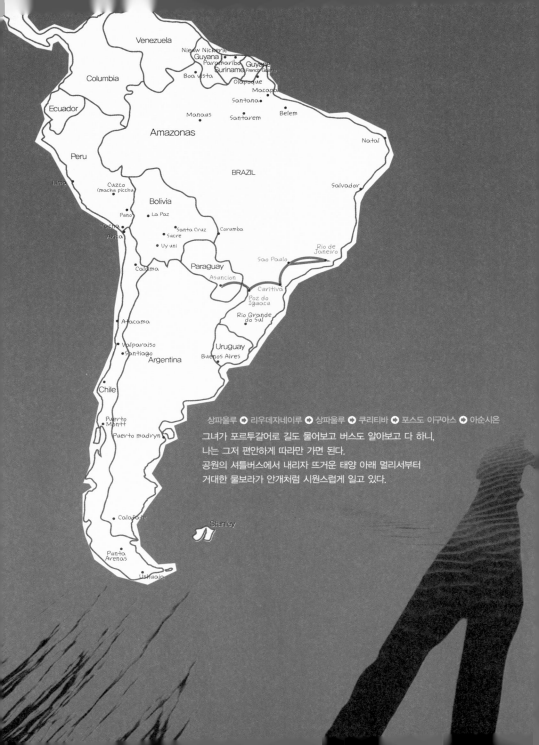

상파울루 ➡ 리우데자네이루 ➡ 상파울루 ➡ 쿠리티바 ➡ 포스도 이구아스 ➡ 아순시온

그녀가 포르투갈어로 길도 물어보고 버스도 알아보고 다 하니,
나는 그저 편안하게 따라만 가면 된다.
공원의 셔틀버스에서 내리자 뜨거운 태양 아래 멀리서부터
거대한 물보라가 안개처럼 시원스럽게 일고 있다.

4

이과수 폭포에서는
사랑에 빠지지 말 것

'1월의 강' 리우데자네이루

리우로 향하는 직선으로 뻗은 고속도로에는 차가 별로 없어 버스가 시원스레 달린다.

여섯 시간 만에 창고 건물들이 즐비한 리우데자네이루 고속터미널에 내린다. 해가 저물고 있어서 일본 아이가 준 명함을 들고 숙소를 찾는다. 물어물어 버스를 타고 찾아간 코파카바나 해변의 숙소는 정갈한 아파트형 호스텔로 생각보다 훨씬 마음에 든다.

두 명의 흑인 매니저가 일부러 배려한 듯, 미리 들어있던 남부 브라질 사람들이 한 시간 후면 떠날 거라면서 침대 하나 값에 6인실을 통째로 쓰라고 내준다. 20여 평 되는 아파트를 나 혼자 쓰는 것이다. 일본 아이에게 사준 햄버거와 해물우동 값을 톡톡히 받은 셈이다.

한국을 떠난 후 처음으로 편안히 늦잠을 잤다. 느긋하게 일어나 쌀과 라면으로 아침을 지어먹고 세계 3대 미항 중 하나라는 코파카바나 해변으로 나간다. 눈부시게 내려쬐는 태양 아래 하얗게 반짝이는 백사장에는 비키니 차림의 여자들이 바다와 태양을 즐기고 있다.

리우데자네이루에는 미인이 많다고 들었는데 실제로 와보니 그게 아니다. 모두 아슬아슬한 비키니 차림을 한 것까지는 맞는데 슬쩍 슬쩍 훔쳐본 여자들은 하나같이 아랫배가 불룩 나오고 뱃살이 3중, 5중으로 겹쳐져 있다.

해변이 뜨겁기도 하거니와 홀로 가방을 메고 백사장을 걸어가며 여기저기로 눈을 돌리는 스스로가 초라한 생각이 들어 이내 시내로 나온다.

브라질 마피아들의 거점이라는 리우데자네이루의 한낮은 의외로 밝고 단정한 느낌이다. 하늘 높이 솟아있는 마천루들로 가득한 상파울루와는 달리 시내 중심가에는 작고 아담한 건물들이 들어서 있고, 작은 갤러리들과 기념품 가게들이 마음을 편안하게 한다. 리우의 상징인 그리스도의 입상이 멀리 뾰족한 바위산 꼭대기에서 팔을 벌리고 서서 도시를 내려다보고 있다.

리우는 이탈리아의 탐험가 아메리고 베스푸치가 1502년 1월 1일에 서양인들로서는 처음으로 발견했다. 그가 이곳을 큰 강의 하구로 생각해 '1월의 강'이라는 뜻으로 '리우 데 자네이루(Rio de Janeiro)'라고 이름을 붙였다. 발음상 '히우'라고도 불리며 브라질리아로 수도를 옮기기 전까지 브라질의 수도였다.

시가지는 세계적으로 유명한 휴양지인 코파카바나, 이파네마 등 아름다운 해안을 따라 좁고 길게 뻗어 있다. 중심부는 고색이 짙으나 도심부 바깥쪽의 해안을 따라 길게 이어진 시가는 남아메리카에서 가장 근대적인 도시로 평가받는다.

하지만 유명한 관광지 리우데자네이루에서는 아주 조심해야 한다. 먼저 남루하게 보이는 10대 어린애들을 조심해야 한다. 대부분은 해안을 배회하는 소매치기다. 그러므로 현금, 사진기, 시계 같은 귀중품은 몸에 지니지 않는 게 좋다. 아니면 이중 주머니가 있는 바지를 입고 그 속에 보관해야 한다.

또한 옷을 말쑥하게 차려입고 친절하게 접근하는 젊은이도 조심해야 한다. 협잡꾼이거나 강도들의 끄나풀인 경우가 많다. 또 어두운 곳에 모여 있는 여자들은 나이에 상관없이 모두 몸을 파는 여인들이라고 보면 된다. 그 여인들 가운데는 마취제를 가지고 다니면서 손님을 마취시키고 털어 가는 여인들도 있다. 반대로 여자에게 몸을 파는 마취범 남자들도 있다. 브라질에서는 택시 운전사가 보는 곳에서는 돈지갑을 꺼내지 말라는 말도 있다.

시내 중심가를 연결하는 터널을 걸어서 건너 작은 길거리 식당에서 브라질 원주민 음식을 먹어본다. 아프리카식 콩 요리에 밥과 조린 고기 약간, 브라마 맥주 한 병인데 맛이 깔끔하다.

거리의 더위를 피해 상가 안에 늘어선 골동품가게들을 순례한다. 오래 된 유럽풍 가구들과 미술품들을 보는 것만으로도 마음이 즐겁다.

코파카바나 해변이 서민적이라고 한다면 그 옆쪽에 있는 이파네마 해변은 훨

코파카바나 해변의 오전

한낮의 코파카바나 해변

리우데자네이루 일요시장에 나온 물건들

씬 고급스럽다. 작아도 비싸고 예쁘게 꾸며진 호텔들이 해안가에 줄지어 서있다. 작은 동산으로 코파카바나와 경계를 이룬 해변은 조금 더 안쪽으로 들어가 있어서 파도가 거칠지 않아 많은 사람들이 바닷물 속에서 수영을 즐긴다. 파도가 거친 경계 부분에서는 젊은 남녀들이 산처럼 넘어오는 파도에 휩쓸리며 서핑을 즐기고 있다.

여자들의 비키니 차림이 너무 아슬아슬해 가방에서 카메라를 꺼내기가 민망스럽다. 브라질 사내 둘이 도로의 축대 뒤에 숨어서 엄청 큰 망원 렌즈 카메라로 미인들을 골라 몰래 사진을 찍고 있는 게 눈에 들어온다. 성인주간지의 화보로 쓰려는지도 모르겠다.

일요일이라 그런지 차들의 통행을 막은 해안 도로에는 나들이 나온 사람들로 북적인다. 나이와 몸매에 관계없이 비키니 차림의 여자들이 몸을 드러내고 걷거나 뛴다. 그런 거리 한편에서는 한 무리의 선거 유세단이 플래카드와 스피커를 앞세우고 행진을 하고, 그 와중에도 도로 한쪽을 막고 마라톤 경기가 벌어지고 있다.

법원 건물 등이 있는 시내 중심가에는 주말 벼룩시장이 섰다. 부서진 인형 한 쌍이 해체되어 누군가 찾아줄 새 주인을 기다리고 있고, 숟가락과 재떨이 등 오래된 온갖 잡다한 것들이 두서없이 진열되어 있다.

커다란 은행 안에는 미술품 화랑을 겸해 대형 그림들을 전시하고 있다. 아름다운 스테인드글라스 밑에는 짧은 머리의 눈부시게 아름다운 흑인 미녀가 경비원 제복 차림으로 서있다. 브라질에서 본 여자들 가운데 가장 완벽한 아름다움이다. 아니, 세계에서 지금까지 본 미인 중에 최고로 생각된다.

잠시 그 자리에 멈춰 서서 멍하니 그녀를 바라보자 나를 의식해서인지 완벽미인은 수줍어하며 자리를 피한다.

나는 아무래도 큰 도시에서는 마음의 안정을 얻을 수가 없어서 다시 상파울루를 거쳐 남쪽으로 이과수 폭포까지 가기로 마음먹는다.

리우의 버스터미널에는 창고 건물들이 즐비한데 지금은 쓰지 않는지 텅 비어

있어 을씨년스럽다. 하지만 벽마다 누가 그렸는지 스프레이를 이용한 추상화가 그려져 있다. 얼른 이해가 되지는 않지만 그 솜씨가 범상해 보이지 않는다.

버스가 중심가를 벗어나 리우데자네이루 외곽지역을 돌아나가자 철조망으로 둘러쳐진 가난한 슬럼가가 나온다. 위험하다고 소문난 파멜라 지역으로, 중심가의 화려한 풍요로움과 뚜렷이 대비되는 거칠고 황량한 풍경이다.

그래도 철조망 안쪽에서는 골목마다 남루한 차림의 아이들이 천진스럽게 뛰어놀고 있다. 그 아이들의 순진한 모습에서는 슬럼가의 아픔 같은 것은 찾아볼 수 없다. 철조망에 붙어 서서 버스를 바라보는 한 아이의 머루같이 까만 눈망울이 클로즈업되어 시야를 가득 사로잡는다.

새끼 둥지 떠나지 않는 폭포의 어미 새

상파울루와 바닷가 작은 도시 쿠리티바를 거쳐 이과수 폭포가 있는 포스도 이과수까지 밤 버스를 탄다. 실컷 자고 깨어보니 버스는 이미 멈추어 섰고 사람들이 모두 내리고 나 혼자만 남았다. 옆자리 사람은 나를 깨우지도 않고 그냥 내렸나 보다.

서둘러 버스에서 내리니 이른 아침인데도 전광판의 온도계는 섭씨 37도를 가리킨다. 구내의 관광안내소는 아직 문을 열지 않았는데 호텔 호객꾼들이 전단지를 나누어준다.

배낭을 멘 서양 아가씨 하나가 포르투갈어로 호객꾼 하나와 대화를 나누고 있어 정보를 얻을 수 있을까 하고 값을 물어보니, 여자가 전단지를 보여주며 웃는다.

"호텔인데 하룻밤 30헤알! 많이 깎았지? 갈 곳이 마땅치 않으면 함께 가보자고."

전단지에 나온 사진에 비해 그 정도면 괜찮은 가격인 것 같아 그녀를 따라 시내 버스를 타고 호텔로 간다. 여자의 이름은 버니, 오스트리아에서 온 스물네 살의 간

호원이란다.

호텔에 도착해 각자 방을 정하고 샤워를 한 후 2층 식당에서 만난다. 5헤알짜리 아침식사는 뷔페식인데 빵과 햄, 과일, 주스, 커피 등이 푸짐하고 훌륭하다.

식사를 하고 빠트린 것이 있어 잠깐 방에 다녀오니 그 사이에 버니 앞에 현지인 남자 하나가 앉아있는데, 둘 사이의 마지막 이야기가 막 문간을 들어서는 내 귀에 들려온다.

"저 사람이 당신 남자친구냐?"

"아직은 아니다."

나를 본 현지인이 자기 자리로 돌아가고 내가 그 자리에 앉을 때까지 수초 동안 그녀의 대답 '아직은' 이 귓가에 맴돈다. '노' 라고 보다 간단하게 대답할 수도 있을 텐데 왜 그랬을까? 앞으로 남자친구가 될 수도 있다는 말인가?

"관광객 상대로 보석 파는 사람이래. 물론 가짜 보석이겠지만."

묻지도 않았는데 버니가 현지인 남자에 대해 설명해준다. 그렇게 생각해서 그런지 내게 아주 친근하게 대해주는 것 같다.

버니와 함께 폭포로 간다. 그녀가 포르투갈어로 길도 물어보고 버스도 알아보고 다 하니, 나는 그저 편안하게 따라만 가면 된다. 공원의 셔틀버스에서 내리자 뜨거운 태양 아래 멀리서부터 거대한 물보라가 안개처럼 시원스럽게 일고 있다.

계곡 바람에 실린 물보라가 언덕길을 내려가는 우리에게 덮쳐온다. 무더위가 서늘하게 식혀지며 온몸에 물기가 어린다. 윗도리를 벗어 카메라를 감싸고 렌즈만 내놓는다.

가까이 다가가자 물보라는 거의 샤워 수준으로 바뀐다. 말발굽형의 거대한 계곡에 하얀 물줄기가 쏟아진다. 계곡 아래에는 햇살에 부딪친 물줄기가 선명한 무지개를 만들어 계곡 사이에 걸쳐 두었다. 가운데 폭포로 가는 계단에는 사람들이 들어서서, 그중 몇은 아예 수영복 차림으로 쏟아지는 물보라를 맞으며 웅장한 폭포의 시원한 아름다움을 즐긴다.

계곡 위쪽의 폭포 가운데 부분까지 연결된 다리 난간 끝에서 폭포를 향해 서서 한참 동안 대지와 물의 기운을 폐부 깊숙이 들이마신다. 그런 나를 보고는 버니가 웃기려고 그랬는지 거꾸로 물구나무를 서는 요가 자세를 취해 보인다. 저 멀리 아르헨티나 쪽에서 폭포를 바라보는 사람들이 개미같이 작게 보인다.

시내로 돌아와 중심지를 한 바퀴 둘러보니 넓으면서도 관광지답지 않게 한산하다. 아까부터 버니는 미용실만 보이면 들어가 뭔가를 물어본다. 내가 궁금해하자 본인이 설명을 해준다.

"이틀 뒤면 살바도르로 올라가는데 여기서 다리와 몸에 난 털을 좀 뽑고 가려고."

하, 서양여자들은 그런 미용도 하는구나. 모르긴 하지만 동양여자들한테는 그런 일은 필요치 않을 거다. 마침내 찾아냈는지 버니가 미용실에서 몸의 털을 다 뽑을 때까지 나는 어쩔 수 없이 기다려준다.

이튿날은 아르헨티나 쪽 푸에르토 이과수 폭포를 보려고 국경을 넘는다. 시내 중심가에서 시내버스로 30분쯤 가자 국경에 도착한다. 국경이라고 해도 그저 출입국관리소 하나만 있다. 우리처럼 바다도 없고 삼엄한 철조망도 없다. 그저 도장 하나만 받고 넘어가는 국경이 신기하게 느껴지는 것은 분단국가 국민만의 비애일까.

버스에서 나누어준 환승권을 들고 푸에르토행 버스를 기다리는데 독일인 여자 배낭여행자 둘이 버니와 합세한다. 셋이서는 무슨 할 말이 그리 많은지 독일어로 쉬지 않고 떠들어대더니 결국 푸에르토의 버스 정류장 뒤에 있는 호스텔 도미토리에서 모두 한방을 쓰게 된다.

버니와 함께 이번에는 꼬마 열차를 타고 폭포로 간다. 15분 정도 열대우림 속을 뚫고 가는데 툴칸이라는 부리가 크고 화려한 색의 앵무새들이 열매를 쪼고 있다. 매표소 광장의 전광판 온도계는 섭씨 40도를 가리킨다.

따가운 땡볕이 내려쬐는 광장 모퉁이에 전통복장을 한 한 무리의 원주민 인디오들이 팔릴 것 같지 않은 조잡한 기념품들을 초라하게 진열해놓고 앉아있다. 침략

폭포에 접근한 사람들의 환호

이과수 폭포 옆의 식당

해온 백인들에게 주인 자리를 내주고는 관광객의 주머니를 넘겨다보거나 허드렛일로 연명해야 하는 이 땅의 원래 주인들의 삶이 나그네가 보기에도 힘겹다.

정글 길을 걸어 폭포로 간다. 하필이면 폭포로 향하는 철망으로 된 다리 바로 밑에 새 한 마리가 둥지를 틀고 새끼를 낳았다. 끊이지 않고 사람들이 카메라를 들이대자 어미 새는 둥지 곁을 떠나지 않고 날개를 파닥이며 사람들 곁에서 불안스럽게 지저귄다.

샛강에는 야생 악어 한 마리가 머리만 물 밖으로 내놓고 쉬고 있다. 정글의 나무 사이에는 너구리를 닮은 짐승과 커다란 이구아나가 숲속을 바스락거리며 돌아다니다가는 인기척이 나자 천천히 숲으로 사라진다.

한국말로 굳이 번역을 하자면 '악마의 목구멍'이라는 폭포 오른쪽 상단에 서자 100여 미터 아래로 쏟아져 내리는 엄청난 물줄기가 일으키는 물보라 때문에 바닥 쪽은 전혀 보이지 않는다. 절벽 밑에 둥지를 튼 흑백의 수많은 새들이 폭포수 옆으로 날고 있다.

브라질 쪽이 단조로운 데 비해 아르헨티나 쪽은 작은 폭포들로 이어진 산책로가 길게 미로처럼 이어져 있다. 절벽을 따라 여기저기 얽혀있는 산책로를 걸으며 폭포를 여러 방향에서 조망할 수 있고 작은 폭포들도 구경할 수 있다. 북적이는 전망대와 달리 산책로에는 사람이 없어 한산하다. 산책로에 있던 짐승들이 사람 발자국 소리에 엉거주춤 수풀로 사라지며 둔탁한 낙엽 긁는 소리를 낸다.

숙소에 돌아오자 버니는 수영장 타령을 한다. 폭포에서 시간이 늦어 아래로 내려가는 계단을 막아버려서 수영을 할 수 있는 산마르타 섬을 가지 못했기 때문이다.

숙소의 몇 명을 포섭해 수영장이 있는 다른 호스텔로 원정을 간다. 풀장이라고 해봐야 겨우 사방 10미터도 안 되는데다가 물도 제대로 갈아주지 않아 이끼 낀 목욕탕 수준이지만 버니는 옷과 전대를 벗어 내게 맡기고 멋지게 물속으로 뛰어든다. 이끼 낀 물속으로 날렵하게 빠져 들어가는 버니의 몸매가 훌륭하다.

수영을 마치고 숙소로 돌아와 모두 함께 마당에 있는 테이블에서 맥주를 마시는데, 유럽 녀석 둘이 나타나 눈빛을 번쩍이며 사냥감을 물색하듯 여자들을 살핀다. 그러더니 자리에 합석해 한 녀석이 마구 떠들어댄다. 다른 여자들은 별 관심을 보이지 않는데 영국에서 왔다는 여자 하나가 몽롱한 시선을 그에게 고정시킨다.

그들로부터 혼자 떨어져 나와 다른 테이블에 앉아 조용히 맥주를 마시는데 비가 오기 시작한다. 서울에 두고 온 사람이 보고 싶어진다. 지금쯤 무엇을 하고 있을까? 나는 언제나 돌아가 그 사람을 다시 만날 수 있을까? 그때까지도 우리의 사랑은 그 자리에 그대로 머물러 있을까!

도미토리 8인실에는 여자 일곱에 남자는 나 하나뿐이다. 다른 방을 쓰려고 했으나 버니가 나서서 자기 위에 있는 침대를 미리 정해 버렸다. 서양인들의 습관대로 거의 벌거벗고 자는 여자들 때문에 2층 침대에서 돌아누우면 어디에도 눈 둘 곳이 없다.

다시 마당으로 나가 맥주 두 병을 더 마시고서야 비로소 열대야 속에서 잠을 청한다. 이럴 땐 정말 술이 보약이다. 천장을 때리는 빗소리가 차츰 거세어진다.

여자와 단둘이 한방에서 잠을 자다

이튿날 다시 브라질로 돌아오는데, 갈 때는 아르헨티나에서 이틀을 묵겠다던 버니가 따라나선다. 포스도 이과수 시내에서 점심을 먹고 맡겨둔 배낭을 찾아 파라과이 국경으로 향한다. 파라과이는 예정에 없다던 버니 역시 배낭을 메고 따라온다.

출입국관리소에 도착하자 지키고 섰던 군인이 사무실로 향하는 나를 부르더니 배낭 좀 보자고 한다. 배낭 속에 든 물건을 보자는 줄 알고 벗어서 지퍼를 열자 속은 들여다보지도 않고 느닷없이 배낭이 얼마짜리냐고 묻는다. 선물로 받은 새 배낭이 탐이 나나 보다. 내 배낭을 탐내는 놈들이 이렇게 많으니 얼른 닳아서 낡아지기를 바라야겠다.

파라과이 쪽으로 들어서자 초입부터 엄청나게 큰 시장이 형성되어 있다. 골목

안에는 각종 가전제품을 파는 노점들이 가득 찼다. 브라질에 비해 물가가 싸서 상인들과 일반인들이 쇼핑을 하러 많이 건너오기 때문이다.

길을 걸어가는데 이번에는 한 상인이 인천공항에서 산 보조가방 '빅토리녹스'를 가리키며 100달러까지 줄 테니 팔라고 떼를 쓴다. 이것 참 왜들 이러나? 내 물건이 그렇게 좋아 보이나? 한편으론 흐뭇하기도 하지만 귀찮은 일을 피하자면 이 가방 역시 빨리 낡아지기를 바라야겠다.

상가 건물 2층의 패스트 푸드 점에서 점심을 먹는데 까맣게 그을린 내 피부를 바라보던 버니가 말한다.

"나는 그런 피부가 참 좋아……."

그리고는 당황스러웠는지 얼른 말을 바꾼다.

"아니, 아, 그냥."

아르헨티나에서 하루를 더 머물고, 이과수에서도 하루 더 머물고 살바도르로 바로 가겠다던 버니가 왜 그 무거운 배낭을 메고 여기까지 따라왔을까, 헷갈린다.

가이드북을 보고 근처의 호텔을 정한다. 여기서 하룻밤을 자고 나는 파라과이 수도인 아순시온으로, 버니는 다시 브라질의 포스도 이과수로 돌아가기로 한다.

호텔에는 단체관광객들 때문에 방이 없어 싱글 룸은 없고 달랑 더블 룸 하나만 남아있다. 내가 나서서 우선 그 방에 짐을 내려두고 이따가 오후에 방이 나면 싱글 룸 하나를 더 달라고 하자 버니가 내게 묻는다.

"침대가 두 개라는데 같이 쓰면 안 되겠어?"

이렇게 해서 우리는 한방을 쓰게 된다. 침대 두 개 중 선택을 권하는 그녀에게 나는 작은 보조침대를 쓸 테니 더블 킹사이즈 침대를 쓰라고 말한다. 침대를 정하고서 속옷만 입고 샤워실로 들어가는 그녀를 보며 나는 계속 헷갈린다, 이것 참!

나도 땀으로 범벅이 된 몸과 마음을 물로 헹구고 버니와 함께 시내 구경을 나선다. 저녁 무렵이 되어 시내에는 하나 둘 네온이 밝혀진다. 거리에는 화려한 카지노에 레스토랑이 즐비하고, 구석자리의 낡은 건물 계단에는 화장기 짙은 여인들이 담

수영복 차림으로 아이스크림을 먹는 버니

파라과이 쪽 시장거리

배를 피워 물고는 오가는 행인들을 살핀다. 국경도시의 밤풍경이다.

저녁을 먹을 마땅한 곳을 찾지 못해 작은 중국인 식당에 들어간다. 한 테이블에서 원주민 사내들이 노래방 기계를 틀어놓고 돌아가면서 노래를 부른다. 이곳까지도 가라오케 열풍이다.

해물국수와 볶음밥에 맥주 큰 병을 시킨다. 중국음식이 싫다고 버티던 버니도 배가 고팠는지 잘만 먹는다. 맥주는 거의 나 혼자 다 마신다. 나 혼자 마셔도 버니는 사흘째 전체 식대의 반값을 꼬박꼬박 지불한다.

식당을 나와 호텔로 돌아온다. 버니가 먼저 침대에 누워 나를 바라본다. 그 시선이 부담스러워 프런트로 내려가 캔 맥주 몇 개를 사온다. 버니는 속옷만 입은 채 얇은 홑이불로 몸의 가운데 부분만 가리고 누워있다.

보조침대에 비스듬히 기대어 맥주 캔을 딴다. 그런 나를 버니가 한참 동안 바라본다. 이럴 땐 어떻게 해야 하나, 머릿속이 텅 비면서 마음이 자꾸 흔들린다. 한국에 두고 온 사람이 떠오른다. 버니를 처음 만날 때부터 계속 떠오르던 사람이다.

다시 맥주 캔을 딴다. 순식간에 두 캔을 마셔버리고 프런트로 내려가 두 개를 더 사온다. 다시 한 캔을 따자 나를 바라보고 있던 버니가 돌아눕는다.

"굿나잇!"

가만히 인사를 하고는 내 침대의 보조등만 남기고 불을 끈다. 버니는 대답이 없다. 돌아누운 버니의 육감적인 몸매가 약한 보조등 불빛에 다시 한 번 나를 헷갈리게 만든다.

"딸깍!"

남은 맥주 캔을 마저 딴다. 잠들기 힘든 밤, 서서히 취기가 올라온다. 내 오래된 습관 하나! 술 취하면 무조건 잔다! 세상이 요동을 쳐도 그대로 잔다! 때로는 그게 편하다. 나는 이미 평상시보다 더 마신 술로 취했다.

아침에 잠에서 깨니 버니는 이미 옷을 모두 입고 배낭을 꾸려두었다. 아직 흔들리는 머리로 나도 침대에서 일어나 떠날 준비를 한다. 인사를 건넸지만 버니는 말이 없이 새침한 표정이다.

잠시 시장으로 나가 상가를 둘러본다. 버니는 몇 군데 전자 상가를 뒤져 마침내 50달러를 주고 자기 디지털 카메라에 맞는 배터리를 산다. 브라질에는 없다고 한다. 그렇다! 버니는 브라질에서는 구할 수 없는 카메라 배터리를 사기 위해 파라과이까지 나와 동행한 것이다.

국경 다리를 건너는 곳까지 그녀를 배웅한다. 그녀는 계속 말이 없다. 오늘 그녀와 나눈 대화는 몇 마디에 불과하다. 앞뒤로 멘 배낭을 핑계로 그녀는 마지막 인사조차 하는 둥 마는 둥 하고 등을 돌린다. 나 역시 무어라고 하기가 어정쩡하다.

"잘 가, 버니. 새로 산 배터리로 좋은 사진 많이 찍어!"

뜨거워진 햇살 아래 다리를 건너 멀어져가는 그녀의 뒷모습이 외로워 보인다.

'그래, 내가 잘못했다. 아니! 잘 했다, 잘 참았다.'

가슴 한편에서 한국에 두고 온 사람이 미소 짓는다.

이순시온의 계단 밑 허름한 한국 시계방

장거리 버스터미널까지 4킬로미터를 배낭을 메고 걷는다. 택시비 1달러를 아끼기 위해서이기도 하지만 그렇게라도 해서 마음에 묻은 욕심을 털어내고 싶다.

땀이 비오듯 쏟아진다. 내 안의 추한 욕심이 빠져나가기를 비는 마음으로 속력을 더한다. 온몸이 땀으로 범벅이 된다. 시가지를 빠져나와 거리 가판대에서 길을 물어 놀이터 앞을 지난다.

놀이터 회전그네 몸체에 '가미카제' 라고 영어로 씌어 있다. 일본의 자살특공대 이름이 이곳까지 와있다니! 더군다나 아이들의 놀이기구에 저 이름을? 그게 무슨 뜻인지 알고나 썼을까 싶은 생각이 든다. 도무지 반성을 모르는 일본사람들이다.

버스에 오르자 거짓말같이 비가 쏟아지기 시작한다. 빗속의 장거리버스는 이내 한적한 시골마을을 달려간다. 버스가 잠시 정차하면 앞치마를 두른 여자들이 구수한 냄새를 풍기는 갓 구운 빵을 소쿠리에 담아 이고 올라온다. 그 냄새와 모습이 정겹다. 차창으로 보이는 평화롭고 한적한 시골은 내려서 며칠 쉬어갔으면 싶을 정도로 아름답다.

버스의 에어컨이 너무 강해 춥다. 다른 승객들도 전부 모포를 뒤집어쓰고 몸을 웅크리고 있기에 차장에게 말해 에어컨을 줄여달라고 했더니 5분도 못 되어 열기와 습기가 확확 버스 안을 달군다. 하지만 이미 뱉은 말인데 어쩌나! 사우나에 들어와 있다고 생각하며 참는다. 그 덕분에 아순시온에 도착했을 때는 온몸이 땀에 풍덩 절었다.

가이드북을 보고 한국인이 운영하는 호텔을 찾아갔으나 주인아주머니는 매정하기만 하다.

"10달러요? 그 가이드북이 옛날 거라 그래요. 지금은 10달러에는 어림도 없어요."

정나미라고는 털끝만치도 묻어나지 않게 삶에 전 딱 자르는 말투에 더 이상 말을 붙이기가 싫어 뒤도 돌아보지 않고 다시 거리로 나와 이미 어두워진 거리를 두리번거린다.

근처의 두 번째 들른 호텔 '아틀란타'에서 에어컨에 화장실까지 딸린 방을 10달러에 구하고서, 내 처지에 좀 비싸기는 하지만 한국인 숙소를 생각해 호사를 부리기로 한다. 에어컨이 없고 공동화장실을 쓰는 방은 반값인데.

저녁 8시가 채 못 되었건만 거리에는 식당은 물론 어느 가게도 문 연 곳이 없다. 버스 정류장 근처 말고는 인적도 끊어져 도시 전체가 괴괴하다.

한참을 뒤지고 뒤져 겨우 문 닫기 직전의 식당에 들어가서 다 식어빠지고 칼이 안 들어갈 정도로 질긴 쇠고기구이와 소시지를 억지로 씹어 삼키고 숙소로 돌아오는데, 호텔 앞 희미한 가로등 불빛 아래서 한 여인이 사내의 품에 얼굴을 묻고 흐느끼고 있다.

왜일까? 사내의 팔이 여인을 토닥이고 있다. 그렇게 울지 않아도 힘겨운 삶이다. 울리지 마라.

어두운 거리에는 가랑비가 내린다. 시월의 마지막 밤이다.

커피가 너무 맛이 없다. 밀크 커피를 시켰는데 커피 향이 나지 않는다. 알고 보니 파라과이는 커피의 주요 생산국이지만 이곳 사람들은 커피를 마시지 않는단다.

대신 반미의 영웅 에르네스토 체 게바라가 즐겨 마시던 마테차를 마신다. 여러 가지 찻잎을 섞어 찧어서 컵에 담고 더운 물로 우려 마시는 차인데 이곳 아순시온이 바로 원산지다. 거리에는 곳곳에 찻잎을 종류별로 골라 섞어 찧어주는 노점들이 있고, 사람들은 커다란 보온병과 컵을 가죽으로 장식해 어디를 가나 들고 다닌다.

중심가의 길바닥에는 인디오들이 전통 과라니 복장을 하고 직접 만든 기념품을 팔고 있다. 그들의 사진을 찍으려 하자 돈을 달라고 한다. 서양 관광객들이 길들여놓은 대표적인 문화오염의 유산이다.

하지만 지금 같은 경우에는 약간의 값을 치러야 한다. 이들은 사진 찍히는 것을 직업으로 택한 사람들이라 일부러 전통복색을 갖추어 입고 거리에 나와 있기 때문이다. 거리에서 사진 찍히고 돈을 구걸하는 것과는 경우가 약간 다르다.

파라과이의 수도이자 유일한 대도시인 아순시온은 라플라타 강의 지류인 파라냐 강의 연안에 있어 바다가 없는 파라과이의 유통과 교통 중심지다. 1537년에 스페인이 개발해 남아메리카의 남동부까지 식민지를 확장하는 거점이 되었다.

파라과이 강 쪽에 있는 하얀색 국회의사당과 대통령궁 뒤편 강변으로는 곧바로 빈민가가 펼쳐져 이 나라의 어려운 형편을 대변하는 듯하다. 판잣집들이 늘어선 지저분한 골목길에서 아이들이 공놀이를 하고 있다. 축구의 대륙 아니랄까봐 라틴 아메리카는 어디를 가나 아이들이 공을 가지고 논다. 그들 뒤로는 황토색 파라냐 강이 유유히 흘러간다.

지금은 관광지가 되어버린 영화 〈미션〉의 유적지이자 촬영지가 멀지 않다. 강변의 인디오 마을에는 아직도 당시의 예배당이 남아 있다고 한다. 나는 영화도 물론

아순시온 중심가

체게바라는 아직도 사람들의 가슴 속에 남아

보았지만 이 영화를 만든 롤랑 조페 감독도 만난 적이 있다. 그가 1992년에 만든 영화 〈시티 오브 조이〉의 홍보차 한국에 왔을 때 그를 인터뷰한 것이다.

숙소 근처 낡은 건물의 한쪽 귀퉁이에 매달린 팻말에 '초이(Choi)'라는 단어가 눈에 들어와 얼른 들어가 본다. 아니나 다를까, 계단 밑에 자리 잡은 한 평 크기의 작고 허름한 가게는 다리가 불편하신 한국 아저씨 최씨의 시계수리 점포다. 벽에는 1988년 한국에서 획득한 시계수리 자격증이 걸려있다.

"자격증을 얻고 얼마 후 상처를 했는데, 갈 곳이 없어 형님이 살고 있는 이곳으로 왔다가 눌러앉았지. 지금은 형님도 돌아가시고 나 혼자 남았는데……."

말끝을 흐리시는 아저씨의 얼굴이 밝지 못해 더 캐물으니 그동안 이곳에서 한국 교민들에게 당한 설움을 봇물처럼 터뜨리신다.

"내가 돈 없고 몸 성치 못하다고 얼마나 따돌림을 하는지, 한인사회에 섞이자면 믿지 않아도 어쩔 수 없이 교회에 나가야 하는데, 교회에 나가도 상대해주는 사람 하나 없고, 젊은 놈들은 아예 대놓고 손가락질까지 한다니까! 웬만하면 구차하게 교민사회에 얼굴 내밀지 말라고……."

나를 앉혀두고 아저씨는 곧 울음을 터뜨릴 것 같은 표정으로 그동안 받았던 수모를 끝도 없이 쏟아내신다. 그러면서도 목발에 의지해 좁은 구석에서 저녁 반찬으로 먹을 부추를 다듬으신다. 가게나 아저씨나 돈하고는 아주 거리가 먼 모습이다.

땟국이 흐르는 낡은 파자마머 시계수리대 옆의 지저분한 싱크대에 가슴이 아려온다. 더구나 이 나라가 지금 아무리 가난하다고 해도 아직까지 누가 시계를 수리해서 쓰나 싶은 생각에 아저씨를 보는 마음이 더욱 아리다. 차라리 이 점포에 들어오지 말 걸 그랬다는 생각마저 든다.

한참 동안 아저씨의 하소연을 듣고 나오니 마음이 씁쓸하다. 한국으로 돌아가는 것은 꿈도 꾸지 못할 만큼 가난하고 몸마저 쇠락해져서, 친구도 없이 혼자 외롭게 살아가는 이민자의 말로라니……. 거리의 맥주 바에 앉아 한 병 맥주로 쓰린 마음을 달랜다.

다리가 불편한 한국 아저씨 최씨의 시계수리 점포 팻말

다음날은 모처럼 구름 한 점 없이 하늘이 푸르다. 어제 최씨 아저씨가 가르쳐준 대로 한국인 거리라는 '메르까도 꽈뜨로(4시장)'를 찾아 나선다. 위로 두 블록 가서, 좌로 일곱 블록. 네거리를 건널 때마다 '하나, 둘, 셋' 숫자를 세며 걷는다.

퍼즐 같은 블록 숫자를 다 맞추자 한글 간판이 하나둘 나타나기 시작한다. '서울미용실', '하나여행사', '중앙비디오', 한국에서도 익숙한 이름들이다. 그리고 그 옆에는 커다란 교회가 있다.

왕복 4차선 거리의 양쪽으로 형성된 시장은 낡은 건물들에 색색가지 천막들의 빛이 바래 허름했으나 시내 중심가의 쓸쓸함에 비하면 사람들이 붐벼 활기가 있다. 파라과이의 한국인들이 이곳에서 장사를 하고 있다.

비좁은 골목을 헤치고 나아가니 한국인으로 보이는 얼굴들이 많다. 문득 여러 해 전 영화 연출을 하던 후배가 뜬금없이 걸어온 전화 한 통이 생각난다.

"형, 현찰로 1억 줄 테니까 한 10년 남미에 가서 사시면 어떻겠어요? 파라과이 같은 나라에 가면 1000만 원만 주면 이중국적을 가질 수 있다는데, 다른 선배 형이랑 같이 가세요. 10년만 나가서 살면 공소시효가 끝나 다시 들어올 수도 있어요."

녀석은 갑자기 큰돈이 필요했던 모양이다. 다른 사람의 명의를 빌려 집을 싸게 산 후, 그 집을 담보로 은행에서 최대한의 대출을 받아 갚지 않는 방법을 생각해냈던 것이다. 명의를 빌려준 사람에게는 사례금으로 현찰 1억을 주기로 하고.

녀석이 그때 언급했던 '선배 형 누구'는 지금은 한국에서도 가장 바쁜 배우의 대열에 들어섰다. 녀석의 눈에 우리는 전혀 능력이 없어서 평생 빛도 보지 못하고 가난하게만 살아갈 가망 없는 배우들로 비쳤었나 보다.

그 이후 녀석과의 연락이 끊어졌지만 만약 그때 그 말을 들었더라면 지금쯤 나도 여기 이 시장의 한 귀퉁이에서 서성이고 있지 않을까 하는 생각이 스친다.

시장 중간에 한국식당이 보여 들어간다. 그동안 한국 음식 먹어본 지 오래 됐다. 후덕한 인상으로 사람 좋게 웃으시는 아주머니는 이민 오신 지는 몇 년 되지 않지만 제법 자리를 잡으신 것 같다.

음식이 맛있고 싸다. 얼큰한 순두부찌개와 소주 한 병에 우리 돈 6000원이 좀 못 된다. 외국의 한국식당에서는 소주 한 병에 보통 만 원은 각오해야 하는데 말이다. 게다가 풋고추에 고추장까지 있다. 아주머니는 웃는 얼굴로 공깃밥도 더 퍼주신다. 낯선 나라에서의 피로가 잠시 가신다.

버스터미널에 가서 다음날 아르헨티나의 부에노스아이레스로 가는 버스표를 사고 다시 시장으로 돌아와 볼펜과 노트를 사려고 문방구점에 들어가니 마침 주인 아저씨가 한국인이다.

이민 오신 지 12년 되었는데, 그동안 문구점만 두 개를 내고 내일 한 곳을 더 개업하신단다. 그렇게 한 2~3년만 바짝 벌면 한국으로 돌아가거나 다른 나라로 떠날 수 있을 거라고 하신다.

"왜 떠나시려고 하세요? 이 나라가 싫으신가요?"

"너무 가난하고 삭막해. 앞으로 희망이 없어. 그래서 한국 사람들도 점점 각박해져. 이제 미국으로 건너가거나 한국으로 돌아가야지."

남아메리카의 어디서나 한국인들이 가고 싶어 하는 나라 1순위는 미국이다. 미국에 가야 제대로 사람답게 살 수 있고, 자식교육 때문에라도 미국에 가야 하고……

돈은 버셨지만 외로우신 모양이다. 아저씨는 내가 여행기를 쓰기 위해 노트를 사러 왔다고 하자 볼펜 열 자루를 선뜻 선물로 주신다.

"여행 잘 하고, 좋은 글 써요."

"고맙습니다, 아저씨. 부디 장사 잘 하셔서 가시고 싶은 곳 가세요."

그 뒤 아프리카에서 강도에게 가방을 뺏겨 그동안 만났던 분들의 명함을 모두 잃어버렸으나, 행여나 이 글을 보실 수 있을까 싶어 지면을 통해서나마 감사를 드린다.

"고맙습니다. 아저씨! 그 볼펜들은 제가 아끼고 아끼며 모두 잉크가 다 닳을 때까지 잘 썼습니다."

아순시온 ➡ 부에노스아이레스 ➡ 푸에르토 마드린

바위 절벽의 수없는 구멍으로는 갈매기들이 하얀 날개를 펼치며
쉴 새 없이 날아든다. 하얀 바닷새와 흑갈색 바다코끼리,
검푸른 바다와 쪽빛 하늘이 어우러져 환상적인 조화를 만들어낸다.
모든 것이 살아 움직인다, 하늘까지도.

제 5 장

사방이 지평선,
팜파스의 끝없는 철책

거의 하루를 꼬박 달려 부에노스아이레스에 도착한다. '남아메리카의 파리'라는 별칭에 걸맞게 아름다운 도시, '좋은 공기'라는 이름의 맑은 도시에 이제 막 밝아오는 선명한 아침 햇살을 받으며 사람들이 출근하고 있다.

관광안내소에서 받은 전단지를 들고 골목을 돌며 호스텔을 찾는데 앞에서 한 여자가 비틀거리며 걸어온다. 긴 머리에 짙은 화장, 브래지어가 다 보일 만큼 깊이 파인 티셔츠에 팬티가 보이도록 짧은 스커트를 입었다. 가만히 보니 여자가 아니라 여장남자다.

이른 아침부터 비틀거리는 것으로 보아 술은 아니고 약에 취한 것 같다. 유럽에서 건너온 사람들이 파리만큼 아름다운 도시를 건설하겠다고 만든 세계의 대도시에서 동양 나그네가 부딪치는 첫인상이다.

라플라타 강어귀에서 240킬로미터 상류 지점에 있는 이 도시는 아르헨티나의 정치와 경제, 교통, 문화의 중심지이며, 세계적인 무역항이다. '라플라타(La Plata)'는 스페인어로, 흔히 생각하듯이 백금이 아니라 은이라는 뜻이다. '아르헨티나(Argentina)'도 라틴어로 '하얗고 반짝거리는', 즉 은이라는 뜻의 아르젠툼(argentum)에서 나왔다.

시가지의 중심은 대통령 청사 앞의 플라사 데 마요(5월 광장)와 국회의사당을 잇는 마요 가로다. 이 가로를 축으로 해서 파리의 중심부를 모방한 건물이 계획적으로 건축되었다.

이곳 사람들은 라틴아메리카 전체에서 인디오의 피가 가장 적게 섞였으며 순수 유럽인의 후예라는 것을 자랑으로 여긴다. 그런 연유로 주변의 인디오들과 피가 섞인 브라질과 칠레의 혼혈인들을 무시해, 브라질, 칠레 등 주변 국가들과 앙숙지간이다. 브라질에서는 가장 심한 욕이 '아르헨티나인 같은 놈'이다.

부에노스아이레스의 대통령 청사

파리의 중심부를 모방한 건물들

파리의 중심부를 모방한 건물들

이전에는 디스코텍으로 썼는지 호스텔의 15인실 천장에는 아직 거울조각의 조명등이 달려있고 입구에는 빈 바가 남아있다. 넓은 홀에 죽 놓여있는 침대 주변에는 옷가지들과 가방이 마구 흩어져 있고 서너 명의 투숙객들이 아직까지 자고 있다.

가장 안쪽의 넓은 침대에는 두 명의 젊은 남녀가 홑이불 속에서 엉켜 있다가 들어서는 나를 빠끔 쳐다본다. 둘 다 10대로 보이는데 남자는 유럽계 백인이고 여자는 동양인, 내가 보기에는 한국인에 가깝다. 그동안의 여행 경험으로 동양인은 물론 서양인들도 이제 각 나라별로 얼굴 모습을 대충 맞출 수 있게 되었다.

그들은 침대 두 개를 붙여서 큰 침대를 만들었는데 침대 옆에는 아무렇게나 벗어던진 팬티와 브래지어가 구겨져 있다. 짐짓 모른 척하고 가장 바깥쪽의 비어있는 침대에 짐을 풀기 시작하자 남녀는 잠시 멈췄던 일을 계속하는지 낡은 나무 침대의 삐걱거리는 소리가 들려온다.

중심가로 나가니 마요 가로의 넓은 대로 한가운데에 5월의 독립투쟁을 기념하는 오벨리스크가 이정표마냥 우뚝 서있다. 스페인으로부터의 독립을 기념하는 상징물로 그 안에는 아르헨티나 전역에서 가져온 흙이 들어있다고 한다.

오벨리스크 조금 못미처에서 가게 문을 막 닫고 나오시는 한국인 아주머니를 만난다. 인사를 했더니 내일은 일요일이라 쉬니까 모레 가게로 한 번 들르라고 하시며 약도를 주신다. 한국 소식 좀 듣자고 하시면서……

토요일 오후의 중심가는 생기가 넘친다. 가로수인 자카린다가 한창 제철을 맞아 보랏빛 꽃이 밝은 햇살을 받아 아름답게 빛나고, 그 뒤쪽으로는 고풍스러운 건물들이 위용을 자랑한다.

거리의 돌길에는 주말을 즐기는 사람들이 가득하고, 한가롭게 산책하는 사람들 사이로는 여러 가지 거리공연이 펼쳐져 오가는 사람들을 즐겁게 해준다. 악사들과 마임이스트들, 화가들의 실력이 훌륭해 보인다.

천천히 거리를 걸어 1996년, 알란 파커 감독에 마돈나와 안토니오 반데라스가 주연한 뮤지컬 영화 〈에비타〉로 유명한 에바 페론의 거처였던, 일명 '카사로사다(핑

보랏빛 꽃을 피운 가로수 자카린다

거리의 공연을 구경하는 인파

크하우스'라는 대통령 청사 앞에 선다.

'아르헨티나여, 나 때문에 울지 말아요(Don't cry for me Argentina)!'

아무도 없는 강원도의 적막한 산골에서 쓸쓸한 어둠이 내리면 애절한 음색이 좋아 나는 몇 번이고 이 영화를 보곤 했다.

고색의 핑크빛 건물 앞 광장에 서서 영화 속에서 에바가 노래하던 창문을 올려다본다. 병색이 완연한 에바가 창가에 서서 수많은 민중을 바라보며 부르던 노래가 머릿속을 떠나지 않는다.

'돈 크라이 퍼 미 아르헨티나!'

하지만 그의 남편인 후안 페론 대통령은 실상 국민들에게 큰 환영을 받지 못한 것 같다. 아르헨티나 사람인 라틴아메리카의 영웅 체 게바라의 아버지는 후안 페론을 두고서 이렇게 이야기했다고 한다.

"그 사람은 아르헨티나 국민을 위해서는 턱없이 부족한 민족주의와 인민주의가 적당히 배합된 적당주의자지."

밤이 깊어지자 거리의 고급 레스토랑 안에서는 탱고 음악이 스피커를 통해 거리에까지 흘러나온다. 하지만 입장료와 음식 값이 비싸 돈 없는 배낭여행자에게는 그림의 떡이다. 서둘러 숙소로 돌아와 1층 바에서 생맥주를 한 잔 마시는데 머릿속에서는 계속 '에비타' 노래가 떠나지 않고 웅얼거려진다.

부에노스아이레스의 '황학동 거리'

호텔에서 주는 아침을 먹고 일요시장이 선다는 도레고 광장으로 향한다. 길을 물으면 모두 블록으로 설명해주어 길 찾기가 수월하다. 날씨가 꾸물거리는 게 오래잖아 비가 내릴 것 같다. 계절 때문인가! 라틴아메리카에는 유난히도 비가 많이 내리는 듯하다.

일요시장에는 깔개나 테이블을 펼치고 오래 된 물건들을 때에는 조화를 염두에 두고 진열해 놓았다. 오래 된 숟가락, 시계, 안경, 보석류, 칼 등 언제 누가 사용했는지도 모를 물건들이 가득하다. 마치 서울 황학동 도깨비시장에 온 것 같다.

스무 살에 극단에 입단해 연극을 시작한 나는 소품을 구하기 위해 늘 동대문 일대의 도깨비시장을 뒤지고 다녔기에 손때 묻은 오래 된 물건을 좋아했다. 오래 된 물건들을 가만히 들여다보며 그것을 사용했을 사람들의 모습을 그려보는 것 또한 즐거운 취미였다.

어렵게 발품을 팔아 마음먹은 물건을 찾아냈을 때의 기쁨을 아는 사람은 알 것이다. 그래서 내가 머무는 거처에는 언제나 각지의 골동품들이 쌓여있었다.

기분이 울적하고 쓸쓸할 때면 황학동 시장 초입에 앉아 튀김과 잔치국수 그리고 막걸리 한 잔을 들이켜고 시장을 돌다보면 금세 기분이 유쾌해졌다. 가게마다 무더기로 놓여있는 옛날 물건들의 정취와 시장의 왁자한 활력이 내 안으로 들어와 처져있는 나를 일으켜 세웠던 것이다.

때로는 친한 선후배들과 아예 마음먹고 도깨비시장 초입의 막걸리집을 약속장소로 정하고선 오전부터 막걸리로 한가하고 몽롱한 하루를 시작하기도 했다. 여기에는 내 양아버지가 되신 시인 천상병 님의 '몽롱하다는 것은 장엄하다'는 한 줄 시구도 한몫 거들었다.

연극을 하면서 그리고 여러 장르의 예술가 선배 형들과 문인 선생님들과 만나게 되면서 드나들기 시작해 내게는 제2의 고향이 된 인사동과의 인연과 황학동 도깨비시장을 뒤지던 안목으로, 골동품을 감별하는 눈은 웬만한 사람에게 뒤지지 않는다고 자부한다.

일요시장 안에서는 노인들의 거리 공연단들이 광장을 채우고 있다. 공연단마다 한 평 남짓한 천막을 치고 주제별로 간단한 코미디를 연출해 구경꾼들을 즐겁게 한다. 예를 들면 이런 식이다.

커다란 안경에 회초리를 든 선생님이 칠판에 수학공식을 쓰고 과장된 몸짓으로 공부를 가르친다. 가발과 부피를 늘린 총천연색 옷을 입고 아이 분장을 한 학생

노인들의 거리 공연

거리의 연주단

부에노스아이레스의 황학동 시장

거리에서 파는 그림 속의 탱고

거리 한복판에서 탱고춤을 추는 노부부 ◐

들이 조그만 학생 의자에 앉아 있는데, 그 가운데 한 학생이 도시락을 까먹거나 옆 자리 여학생과 딴짓을 한다. 이를 발견한 선생님이 커다란 안경을 벗어들고 칠판 밑의 색분필을 역시 과장된 동작으로 집어던진다. 그리고는 학생을 불러내 회초리로 종아리를 때린다.

간단한 줄거리지만 노인 배우들의 연기가 익살스럽고 재미있어서 구경하던 사람들은 그들의 움직임 하나하나에 아끼지 않고 폭소를 터뜨린다. 그리고는 동전 몇 개를 꺼내 객석에 놓인 작은 바구니에 넣는다.

하지만 공연 중인 노인들은 일반적인 거리 공연자들과는 달리 동전에는 별 관심을 보이지 않는다. 내가 카메라를 들이대고 사진을 찍어도 동전함을 가리키는 노인은 없다. 다른 곳에서는 사진을 찍으면 으레 동전함을 가리켜 사진 찍기가 조심스러웠는데. 이곳 노인들은 공연 자체를 즐기는 것 같다.

다른 천막 무대에서는 바 앞에서 요염한 분장을 한 할머니들이 과장된 포즈로 손님을 기다리고 있다. 정지된 몸짓으로 얼굴과 시선만 움직이지만 사람들이 지나가며 폭소를 터뜨린다.

즐겁게 공연을 하는 노인들의 젊은이 못지않은 활력이나 깔깔거리는 구경꾼들 모습이 보기 좋다. 서울 중심가의 탑골공원에 무료하게 앉아 외로운 시간을 보내는 우리 노인들의 모습이 잠시 생각난다.

빗발이 거세져 비를 피할 겸 한 건물의 2층으로 올라가니 작은 식당 앞에서 음악을 틀어놓고 성장을 한 한 쌍의 남녀가 멋지게 탱고를 추고 있다. 꺾어지고, 돌고, 멈추고……. 곡이 끝날 때마다 주변 테이블에 앉아 있는 사람들의 박수갈채가 쏟아진다. 그러면 남자 댄서가 모자를 들고 테이블을 한 바퀴 돈다.

비싼 탱고 공연장을 못 간 나도 테이블 하나를 차지하고서 열심히 춤을 감상하고 박수를 치며 맥주를 마신다. 한 곡이 끝나자 남자가 모자를 들고 내게로 온다. 기꺼이 10페소(약 3달러)짜리 지폐 한 장을 넣었더니 사내가 활짝 웃는다.

숙소로 돌아오는 길에는 건물 처마 밑에 누워있는 어른 걸인들 옆에서 어린 꼬마가 열심히 저글링을 연습하고 있다. 꼬마는 내가 옆을 지나가자 미리 준비하고 있었던 듯 갑자기 나를 향해 뒤돌아서서 '짠!' 하는 소리를 내며 저글링을 한다. 하지만 불과 두 바퀴를 넘지 못하고 고무공은 땅에 떨어지고 만다.

그 모습이 귀엽고도 기특해 미소를 지으며 주머니에 남은 얼마 되지 않는 동전을 몽땅 건네준다. 머지않아 저 꼬마도 거리 공연단의 일원이 되리라 생각하며 마음속으로 기원한다.

'아이야! 열심히 연습해서 구걸은 말고 공연을 하거라.'

숙소 1층 바의 구석자리에서 아침에 침대 위에서 뒹굴던 아이들과 다른 여자아이 둘이 이야기를 나누고 있다. 내가 그 아이들을 흘긋거리자 바의 종업원이 파라과이에서 온 아이들이라고 가르쳐준다. 한국인 얼굴을 한 여자아이도 스페인어가 유창하다. 순간 한 생각이 머리를 스친다.

'아, 메르까도 꽈쁘로(4시장)!'

파라과이의 한국인 이민사가 벌써 40년을 넘었으니 저 아이도 혹 한국인 이민 2세가 아닐까? 그렇더라도 어쩔 수 없는 일이겠으나 제발 아니기를 빈다. 나도 어쩔 수 없는 보수적 기질의 한국인인가!

이국의 식당 아줌마 눈에 맺히는 이슬

다음날 오후에는 토요일에 만난 한국 아주머니 가게로 찾아갔더니 전날은 보지 못했던 아저씨까지 기다리고 있다가 반갑게 맞아주신다. 라틴아메리카의 어디를 가나 만나는 한국 분들 대부분은 모두 제 식구를 만난 것처럼 반가워하시며 고국 소식을 물으신다. 먼 이국땅에서 외롭게 사시니 그만큼 한국이 그리우신가 보다.

아저씨는 이제 곧 가게 문을 닫으니 한국식당에 가서 저녁을 먹자고 붙드신다. 문을 닫은 후 아주머니는 집으로 들어가시고 아저씨를 따라 전철을 탄다. 이곳 전철은 일본에서 쓰던 열차를 고쳐 아르헨티나에 무상으로 기증한 것이라는데 오래 되어 낡아서 요란스럽게 삐걱거린다. 약아빠진 일본인들이 절대로 그냥 줄 리는 없을 테고, 뭔가 이유가 있을 것이다.

인도 갠지스 강 화장터에서 들은 이야기가 있다.

불교도들에게는 성산 '수미산(須彌山)'으로 알려진 히말라야의 힌두성산 카일라스에서부터 기원하는 갠지스는 인도인들의 어머니 강으로서 영원한 성지로 추앙받는다. 모든 사람이 죽으면 갠지스에서 화장되어 그 강물에 뿌려지기를 바란다. 여기서 화장되어 뿌려지면 모든 고통스러운 윤회로부터 벗어나 영원한 안식의 세계로 든다고 믿는 것이다.

그 강가의 메인가트, 즉 화장터에는 인도 전역에서 도착하는 시신들을 화장하느라 언제나 분주하다. 하지만 화장을 하자면 나무를 때야 하는데 그 나무 구하기가 쉽지가 않고, 값 또한 비싸다. 강 상류에서 배로 날라져오는 반얀트리(보리수나무)를 쓰는데, 한 사람을 화장하려면 장작 값이 보통 250달러 정도나 든다고 한다. 가난한 인도인들에게는 엄청난 액수다.

그런데 어느 날 갠지스의 화장터를 찾았더니 이전과는 달리 층층의 단을 새로 쌓고 색칠까지 깨끗하게 되어 있었다. 인도인 친구에게 물었더니 이렇게 대답하는 것이었다.

"일본의 화장터회사에서 무료로 공사를 해주었다. 그 대신에 20년이고 30년 후에는 이곳의 대표적인 화장터인 다샤슈와메트 가트에서도 나무가 아닌 가스나 전기로 화장을 할 때가 올 텐데, 그때 화장터의 설치와 관리를 자기네 회사로 넘겨달라는 조건이다."

바로 이것이 일본인들의 상술이다.

한국인 거리에서 내려 어느 골목을 지나니 벽에 '진주식당'이라고 씌어있다.

"김치찌개와 제육볶음에 소주 한 병이요."

아저씨가 시키는데 벌써 내 입속에는 침이 가득 고여 온다. 음식을 기다리며 아저씨가 이민생활의 이야기보따리를 풀어놓으신다. 한국에서 건설업을 하다가 한창 라틴아메리카 이민 바람이 불던 80년대에 이곳에 오셨는데, 아이들은 모두 장성해 미국에서 살고 있다고 한다.

"이곳에 이민 와서 잘한 일이라곤 애들 키운 것밖에 없소. 애들이 스페인어와 영어, 한국어를 완벽하게 구사할 수 있으니 앞으로 살아가는 데 별 어려움은 없을 거요. 지금은 둘 다 미국에서 자리를 잡았어요."

아저씨의 자신 있는 말씀에 자식농사에 대한 자부심이 묻어난다. 하지만 20년도 더 전에 처음 이곳으로 오면서 어린 아이들 손을 잡고 한국을 떠날 때는 아르헨티나가 어디에 있는지도 잘 모르셨다고 한다.

비행기를 갈아타기 위해 미국 마이애미 공항에서 통로를 걸어가는데 우연히 만난 한국 사람이 묻더라는 것이다.

"한국분이시죠? 지금 어디로 가세요?"

"아르헨티나로 이민 갑니다."

"아이고, 아르헨티나요? 그 나라는 뭐 하러 가세요, 정말 살기 힘든 나란데. 거기 가선 해먹을 일이 없어요. 그냥 여기서 내리세요."

아저씨는 이 말을 듣는 순간 앞이 캄캄해지며 온몸의 힘이 빠져 꼭 잡은 아이들 손을 놓쳤다고 하신다. 그 사람 말대로 당장 그곳에서 내리고 싶었으나 투자이민으로 이미 아르헨티나 정부 은행에 돈을 예치해두었으니 달리 어떻게 할 수가 없었다는 거다.

그렇게 해서 아르헨티나까지 와서 이민 짐을 풀었는데 정말 무얼 해먹고 살아야 할지 막막했다고 하신다. 그래서 처음 몇 년 동안은 아무 일도 않고 시장조사만 하다가 다른 한국인들이 옷가게를 하는 걸 보고 옆에서 배워 같은 가게를 시작해 차츰 발을 붙이게 되셨다고.

다행인 것은 아르헨티나 이민사회는 반목이 심한 다른 나라와 달리 한인들끼리 서로 돕는 관습이 생활화되어 먼저 이민 온 교민들이 큰 힘이 되었다고 하신다.

이야기가 무르익자 식당 주인아주머니가 합석한다. 진주가 고향인데 여기 온 지 몇 년 되지 않았지만 그 사이 변화가 많았나 보다.

"올 땐 남편과 같이 왔는데 온 지 얼마 안 되어 남편이 온다간다 말도 없이 사라졌지 뭐야. 어디론가 갈 길을 찾아 떠나가 버렸다고……"

말도 모르고 얼굴도 낯선 타국 땅에서 홀로 남겨져 할 수 있는 일이라곤 밥 짓는 일밖에 없어 식당을 시작했는데, 같은 한국 사람들의 도움으로 지금은 근근이 살게 되었다고 하시면서 소주 한 잔을 받으시더니 먼 곳을 바라보신다. 이 대목에서 가만히 있을 수가 없다.

"아저씨! 소주 한 병 더 마시고 싶은데요. 이번 것은 제가 낼게요."

두 분의 이야기를 듣고 있자니 소주가 당긴다. 한 병 더 나온 소주를 마시며 내 딴에는 위로랍시고 아주머니의 고향 진주 이야기를 시작한다. 진주 남강으로부터 촉석루, 비빔밥, 장어구이, 진주 난봉가까지 이어지며.

이야기가 깊어가자 어느 순간 아주머니의 눈가에 이슬이 맺힌다.

'아차! 이런 모자란 인간이 있나? 안 되겠다, 그만 하자.'

취기도 약간 올랐겠다, 얼른 일어서서 노래를 한 곡 뽑는다.

순대 속 같은 세상살이를 핑계로
퇴근길이면 술집으로 향한다.
우리는 늘 하나라고 건배를 하면서도
등 기댈 벽조차 없다는 생각으로
나는 술잔에 떠있는 한 개 섬이다.
술 취해 돌아오는 내 그림자!
그대 또한 한 개 섬이다.

평소에 좋아해 즐겨 부르는 장사익 님의 노래를 가만히 읊조리니 다시 아차! 두 분이 더욱 숙연해지신다.

'이것도 안 되겠다, 그만 일어서자.'

군이 우겨서 소주 한 병 값은 내가 내고 밖으로 나와 한모퉁이를 돌자 레스토랑 안에서 진한 커피 냄새가 풍겨온다.

"아저씨, 제가 커피 한 잔 사드릴게요."

비싼 한국음식을 사주신 것이 고마워 커피 한 잔은 내가 대접해드리고 싶다. 커피를 마시며 다시 이야기가 이어지자 궁금하던 것 하나를 여쭤본다.

"아드님들은 잘 키우셨다고 하지만 그 다음 세대들은 한국을 어떻게 생각할까요?"

"글쎄, 모르지. 옛날에 우연히 아들놈이 쓴 글을 보게 되었는데……"

그 글에 이렇게 적혀있더라고 하신다.

'내 조국 아르헨티나! 골목 모퉁이를 돌아갈 때면 풍겨오는 진한 커피 냄새!'

놀란 아저씨가 아들에게 다그치셨단다.

"야! 이놈아, 네 조국이 한국이지 어째서 아르헨티나냐?"

그러나 막상 다시 생각해보니 아들이 어릴 때 한국에서 오기는 했지만 여기서 자라고 철이 들었으니 이 나라를 자기나라로 생각할 만도 하더라는 것이다.

"그놈에게 아들이 태어나면 이럴지도 모르지. 네 할아버지는 한국인이셨다고……"

아저씨와 헤어져 어두워진 밤길을 걸어 숙소로 돌아오는 길 내내 아저씨의 마지막 말씀 한마디가 찌잉 하고 가슴 속으로 울려든다.

'네 할아버지는 한국인이셨다.'

할아버지가 한국인이었다든가 할아버지가 한국에서 왔다고 하더라는, 유럽의 청년들에게서 흔히 들을 수 있었던 말을 이제 라틴아메리카의 한국인 3~4세에게서도 듣게 될 것인가!

파타고니아의 발데스 반도로 떠나는 버스는 시간이 지났는데도 정류장에 나타나지 않는다. 버스의 정시운행으로 유명한 라틴아메리카에서는 흔치 않은 일이다. 불안해져서 부근에 서있는 경찰관에게 물어보니 차부 안으로 들어가 알아보고 나온다.

"오기는 온다. 조금 늦는다. 기다려라."

경찰과 내가 이야기하는 것을 보고 유럽계로 보이는 여자 여행자 한 명이 똑같이 경찰에게 말을 붙인다. 그러자 경찰이 나를 가리킨다. 그래서 그녀를 만났다.

"당신도 푸에르토 마드린으로 가는 오후 1시 30분 차를 기다리느냐?"

"그렇다, 조금 늦기는 하지만 반드시 온단다. 기다려보자."

스페인에서 왔다는 그녀의 이름은 이사벨이다.

버스는 한 시간이나 늦게 승차장에 차를 댄다. 엊저녁에 만난 아저씨의 설명이 떠오른다.

"이 나라 사람들은 유럽계라는 자부심 때문에 다른 라틴아메리카 사람들을 깔보는 경향이 있어요. 그리고 약속을 잘 안 지켜요. 우선 예약문화가 그래요. 예약을 해도 먼저 돈 내는 사람에게 주니까 안심할 수 없죠. 돈을 냈어도 더 내는 사람이 있으면 그쪽에 준다니까요."

뭐 이런 사람들이 있나? 이번 여행 중에 버스가 제 시간에 오지 않은 것은 이곳 아르헨티나가 처음이다.

버스가 달리는 고속도로는 한산하다. 사방으로 끝없이 평원이 펼쳐져 있다. 이른바 팜파스다. 팜파스는 인디오 말로 평원을 뜻한다.

팜파스는 브라질 남쪽 끝 리오그란데 두술 주에서부터 아르헨티나의 중심부와 우루과이에 걸친 넓은 지역에 부에노스아이레스를 중심으로 반지름 700킬로미터

범위로 펼쳐져 있다. 북쪽으로는 그란차코에 접하고, 남쪽으로는 파타고니아 대지에 연결된다.

어느 쪽을 보아도 지평선만 보인다. 그런 대평원에 간간히 목장 건물이 나온다. 고속도로를 따라 목장의 철책이 끝없이 이어져 있다. 길을 보호하기 위해서가 아니라 목장 안에 있는 동물을 보호하기 위해서다.

길가 철조망 근처에 은색 여우 한 마리가 죽어있다. 은여우! 상처 하나 없는 여우의 죽음이 궁금하다. 또 아저씨 말씀이 생각난다.

"아르헨티나는 쇠고기가 최고다. 소들이 우리에도 들어오지 않고 1년 내내 끝이 보이지 않는 평원에서 제 마음대로 돌아다니며 풀을 뜯는다. 그래서 스트레스 같은 게 있을 수가 없다. 그러니 고기가 맛있을 수밖에."

소가 많은 대신 돌이 부족해 이전에는 심지어 소 한 마리와 돌 한 덩이를 맞바꾸었다는 말도 있다고 한다. 광활한 대륙인 남아메리카에서 유럽의 파리를 모방하려면 돌이 많이 필요했을 것이다.

해가 지기 시작한다. 이층버스의 이층 맨 앞 유리창 앞에 앉아 지평선을 장식하는 일몰의 장관에 넋을 잃는다. 자연은 그대로 한편의 아름다운 파노라마다.

이튿날 눈을 뜨니 이번에는 해가 뜨기 시작한다. 끝없는 지평선 위로 서서히 하늘을 붉게 물들이더니 어느 순간 불쑥 둥근 해가 솟는다. 그러자 붉은 대지가 환하게 밝아진다. 광활하다. 철조망은 끝없이, 끝없이 연결되어 있다.

조엘 코엔 감독의 영화 〈파고〉가 떠오른다. 한 사내가 청부업자들과 짜고서 아내를 납치해 부자인 장인으로부터 몸값을 받아내려다가 계획이 뒤틀려 돈가방을 통째로 납치범에게 빼앗긴다.

납치범도 부상을 당해 백만 달러에서 8만 달러를 뺀 돈가방을 눈 덮인 철조망가에 묻는다. 그리고는 눈을 파낸 작은 모종삽을 그 위에 꽂아둔 그도 공범인 동료로부터 살해당한다. 눈 속에 묻힌 돈가방은 찾을 사람이 영영 사라진 것이다. 그때 그 철조망이 있던 곳이 저렇게 끝없는 목장의 울타리였다. 혹 어딘가 빨간 모종삽이

자연 속에 홀로 떨어져 있는 자연사박물관

공룡 뼈와 고래 뼈로 장식된 푸에르토 마드린 버스터미널

꽂혀 있지는 않을까 싶은 마음으로 울타리 근처를 훑어본다.

팜파스에는 간간히 야생동물들이 무리지어 달려간다. 몸통은 사슴, 머리는 낙타를 닮은 웃기게 생긴 라마도 있고, 타조로 보이는 커다란 새도 멈춰있다가 달려간다. 끝없이 직선으로 달려가던 버스가 구릉 같은 산을 돌아 넘어서자 왼편으로 갑자기 푸른 바다가 펼쳐진다. 바로 푸에르토 마드린이다.

버스터미널은 공룡 뼈와 고래 뼈로 장식되어 있다. 관광 안내소를 찾아가니 부에노스아이레스에서 만났던 스페인 여자 이사벨이 먼저 들어와 있다. 그녀의 도움으로 모레 떠날 깔라파테행 차표까지 예약한다. 관광안내소 직원은 영어를 한마디도 못한다.

같은 버스의 옆자리에 앉아온 영국 여자여행자 둘이 안내소 앞에서 헤매고 있다가 역시 이사벨에게 도움을 청한다. 그렇게 해서 우리 넷은 같은 호스텔을 찾아나서게 된다.

배에 붙은 조개껍데기까지 환히 보이는 고래

숙소를 정하고 내가 자전거를 빌려 일대를 둘러보겠다고 하자 이사벨도 따라나선다. 자전거를 타고 바닷가를 달려 인디오 원주민 동상이 서있는 언덕에 올라간다. 작은 박물관과 전망대가 있고 그 앞으로 검푸른 바다가 한낮의 햇살을 받아 잔잔하게 반짝인다.

"저기, 저기!"

이사벨이 갑자기 단발마의 비명을 지른다. 그녀가 가리키는 곳으로 눈을 돌리니 거대한 고래 두 마리가 물속에서 솟구쳐 올라온다. 검은색 바탕에 흰 줄무늬가 있는 고래의 배 아랫부분에 달라붙은 수많은 조개껍데기들까지 환히 보인다.

'뿌우우!'

고래는 간간히 숨을 뿜어낸다. 두 마리의 고래는 가라앉았다 떠오르기를 반복하며 가까워지고 멀어진다. 바다에 떠있는 고래는 처음 본다.

다시 자전거를 달려 뾰족하게 돌출된 언덕에 서있는 하얀 건물 앞으로 간다. 작은 등대와 함께 그림같이 아름다운 자연사박물관이다. 마당으로 들어서자 거대한 고래 뼈가 장식되어 있다.

전망대에서는 서양 사람들 몇이 망원렌즈로 고래를 찍고 있다. 두 마리, 세 마리, 다섯 마리, 고래가 모습을 드러내 서로 교차하며 주변을 맴돈다. 그들이 뿜어내는 숨소리가 언덕의 절벽에 부딪쳐 메아리친다.

"뿌우우, 뿌우!"

살아 숨 쉬는 고래다. 오래 전부터 내 18번이었던 노래가 흘러나온다.

술 마시고 노래하고 춤을 춰 봐도
가슴에는 하나 가득 슬픔뿐이네.
사방을 몇 바퀴 둘러보아도
보이는 건 모두가 돌아앉았네.
자아, 떠나자, 동해바다로
신화처럼 소리치며 고래 잡으러.

언제부턴가 나는 술자리에서 노래를 할 때면 빠트리지 않고 이 노래를 정말 고래고래 소리쳐 불렀다. 박자도 음정도 중요하지 않았다. 단지 가사의 함축된 의미만 곱씹었다. 그런데 오늘 여기 이 바다에서 실제로 살아있는 고래를 만난 것이다.

그동안 외쳐 부른 나의 고래는 과연 무엇이었을까! 부디 이번 여행길에서 나의 고래를 이제는 그 꼬리라도 만나 보았으면 싶다.

이제부터는 비포장 길이다. 자갈과 모래로 덮인 길을 자전거로 달린다. 푼타 피라미데까지 14킬로미터. 바다사자를 보러간다. 나는 무엇이 있는지도 모르고 그저 이사벨이 있다고 하니 아무런 생각 없이 따라간다.

"저어기 뭔가가 있다는데 갈래?"

"응, 가자!"

"꽤 먼데?"

"까짓것 그래도 가보자!"

주위는 공허하고 광활하다. 집 한 채 없는 대지에 키 낮은 해양성 관목이 드문드문하고 반갑게도 노란 민들레가 지천으로 피어 한낮의 햇살 아래 반짝이고 있다. 바닷가 백사장에는 난파선 한 척이 마치 아름다운 조형물처럼 모로 누워있다.

파도에 미역이 해안가로 몰려와있다. 먹을 수 있는 미역이다. 미역귀를 뜯어내 먹으니 바다향이 향긋하게 입안에 퍼진다. 몇 개를 더 따 먹는다. 그런 나를 바라보던 이사벨이 배고프냐고 묻는다. 내 설명에 그녀는 작은 조각을 하나 먹어보더니 고개를 갸우뚱한다.

사실은 배도 고프고 목도 마르다. 어제 저녁부터 먹은 게 아무것도 없다. 여행 다니면서 하루쯤 굶는 것은 이제 이골이 났다. 이사벨의 배낭 속에 작은 물병이 들어있는 걸 알지만 달라고 하지 않는다.

언덕을 오르는데 무지 힘들다. 뙤약볕에, 바퀴가 푹푹 빠지는 모랫길에 배까지 고프니 더욱 죽을 맛이다. 기어를 아무리 조정해도 오르기 힘들어 할 수 없이 내려서 밀고 올라간다.

하지만 내리막길에선 신이 난다. 바람을 가르며 씽씽 달려 내려간다. 올 때는 이곳이 다시 오르막길이다. 오르고 내리는 기복이 사람살이 같지 않은가!

언덕 아래 작은 집에 도착한다. 관리소다. 우선 물부터 부탁해 수돗물을 벌컥거리며 거의 한 되는 마신다. 그런 나를 이사벨이 또 쳐다본다. 빈병 하나를 얻어 수돗물을 받아서 자전거 물통꽂이에 꽂으니 든든하다.

언덕 위 전망대에 서니 절벽 아래로 바다코끼리 떼가 누워 뒹굴고 있다. 얼룩무늬에 코끼리처럼 코가 불쑥 튀어나온 것은 코끼리표범이고 그렇지 않은 건 바다사자라는데 이곳에는 코끼리표범만 있다. 내가 보기엔 역시 그놈이 그놈 같다.

바위 절벽의 수없는 구멍으로는 갈매기들이 하얀 날개를 펼치며 쉴 새 없이 날아든다. 하얀 바닷새와 흑갈색 바다코끼리, 검푸른 바다와 쪽빛 하늘이 어우러져 환

바닷가에 피어있는 꽃

내가 꺾어준 꽃 한 송이 귀에 꽂고 자전거를 밀며 노래하던 그녀, 이사벨

상적인 조화를 만들어낸다. 모든 것이 살아 움직인다, 하늘까지도.

돌아오는 길은 더욱 힘들다. 푹푹 빠지고 덜컹거렸더니 엉덩이가 아프다 못해 쥐가 난 듯 쑤신다. 바닷가에 잠시 멈춰 쉬면서 다시 미역귀 몇 개를 뜯어먹고 바닷물에 들어가 볼까 하고 발을 담그니 얼음보다 더 차갑다. 저절로 발이 튕겨져 나온다.

자전거를 밀고 타고를 반복하며 숙소로 돌아오는데 이사벨이 묻는다.

"쑨, 괜찮아?"

내가 고개를 모로 갸우뚱거리자 그녀가 말한다.

"나는 안 괜찮다. 엉덩이와 다리가 내 것이 아니다."

숨이 턱에 닿으며 근육에 감각이 없도록 자전거를 타고 보니 앞으론 술을 좀 줄여야겠다는 생각이 든다. 하지만 왕복 35킬로미터 중에 28킬로미터가 바퀴가 거의 다 빠지는 자갈과 모래 길이었다.

숙소 근처에는 싼 식당이 없어 할 수 없이 고급 레스토랑에 들어가 이사벨은 해산물 요리, 나는 쇠고기 스테이크를 먹는다. 만 하루 만에 먹는 음식이다. 맛있는 마늘빵과 소스는 무한정 공짜다.

다음날 아침, 투어행 미니버스가 숙소 앞에 온다. 내가 먼저 차에 올라 맨 앞자리에 이사벨의 자리까지 잡아둔다. 한참 뒤에 나온 이사벨이 옆자리에 앉았으나 표를 확인하던 여행사 직원이 이사벨에게 다른 차를 타라고 한다.

"이사벨은 고래 관람 보트 투어를 신청했기 때문에 그쪽 차를 타야 한다."

얼결에 내린 이사벨이 나를 쳐다보며 뭐라고 말을 하려고 했으나 자동차는 미처 인사할 겨를도 주지 않고 떠나 버린다. 그 이후 이사벨을 다시 만나지 못했다.

노란 민들레가 핀 바닷가 모랫길에서 내가 꺾어준 꽃 한 송이 귓가에 꽂고 자전거를 밀며 노래하던 그녀!

비어있는 옆자리에는 영국인 할머니 한 분이 대신 앉는다.

어제와 마찬가지로 길은 비포장, 주변에는 인공적인 구조물 하나 없이 자연 그

인사도 없이 헤어진 이사벨

푸에르토 마드린 바닷가에 서있는 원주민 동상

나를 위해 포즈를 취해준 신사 펭귄

215

대로다. 이곳엔 꼭 필요한 것 외에는 어떤 인위적인 구조물도 허가받을 수 없다. 이래서 세계적인 관광지이자 국립공원이 됐을 것이다. 이런 정책이야말로 100년 대계라고 할 수 있을 것이다. 너무 과하게 친절을 도모하는 우리의 편의성 추구와는 대비가 된다.

소금호수가 보인다. 햇빛을 받아 소금기가 발갛게 빛을 발하는 호수에 분홍색 플라밍고 떼가 외다리로 서있다. 플라밍고가 가늘고 긴 외다리로 서있는 것은 찬물에 발이 시려서라고 한다. 차가운 물로부터 몸통을 보호하기 위해 다리가 길며, 한다리를 품에 감춰 보온을 한 뒤 교대로 다리를 바꿔 서는 것이다. 호수 바깥에는 어제 본 라마 떼와 여우, 타조 등이 드넓은 대지를 뛰어다니고 있다.

자연사박물관을 거쳐 바닷가 언덕의 아름다운 식당 건물 앞에 차가 선다. 바람이 세차게 불어대는 언덕의 오솔길을 따라 내려가니 절벽 아래 백사장에 수백 마리의 바다사자가 서로 엉켜있다. 바다사자와 물개는 분명 다르다고 하는데 내가 보기엔 그놈이 그놈이다. 바다사자는 수놈 한 마리에 암놈 열 마리 정도가 붙어서 사는데 새끼는 암놈이 기른다고 한다.

바다에서 불어오는 바람에 빗방울이 실려 있다. 춥고 파도가 거세다.

바다의 다른 쪽 언덕에는 얕고 깊은 구덩이들을 중심으로 까맣고 하얀 연미복을 입은 신사들이 널려있다. 펭귄이다. 가이드가 무슨 다른 이름을 가르쳐주는데 내가 보기에는 덩치가 작은 펭귄들이다. 이놈들은 사람에 익숙해졌는지 철조망 바로 옆에까지 접근해 20~30센티미터 앞에서 카메라를 들이대도 전혀 동요하는 기색이 없다. 오히려 사람을 따르는 듯, 그중 한 마리는 고맙게도 내가 원하는 대로 각종 포즈까지 취해준다.

작은 마을 푸에르토 피라미데에서 잠시 휴식을 취한다. 고래를 관람하는 보트를 타는 어촌이다. 예정대로라면 이사벨은 지금쯤 이곳에서 보트를 타고 있어야 할 시간이다. 그러나 세찬 비바람 때문에 보트 투어가 내일로 미뤄져 투어 팀은 다른 곳으로 갔다고 한다.

투어가 끝나고 숙소에 돌아가서도 이사벨은 보이지 않는다. 오늘 떠난다고 했는데 벌써 떠난 모양이다.

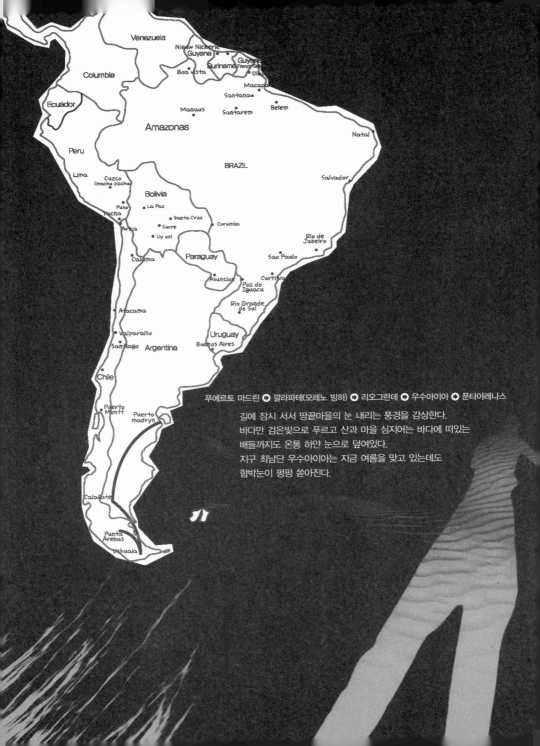

푸에르토 마드린 ◑ 깔라파테(모레노 빙하) ◑ 리오그란데 ◑ 우수아이아 ◑ 푼타아레니스

길에 잠시 서서 땅끝마을의 눈 내리는 풍경을 감상한다.
바다만 검은빛으로 푸르고 산과 마을 심지어는 바다에 떠있는
배들까지도 온통 하얀 눈으로 덮여있다.
지구 최남단 우수아이아는 지금 여름을 맞고 있는데도
함박눈이 펑펑 쏟아진다.

제 **6** 장

얼어붙은 땅끝마을에도
무지개는 뜬다

수만 년 뭉쳐진 얼음덩이의 속살을 보며

지구의 남반구에 여름이 오고 있다. 백야가 시작되었다. 저녁 8시가 넘어 깔라파테에 도착했지만 아직 대낮이다. 거리에는 관광객들이 넘쳐나고 가게들은 모두 문을 열어 두었다. 통나무와 돌로 지은 가게들이 아름답다.

버스 앞에까지 달려온 호객꾼들에게 전단지를 받아 숙소를 정한 다음 식당을 찾았으나 관광지라 모두 고급스럽고 비싸다. 할 수 없이 반찬가게를 찾아 미리 만들어둔 파스타와 매운 소스, '맨도사'라는 아르헨티나 와인 한 병을 사서 숙소 주방에 홀로 앉아 저녁을 먹는다. 술이 늘었나 보다. 11도짜리 와인 1.2리터를 다 비운다. 외로움 때문인가?

아직 어두운 새벽에 일어나 어제 사온 수프를 끓이고 달걀 세 개를 프라이해 아침을 먹는다. 오늘은 모레노 빙하 투어를 간다. 국립공원 안에는 물가가 비싸다니 점심을 굶을 요령으로 미리 아침을 든든히 먹어두기로 한다.

오전 6시에 맞춰 온 투어 밴을 타고 공원에 도착하니 키 20~30미터가 넘는 나무들의 가지에 모두 치렁치렁, 수염 같은 털들이 아래로 뻗어있다. 일명 '노인네 수염나무'란다. 나무도 추운 곳에서는 털옷을 입나 보다.

언덕길의 나무 계단을 따라 내려가 전망대에 이르니 안데스 산맥의 눈 덮인 산정을 배경으로 은빛을 띤 옥색 빙하가 100여 미터 가까운 높이로 솟아, 맑은 호수를 앞에 두고 거대한 벽처럼 서있다. 바로 모레노 빙하다. 수만 년 세월을 뭉치고 뭉쳐진 얼음덩어리는 먼 산정에서부터 출발해 호수에 이르러서는 햇살을 받아 쩌렁거리며 속살이 터지는 소리를 내고 있다.

빙하의 안쪽 깊은 곳곳에서 '쩌엉' 하는 소리가 괴이하게 울려나온다. 그 소리와 함께 빙하의 가운데 쪽 끝부분이 무너져 내리기 시작한다. 나는 이 순간을 놓치지 않고 카메라로 연속촬영을 한다.

모레노빙하

백야 속의 아름다운 가게들

빙하지대에서도
굳세게 꽃을 피우는 민들레

222···얼어붙은 땅끝마을에도 무지개는 뜬다

호수로 떨어진 거대한 얼음덩어리는 '쿠웅' 하는 굉음을 울리며 물속으로 곤두 박질친다. 덩어리 얼음을 만난 호수는 높은 물기둥으로 화답한다. 잠시 뒤 떨어진 얼음 덩어리가 수면 위로 불쑥 모습을 드러내더니 물 위를 떠간다. 솟았던 물기둥도 가라앉고 물과 얼음은 이내 하나가 되어 흐른다. 물과 얼음은 본래 하나라는 걸 여실히 보여준다.

히말라야를 돌면서 빙하를 수없이 보았지만 이곳의 빙하는 내륙으로 내려와 호수와 함께 있어서 또 다른 느낌을 준다.

작년 여름 아이들 20여 명을 인솔해 인도 북쪽의 라다크 지방을 갔을 때 산에서 빙하가 무너져 내려 길이 막혀 발을 구르던 기억이 난다. 빙하가 내려오면서 산을 깎아 모든 것을 휩쓸어 와서, 길이 온통 돌과 나무들이 뒤섞인 죽 같은 흙으로 덮여 늪처럼 되어 있고, 산의 지형이 완전히 바뀌었다. 어디에도 빙하였던 얼음조각은 보이지 않았지만 빙하는 그 모습 안에 그대로 머물러 있었다.

자동차로 돌아오니 전형적인 히피 차림의 이스라엘 아이들 서넛이 뭉쳐 시끄럽다. 출발 때부터 눈에 거슬리던 녀석들이다. 녀석들은 주변 사람들은 안중에도 없는지 찢어진 시골동네 스피커처럼 떠들어대고 아무 곳에서나 담배를 피우고는 꽁초를 마구 어질러 놓는다.

세계 곳곳을 떠도는 이스라엘 녀석들은 대개가 이렇다. 혼자 있을 때는 그래도 남들을 의식해 조용하게 행동하는데 몇 명만 뭉치면 완전히 제 세상처럼 군다.

녀석들을 한번 따끔하게 타이르려고 하는데 마침 사람들이 돌아온다. 그러자 좁은 밴 안에서 난리를 치던 녀석들이 다소 잠잠해진다. 이번에는 참자, 다음에 또 난리를 치면 몇 놈을 쥐어박든지 해야겠다.

가이드를 따라 빙하 밑으로 난 길을 산책한다. 절벽으로 난 길을 내려가 호수에 닿으니 호숫가에 민들레가 노랗게 피어, 떠내려온 얼음조각들과 아름다운 조화를 이룬다. 빙하에 갇혔다 놓여난 나무들이 화석 같은 모습으로 호수 주변을 떠돌고, 바닥에 굳어진 빨래판 같은 넓은 너럭바위들이 예전에는 이곳도 빙하였음을 말해

준다.

얼음덩어리 하나를 떼어 입에 넣으니 시원하다. 그것을 보고 여자 가이드가 웃는다.

"시원하죠? 수만 년 전의 물이에요."

그러고 보면 오래 되지 않은 물이 어디 있을까? 모든 물은 이미 지구의 생성과 함께 태어나 이 세상을 돌고 있는 게 아닐까? 겉모습만 액체에서 기체로, 또는 고체로 바뀌가면서.

시내로 돌아와 돌과 나무로 지어진 아름다운 집들을 카메라에 담으며 거리 구경을 한다. 이곳에도 한국인이 운영하는 펜션 수준의 호텔이 있다. 이제 세계 어디에도 한국인이 없는 곳이 없다.

한순간에 세계사를 바꾼 마젤란 해협

이튿날은 대륙의 끝인 우수아이아로 향한다. 새벽 4시 버스라 2시 20분에 알람을 맞춰두었는데, 눈을 떠 확인하니 2시 10분을 가리키고 있다. 여행 중 긴장을 하고 잠들면 대개는 몸시계가 정확하게 반응한다.

어제 아침에 남긴 수프 반 봉지를 끓이고 남은 달걀 세 개를 삶아 수프와 달걀 한 개는 먹고, 두 개는 배낭에 넣는다. 숙소를 나오는데 어제 함께 투어를 한 여자 여행자 둘이 택시를 불렀다며 함께 가자고 한다. 버스터미널까지는 그리 멀지 않은 거리에 새벽 공기도 좋아 사양하고 혼자 걷는다.

거리의 가게들은 밤새 불을 켜두는지 문들은 모두 닫혔으나 불빛은 엊저녁처럼 환하다. 하늘엔 새벽별들이 총총히 박혀 있다. 거리를 지나가는 낯선 나그네를 향해 개들이 짖어댄다.

버스는 이미 승차장에 대기하고 있고, 한 쌍의 현지인이 이별을 나누고 있다. 버스 밖에서의 이별로는 부족했던지 여인이 버스에 오르고서도 창을 통해 서로 바라보며 핸드폰으로 통화를 한다.

버스가 출발할 기미를 보이자 드디어 여인의 눈에서 눈물이 흐른다. 바깥에서 바라보던 사내의 얼굴도 붉게 상기된다. 그들은 각기 핸드폰에 대고 소리 내어 키스를 한다.

건너편 의자에 앉아 바라보던 나도 가슴이 울렁인다. 이 세상에 이별 없는 사랑은 정말 없는 것일까!

부족했던 잠을 자다가 깨니 아르헨티나 국경이다. 버스에서 내리는데 비바람이 거세다. 출발할 때는 별이 총총했는데 차에서 내리는 순간 온몸이 얼어붙는다. 반팔 차림의 여자여행자는 입술이 파랗게 질려서 와들와들 온몸을 떨어댄다. 바람에 펄럭이는 아르헨티나 국기가 금방이라도 찢어질 것 같다. 이 비바람에도 국경 너머 능선에는 아름다운 무지개가 걸려 있다.

아르헨티나 수속을 끝내고 칠레 국경에서 세관의 엑스레이 기계를 통과하는데 내 가방에서 기계가 멈추어 선다.

"가방 안에 동식물이 있느냐?"

세관원이 묻는데 가만히 생각해보니 배낭에 넣은 달걀이 떠오른다. 얼른 끄집어내 보여주면서 삶은 거라고 가르쳐준다. 세관원은 달걀을 이리저리 돌려보고, 흔들어보고, 굴려보고 하더니 함께 넣은 소금까지 찍어 먹어본다.

'짤 텐데! 차라리 달걀을 까서 하나 먹으라고 할까?'

피식 웃음이 나는데 그는 달걀을 다시 싸서 건네주며 통과하라고 한다. 세계 모든 나라에서는 전염병으로부터 자국을 보호하기 위해 동식물 검역이 철저하다. 그걸 알면서도 삶은 달걀을 가지고 국경을 넘으려 했으니, 내 생각이 부족했다.

여전히 비가 섞인 바람이 세차게 불어온다. 버스는 우리나라 전투경찰들이 타는 닭장차같이 철조망으로 앞 유리창을 완전 무장했다. 순전히 한국적인 사고로 여기도 데모가 심한가 보다 싶었는데 지금 보니 왜 그런지 이해가 된다. 세차게 부는 바람에 섞여 모래는 물론이고 때로는 자갈까지도 유리창으로 마구 날아오기 때문

대륙의 땅끝마을 우수아이아

펭귄과 바다사자와 새들의 공존

이다.

　다시 출발한 버스가 얼마간 달리는데 멀리 흙빛으로 일렁이는 곳이 바람 부는 지평선인지 바다인지 구분이 되지 않는다. 가까이 다가가서야 바람에 출렁이는 황토빛 물결임을 알아볼 수 있다. 버스가 멈춰 선다. 그 앞쪽으로는 먼저 온 트럭들이 줄을 맞춰 서있다. 황토빛 물결이 세차게 일렁거리는 이곳이 바로 유명한 '마젤란 해협'이다.

　아메리카 대륙 남쪽 끝과 푸에고 섬 사이에 놓여있는 바닷길로, 대서양과 태평양을 관통하는 이 해협은 1520년 포르투갈의 탐험가 페르디난드 마젤란이 발견했다. 길이 약 600킬로미터로 세계에서 손꼽히는 험한 항로다. 후에 항해사 출신의 아저씨로부터 들어서 알았지만 이 좁은 해협의 수심이 자그마치 2000미터나 된다고 한다. 좁고 깊은 바다 속 계곡인 것이다. 기항지는 푼타아레나스.

그 옛날에 배들이 대서양과 태평양을 오가려면 남극과 아메리카 대륙의 남단 사이 드레이크 해협을 통하지 않고는 빠져나갈 길이 없었다. 엉성한 목선에 돛을 올려 남극의 폭풍이 몰아치고 바닷물이 계곡의 급류처럼 빠르게 흐르는 이 거친 해협을 빠져나가는 것은 목숨을 건 대모험이었다.

선단을 이끌고 대서양 연안을 내려오던 마젤란은 드레이크 해협 앞에서 발이 묶였다. 파도가 미친 듯이 날뛰고 바람은 돛을 부러뜨릴 듯이 맹렬해 어쩔 수 없이 대륙 끝에 있는 섬 사이 안전한 곳으로 대피했다.

강풍과 파도가 가라앉으면 드레이크 해협을 건너야겠다는 생각이었다. 그런데 강이라고 생각했던 그 물줄기는 계속 이어졌다. 자꾸 올라가던 마젤란은 그만 환호성을 터뜨렸다. 태평양이 눈앞에 펼쳐진 것이다.

그것이 바로 세계사를 바꾼 마젤란 해협의 발견이다. 그 이후 수많은 배들이 마젤란 해협을 지나 대서양과 태평양을 넘나들었다. 마젤란 해협가에 붙은 작은 마을 푼타아레나스는 하루가 다르게 융성하며 흥청거렸다.

그러나 400여 년의 세월이 흐른 1914년, 아메리카 대륙의 잘록한 허리를 관통하는 파나마 운하가 뚫리자, 대륙 아래쪽 끝을 돌아가던 뱃길은 하루아침에 끊겨 버렸다. 번창한 항구 푼타아레나스도 운명을 같이하고 말았다.

해협을 건너 다시 버스를 타고 산길을 굽이굽이 돌아가는데 길가에 원주민들의 신당(神堂)들이 나타난다. 높이 70센티에 너비 50센티쯤 되는데 나무로 만든 것도 있고 시멘트로 지은 것도 있다. 그 안에 마리아 상이나 예수 상이 들어가 있는데, 버스 차장에게 물어서 그의 짧은 영어와 내 더듬거리는 스페인어를 종합해 유추해 보니 이곳을 지나다 사고로 죽은 사람들을 추모하는 기념물이라고 한다.

그런데 그 주변에 장식되어 있는 오방색 천들과 나뭇가지 그림들이 이채롭다. 동양에서 흔히 볼 수 있는 일종의 성황당을 닮았는데, 인도나 티베트에서 볼 수 있는 길가의 기도처와 생김새나 꾸밈이 너무나 흡사하다. 비록 서양에서 침범한 종교에 의지하고는 있으나 원주민들의 핏속으로 전해지는 의식 속 밑바탕에는 동양적인 토착신앙이 면면히 이어지고 있다는 생각이 든다.

마침내 산을 다 내려온 버스가 시가지의 불빛 속으로 빠져 들어간다. 하얀 설산을 배경으로 남극까지 이어진 바다를 앞마당으로 두고 자리 잡은 도시는 첫눈에도 차분하고 아름답다. 바로 지구의 남쪽 '땅끝마을' 우수아이아다. 비는 오지 않으나 날씨는 잔뜩 흐려있다.

버스 정류장에서 달려드는 호객꾼을 따라 숙소를 정하고 거리로 나오니 소박한 가게들마다 토산품에서 가전제품까지 다양한 물건이 진열되어 있다. 여기는 자유무역항으로 대개의 물건이 면세라고 한다.

안쪽의 벽난로 안에서 여러 종류의 소시지와 쇠고기가 익어가는 대중식당을 찾아 바에 앉는다. 잘 익은 부위로 고기를 시키고 맥주를 한 잔 마신다. 고기는 부드럽고 맥주는 시원하다. 드디어 지구 최남단 마을 우수아이아에 안착한 것이다.

찰스 다윈의 일생 그린 남극의 뮤지컬

해가 나고 날씨는 맑은데도 이따금 우박 섞인 비가 쏟아진다.

'진화론'을 발표한 영국의 찰스 다윈이 해군측량선 비글호를 타고 탐사했던 '비글 채널' 크루즈를 예약하고 시내 구경을 하다가 각종 기념품과 가전제품 사이에 진열되어 있는 카메라 렌즈들에 시선이 간다. 현재 내가 쓰고 있는 렌즈와 같은 회사 제품인 300밀리 줌 렌즈가 특판 가격이 179달러! 세계의 다른 어느 곳보다도 싸다.

마땅한 렌즈가 없어서 지난번 발데스 반도에서 고래와 바다사자들을 찍지 못해 안타까웠는데, 오후에 가는 비글 채널에서 만나게 될 남극의 야생동물들에 생각이 미치자 만사 제치고 사야겠다고 결정한다. 마음을 정하자 지체하지 않고 가게 문을 밀고 들어가 몇 개의 렌즈를 비교해보고는 꼬깃꼬깃 깊숙이 간직한 100달러짜리 두 장을 내민다.

뒤엉켜 잠자는 바다사자 오타리아

이전의 여행길에서는 슬라이드 필름에 수동식 카메라를 썼으나 이번 여행을 준비하면서는 큰맘 먹고, 강원도 산골 오지에서 내 발과 다름없는 자동차를 팔아 필름이 필요 없는 디지털 카메라를 새로 장만해 떠나왔던 것이다.

거금을 쏟아부어 산 300밀리 망원 렌즈로 중무장한 나는 뿌듯한 마음으로 부두로 향한다.

부두에는 크고 작은 크루즈 배들이 정박해 있다. 거대한 빌딩 같은 대형 유람선들을 보며 저 배가 떠다닐 바다를 상상해 본다. 하지만 가난한 나와는 너무나 먼 세계여서 상상의 나래가 펴지지 않는다.

비글 채널로 가는 쾌속선은 백여 명의 관광객을 싣고 부두를 빠져 나간다. 선실에서 제공하는 커피 한 잔을 들고 배의 지붕으로 올라간다. 매섭도록 차가운 바람이 불어온다. 뒤쪽으로는 하얀 눈을 머리에 인 산 아래로 고즈넉한 우수아이아 시가지가 차츰 멀어져 간다.

날씨는 그야말로 종잡을 수가 없다. 하늘은 맑은데 눈발이 날리다가 비가 내리다가 한다. 바다와 저편 멀리 눈 쌓인 산 쪽으로는 무지개가 걸려있다. 카메라를 잡은 손의 감각이 마비될 정도로 춥다. 망원렌즈로는 넓은 풍경을 찍기가 어려운데도 손가락이 얼어 도무지 렌즈를 바꿔 낄 엄두를 내지 못한다.

등대가 서있는 섬 가까이 다가가자 설명하기 어려운 지독한 냄새가 나기 시작한다. 사람들이 한쪽으로 우르르 몰려간다. 섬에는 크고 작은 바다사자들과 바닷새들이 빈틈없이 가득 메우고 있다. 냄새는 바다사자들로부터 풍겨오는 듯하다. 이곳의 바다사자들은 이쪽 파타고니아 지역에서만 사는 오타리아종이라고 한다.

그 옛날 다윈도 이 바다사자들을 관찰했을 것이다. 그는 이곳에서 시작해 태평양 쪽의 갈라파고스 제도까지 여행하면서 각 지역마다 조금씩 다른 동물의 특징을 연구해 진화론을 이끌어냈다.

오타리아는 서너 마리 뭉쳐서 둥근 눈을 끔뻑인다. 수컷으로 보이는 커다란 놈은 흰 물결이 부딪쳐 부서지는 외딴 바위 위에 홀로 엎드려 아예 코까지 골며 자고 있다. 그런데도 늠름하다. 자신의 왕국을 다스리는 제왕의 모습이 저럴까?

그 사이사이에 검정색 바탕에 흰색 무늬의 바닷새들이 둥지를 틀고 쉬거나 푸 닥거리며 근처를 날고 있다. 처음에는 코를 찌르던 역한 냄새도 오래지 않아 익숙해 져서 구수한 거름 냄새같이 친숙해진다. 다른 투어 배 여러 척도 섬을 둘러본다.

등대섬을 떠난 배는 다시 바다를 달려 다른 섬에 닿는다. 이번에는 펭귄이 섬을 가득 메우고 있다. 몸체가 작은 마젤란 펭귄이다. 역시 사이사이에는 바다사자와 바 닷새들이 함께 생활하고 있다. 종류가 다른데도 아무런 마찰이 없나 보다. 같은 종 임에도 서로 싸우고 물어뜯고 하는 것은 욕심 많은 인간들만의 전유물인가?

유람선에서 내리니 입구에 섰던 학생들이 선원 가면을 쓰고 연극 공연 홍보전 단을 나누어준다. 내가 극단시절에 서울의 대학로에서 매일같이 하던 일이다. 전단 지를 받아보니 찰스 다윈을 다룬 뮤지컬이라고 되어 있다. 입장료가 조금 비싸긴 했 으나 이 지구 남쪽 끝 얼어붙은 땅에서도 뮤지컬을 한다는데 명색이 배우인데 안 가 볼 수 있나?

그러나 시내를 아무리 둘러보아도 극장이 없고, 사람들에게 물어보아도 모른 단다. 한참 헤매다 겨우 아는 사람을 만났는데 시내가 아니라 바닷가 저쪽 먼 곳이 니 택시를 타야 한다는 거다.

택시를 타고 부랴부랴 찾아가니 공연장은 경비행기 활주로 옆에 있는 격납고 를 개조해 만든 것이다. 하지만 밋밋한 외경과는 달리 안은 화려하고 고급스럽게 꾸 며져 있다. 이 공연을 위해 제작한 듯 격납고 안 전체가 하나의 커다란 범선이다.

공연시간은 이미 10분이 지났으나 극장 안은 썰렁하다. 10여 명의 관광객들만 바에 앉아 맥주를 마시고 있을 뿐 극단 스태프들은 아직도 입구 쪽에 서서 행여나 하고 먼지 나는 도로를 바라보고 있다. 전에 수없이 보아온 눈에 익은 광경이라 도 로를 내다보는 심경이 곧바로 가슴으로 전달된다.

나는 몇 사람의 관객들 앞에서만 공연한 적도 많다. 심지어는 단 한 명의 관객 만 앉혀두고 공연한 적도 있고, 그나마도 관객이 전혀 없어서 취소한 적도 여러 번

있다. 하지만 객석을 가득 채운 관객 앞에서도 힘들었던 경우가 있고, 한두 명의 관객 앞에서도 신명나게 공연한 경우도 있다. 관객과 호흡이 일치하면 단 한 명일지라도 극중 인물에 몰입되어 관객과 교감을 나눌 수 있다.

나는 안내인의 배려로 영어통역이 되는 헤드폰을 끼고 공연을 보는 귀빈석에 앉게 되었다. 이윽고 거대한 범선 위에서 공연이 시작된다. 설정은 관객과 배우가 모두 같은 배를 탄 선원이다. 사방의 벽면에서 영상효과가 나오고, 조명시설 또한 훌륭하다.

하지만 배우가 불과 대여섯 명밖에 안 되어 커다란 무대를 채우기에는 턱없이 부족하다. 배우들은 한없이 왜소해 보이고 연기는 무대와 효과에 가려 전혀 눈에 띄지 않는다.

관광객용 캐릭터 상품까지 제작해 파는 장기공연이면서도 다른 곳에는 많은 돈을 투자하지만 정작 가장 필요한 배우들에 대한 투자는 아낀 것이다. 제작자들이 유독 배우들에게 들어가는 돈을 아까워하기는 한국이나 이곳이나 다름없나 보다. 그러다가 결국 공연이 보잘것없어 망해나가는 것이 다반사이면서.

공연이 끝나자 씁쓸한 마음으로 바닷가를 걷는다. 바다에는 거의 수탉만 한 갈매기들이 날아다닌다. 지금까지 본 것 중에 가장 크다.

마음을 여니 보기 싫은 이스라엘 아이들도 친구

이제 칠레의 푼타아레나스로 떠난다. 마젤란 해협을 넘어 이곳으로 온 길을 되짚어 가는 것이다.

배낭을 지고 숙소를 나서다가 그만 바깥 풍경에 탄성을 지른다. 함박눈이 펑펑 내리고 있다. 새벽부터 내리기 시작했는지 이미 5센티미터 이상 눈이 쌓였다.

길에 잠시 서서 땅끝마을의 눈 내리는 풍경을 감상한다. 바다만 검은빛으로 푸르고 산과 마을, 심지어는 바다에 떠있는 배들까지도 온통 하얀 눈으로 덮여있다.

지구 최남단 우수아이아는 지금 여름을 맞고 있는데도 함박눈이 펑펑 쏟아진다.

버스에는 나와 같은 방을 쓰던 이스라엘 커플이 함께 탄다. 다른 이스라엘 아이들과 마찬가지로 이들에 대한 첫인상 역시 좋지 않았다. 우수아이아에서 사흘 밤을 자는 동안 8인실 도미토리는 나와 한두 명을 빼고는 전부 이스라엘 아이들이었다. 다른 방도 대개 비슷했다. 왜 이렇게 많이 몰려다니는지 모르겠다.

이들은 밤이건 새벽이건 시도 때도 없이 쿵쾅거리다가 어느 새벽에는 술에 취해 저희들끼리 싸움을 하다가 방문까지 떼어냈다. 버스에 함께 탄 커플도 그들 중에 끼어 있었다. 그러니 그들에 대한 감정이 좋을 리 없다.

그런데 이들은 버스를 탈 때부터 계속 내게 말을 걸어온다. 떼거리로 뭉쳐있을 때와는 다르게 온순하고 상냥하다. 이게 이스라엘 아이들의 특징이다. 여럿이 함께 있을 때는 난리를 치다가도 혼자 있을 때는 얌전하다.

이런 저런 이유로 이스라엘 커플이 탐탁지 않았으나 마젤란 해협을 넘어와 점심 먹는 자리에서 우연히 합석하게 된다. 그 자리에서 내가 우수아이아에서 있었던 이야기를 꺼낸다.

"어떻게 그렇게 많은 친구들이 한꺼번에 오게 되었나? 무지 시끄럽던데."

"아, 미안하다. 우리는 모두 군대 동기들이다. 제대 기념으로 여행을 왔는데, 처음 여행을 와서 모두 좀 흥분한 것 같다."

이스라엘의 군 복무 규정이 많이 달라졌지만 여자도 의무적으로 군대에 가야 한다는 것은 익히 알고 있었다. 하지만 제대 후 함께 세계여행을 한다는 것은 처음 알았다.

"군대를 갓 제대한 동기들이 함께 배낭여행을 떠나면서 미리 어느 지점들을 정해놓고 그곳에서 만나기로 약속한다. 이번에는 우수아이아가 약속 지점 중 하나였다. 그래서 인원이 많아졌고, 좀 시끄럽게 되었던 거다. 다시 한 번 미안하다."

이제야 좀 이해가 되는 것 같다. 우리나라에서도 멀쩡한 젊은이들이 예비군 동원훈련을 나가기만 하면 거칠어지고 행동이 분방해지는 것은 일반적인 일이 아닌

가. 더구나 그들은 분단국가인 우리나라보다도 더욱 답답하고 숨 막히는 나라로부터 벗어나 자유롭게 여행을 떠나왔으니 그 해방감이야 어찌 말로 다하랴.

요하이라는 청년은 이스라엘에서의 생활이 어떠했는지 자세히 설명해준다.

"나는 아침 3시 30분이면 일어나 소젖 짜는 일로 하루를 시작한다. 그 일이 끝나면 공장에 출근해서 고압선 철탑 안에 들어가는 변압기 만드는 일을 한다. 이 변압기는 한국으로도 수출된다. 일을 마치고 퇴근하면 승합차를 운전해 학교를 마친 어린아이들을 집으로 데려다준다. 그 일까지 모두 끝내고 집으로 돌아오면 저녁 9시가 넘는다."

"그토록 힘들게 일해야만 살아갈 수 있는 거냐? 일을 좀 덜하면 안 되냐?"

"이건 내가 원치 않는다고 그만둘 수 있는 게 아니다. 의무적으로 해야 하는 일이다."

그의 여자 친구 홀리의 생활도 비슷했다고 한다. 그녀는 아침에 밥 공장에서 일을 하고 출근해 군복무를 대신해 방위산업 공장에서 일을 했다고 한다. 이스라엘에서는 일반 가정집에서도 특별한 날이 아니면 거의 집단공동체인 키부츠 안의 밥 공장에서 밥을 먹는다는 것은 전부터 알고 있었지만 그곳에서 일한다는 사람은 처음 만났다.

홀리와 요하이가 입을 모아 이스라엘의 환경 조건에 대해 설명해준다.

"이스라엘은 사막기후여서 강수량이 극히 부족하고 자원도 빈약한 작은 나라다. 자동차를 타고 가로로 두 시간, 세로로 다섯 시간만 가면 끝이다. 게다가 인접국가인 시리아 등과는 적대관계. 그런 나라에서 살아남으려면 국민 모두가 항상 긴장해야 한다. 그러니 나 혼자 편하게 살 수가 없다."

여행은 장기휴가를 받은 사람들에게나 가능한 일이라고 한다. 가장 일반적인 장기휴가는 학교나 군대를 마친 뒤의 약 1년간이다. 전 세계를 떠돌아다니는 이스라엘 여행자들의 상황이 이러하니, 세계 각국에서 만난 이스라엘 아이들의 연령대가 대개 비슷한 것도 다 이유가 있었던 거다. 더구나 돈도 많지 않아 심리적인 여유도 부족하다는 것이다.

마젤란 해협에는 올 때보다도 더욱 세찬 비바람이 몰아치고 있다. 배가 무사히 건널 수 있을지 의문스러웠으나 수십 대의 차량을 실은 카페리선은 바람 때문에 사선방향으로 밀려 내려가면서도 용을 쓰고 해협을 건넌다.

이스라엘 커플과 나는 함께 마젤란 해협이 내려다보이는 푼타아레나스의 몬타나 롯지에 짐을 푼다. 숙소에 다른 여행자는 없다.

민박집이라고 해야 더 알맞을 것 같은 이곳의 주방에서 우리는 저녁을 직접 해먹기로 한다. 아르헨티나에서 바로 칠레로 넘어온 탓에 환전할 곳이 없어 우리 셋 다 현지 돈이 없다. 다행히 대형 마트에서는 달러를 받는다고 해서 우선은 내가 가지고 있는 달러로 시장을 보기로 한다.

대형 마트에 잔뜩 진열된 식품들을 보자 요하이와 홀리는 그동안 먹고 싶었던 게 많았던지 이것저것 꺼내며 내게 묻는다.

"이건 어떠냐? 저건? 저건 내가 좋아하는 건데."

서로 음식문화가 다른 사람들끼리 함께 음식을 만들어 먹으려고 장을 보는 것은 쉬운 일이 아니다. 우리는 쌀과 튀긴 닭 한 마리, 야채 그리고 홀리가 고른 깡통두 개와 내가 고른 칠레산 와인 한 병을 들고 숙소로 돌아온다.

요하이와 홀리가 이스라엘식으로 밥을 짓고 음식을 준비한다. 내가 한 일이라곤 와인을 테이블에 올려놓고 잔을 준비한 것뿐이다. 여기서 그들이 보여준 유대인식 밥 짓는 법을 간단히 소개한다.

❶ 먼저 밥솥에 올리브나 식용유를 넣고 마늘과 잘게 썬 양파를 볶는다.
❷ 홍당무, 감자, 토마토 등 야채를 함께 썰어 넣고 볶으면서 소금으로 간을 한다.
❸ 쌀을 씻어 함께 넣고 잠시 볶는다.
❹ ①,②,③을 한꺼번에 넣고 물을 부어 밥을 짓는다.

이 과정에서 마지막에 뜸만 약간 더 들이면 우리도 먹을 만한 볶음밥이 된다. 유럽식 밥 짓기와 비슷하긴 하지만 과정이 약간 다르다.

와인은 4분의 3 정도는 내가 마신다. 닫혔던 마음을 여니 이들 이스라엘 연인이 점점 더 좋아진다.

침대에만 누워있는 아이와 함께 만화영화를

시내를 달리는 택시에 '콜렉티보'라고 씌어있다. 택시마다 행선지와 요금이 앞 유리창에 적혀있는데, 대개가 한국에서 수입한 중고 승용차다. 지구 반대편 끝자락에서 만난 오래 된 한국 자동차들이 반갑다. 그중에는 행여나 이전에 내가 타던 차도 있지 않을까 하는 생각으로 같은 차종이 지나가면 유심히 살펴본다.

식탁에 앉아 어제 먹다 남은 음식으로 점심을 먹는데 델파이네 국립공원 산장에서 일한다는 20대 초반의 프란치스코가 다가와 노트북을 펼치고는 이것저것 보여준다. 녀석은 노트북 자랑이 하고 싶었던 것 같다. 말이 제대로 통하지 않는데도 손짓발짓으로 이것저것 묻는다.

그동안 찍은 사진도 확인할 겸 녀석의 노트북으로 사진을 살펴본다. 그러다가 브라질의 리우데자네이루 사진이 나오자 녀석은 탄성을 지른다.

"걸! 유 매니 걸! 쩝쩝?"

녀석은 손으로 음식 주워 먹는 시늉을 하며 쩝쩝거리는 소리를 낸다.

그때 안방 침대에 누워있던 주인집 딸 까밀라가 식탁 옆을 지나가면서 가볍게 미소 지으며 손을 흔든다. 열두 살이라는데 창백한 얼굴이 나이에 비해 조숙해 보인다. 어제 그 아이가 호흡기 분무 약을 입에 물고 있는 것을 보았다. 음식도 엄마가 침대맡에서 먹여주었다. 아이는 뭔가 심각한 병을 앓고 있는 것 같았다. 친구도 없이 하루 종일 침대에만 누워있는 아이가 안타까웠다.

그런데 전혀 움직이지 못하는 것은 아니었구나 하는 생각에 마음속으로 '아, 다행이다!' 하는 말이 저절로 나온다. 처음에는 침대에만 누워 있어서 아예 거동을 못하는 줄로만 알았다.

이스라엘에서 온 홀리와 요하이

민박집 여주인 파멜라와 함께

시내 중심가 공원에서는 사람들이 따뜻한 햇볕을 쪼이며 의자에 앉아 쉬고 있고, 그 가운데로 커다란 마젤란 동상이 높은 석대 위에서 해협을 내려다보고 있다. 한 발을 대포에 올려놓고 한 손엔 해도를 들고 있는 그의 발밑에는 놀랍게도 이곳의 인디오 추장들이 깔려 있다. 마젤란이 원주민들을 밟고 서있는 것이다.

아라카루프 족과 테우엘체 족인 이곳 원주민들은 현재 극소수만 남았을 뿐 유물이나 역사의 흔적조차 없다. 이곳 어디에서도 그런 것들을 보지 못했다. 다만 관광객용으로 세워둔 원주민 동상 몇 개와 빛바랜 사진들로 만든 엽서가 전부다.

사진 속의 발가벗은 원주민들은 얼굴과 몸에 약간의 문신을 하고 무기력한 모습으로 활과 창을 들고 있을 뿐, 그들의 얼굴에서는 약탈자들을 향한 적대감 같은 것은 찾아볼 수 없다.

마젤란이 우수아이아에 이르렀을 때 햇불을 밝혔다는 그들은 뉴질랜드 쪽에서 통나무배를 타고 추운 남극해를 넘어온 것으로 추정된다. 그들은 마젤란에게 뱃길을 안내하고, 음식과 물을 주며 온갖 친절을 베풀었으나 그들에게 돌아온 것은 극악무도한 겁탈과 살육이었다.

남자들은 모조리 죽이고 여자들은 오랜 항해로 반미치광이가 된 선원들에게 내주었다. 그리고는 성병과 전염병을 남기고 떠나 결국 모두를 멸절시키고 말았다.

마젤란동상

아메리카 대륙 전역의 원주민 3분의 1 이상이 유럽 선원들이 옮겨온 성병과 전염병으로 몰살을 당했다는 것이다.

참으로 추악하고 처절한 역사의 한 페이지가 아닐 수 없다. 그런데도 철없는 관광객들은 아래에 깔린 인디오의 발가락을 만지면 행운이 온다는 너절한 미신에 속아 너도 나도 발을 만져서, 고통스러운 얼굴의 원주민들이 엄지발가락만 반짝반짝 빛난다.

다음날은 하늘이 잔뜩 무겁게 처진 것이 금방이라도 눈이나 비가 쏟아질 것 같다. 주인집 방을 들여다보니 까밀라가 혼자 침대에 누워있다가 나를 보고 웃는다. 혼자서 얼마나 적적했으면 낯선 나그네를 저리도 반길까 싶어서 누운 아이를 일으켜 소파에 앉히고, 함께 비디오로 만화영화 〈톰과 제리〉를 본다.

아이는 이미 수없이 보았을 테지만 그래도 무척 재미있어 한다. 얼굴을 찌푸리며 몸의 고통을 감추지 못하면서도 때로는 깔깔거리기까지 한다. 만화영화가 끝나

지금은 보기힘든 이곳 원주민들의 사진

허름한 어시장 옆 골목에서 맛있는 해물뚝배기를 만들어준 아줌마

고는 함께 사진을 찍고, 그림을 그릴 수 있는 한쪽 벽면에 아이를 위해 그림을 하나 그려준다. 아이 또한 그 옆에 자신의 그림 하나를 더한다.

누군가 고통스러워하는 것을 지켜보는 것 또한 고통스럽다. 어제 들렀던 바닷가의 어시장으로 향한다. 떠나기 전에 대포 와인 한 잔이 생각났기 때문이다. 어시장은 허름하고 규모가 작은 창고 건물이지만 그곳에서 파는 대게와 생선들은 바다에서 갓 건져낸 것처럼 싱싱하다.

그 옆의 길이가 불과 10여 미터밖에 되지 않는 작은 골목에서는 우리네 옛 시장 뒷골목처럼 백열등을 밝히고 해산물이 담긴 접시들을 판다. 이곳에 우리의 뚝배기와 똑같은 질그릇에 홍합과 굴, 조갯살을 넣어 끓인 해물뚝배기가 있다. 고춧가루가 있으면 그만이겠는데 대신 레몬즙을 쳐서 먹는다. 여기에 칠레산 화이트와인 한 컵을 얹어 우리 돈 3000원이 좀 못 된다.

　시원한 해물 국물에 와인 한 컵을 곁들이니 이국의 선창가 분위기에 속으로 노래가 절로 흥얼거려진다.

　숙소로 돌아와 짐을 꾸리고 파멜라와 까밀라에게 인사를 한다. 아이는 현관문까지 나와 창백한 손을 흔든다. 그 사이에 정이 들었는지 옆으로 얼굴을 돌리는데 얼굴이 침울한 표정이다.

　'까밀라! 너의 건강해진 모습을 보기 위해서라도 언젠가 다시 오마.'

푼타아레나스 ⊙ 푸에르토몬트 ⊙ 산티아고 ⊙ 발파라이소 ⊙ 칼리마 ⊙
추키카마타 광산 ⊙ 아타카마

진정한 하느님이라면 이런 소박하고도 낮은 곳으로 임하시고 싶어 하시지 않을까?
하느님에게는 황금 따위는 필요치 않을 테니까.

제 7 장

저 낮은 욕망에서
나를 건져 주소서

장대비 속 남태평양에서 전복 한 접시

푸에르토 몬토까지는 비행기로 네 시간이 걸린다. 비행기가 안데스 산맥을 넘을 때는 새로 산 카메라 렌즈가 제 역할을 톡톡히 한다. 뒷좌석이 거의 비어있어서 앞뒤 좌우를 오가며 아래로 펼쳐지는 돌산과 빙하, 바다의 경치를 고스란히 찍을 수 있다. 게다가 친절한 스튜어디스들은 달라는 대로 술을 가져다준다. 비행기 값이 아깝지 않다.

공항버스를 타고 푸에르토 몬토 시내로 나와 버스 짐칸에서 가방을 찾아서는 숙소에서 호객 나온 아줌마들 중 한 명을 따라가는데, 느낌이 좀 이상해서 어깨에 멘 작은 보조가방을 내려다보니 지퍼가 열려 있다. 순간 긴장되어 주위를 둘러보니 의심할 만한 사람은 없다. 다행히 없어진 것도 없다.

어깨에 메는 보조가방에 다른 사람들은 여권과 지갑 등을 넣고 다니지만 나는 중요한 것들은 지퍼를 채울 수 있는 옷주머니 안에 넣고, 가방에는 노트와 볼펜 등 잡다한 물건들만 넣기 때문에 훔쳐갈 것도 없다. 하지만 그것들은 모두 내게는 어찌보면 돈보다도 소중하다.

도둑맞은 건 없지만 기분이 몹시 언짢다. 아마도 버스에서 내려 사람들이 서로 가방을 찾을 때 누군가가 손을 댄 것 같은데, 가방 지퍼를 열기까지 몰랐단 말인가! 그토록 긴장이 풀어져 있었단 말인가? 속이 상하고 내 자신에게 화가 난다. 아마도 비행기에서 주는 대로 마신 술 탓에 긴장이 풀린 모양이다.

칠로에 섬으로 가는 투어 차는 30분쯤 늦게 도착한다. 숙소마다 돌며 손님들을 모아오기 때문이다. 나까지 모두 15명이 탄 승합차는 한국산 봉고차다. 비록 낡기는 했지만 봉고 마크가 선명하다.

카페리를 타고 섬에 들어간 봉고는 앙쿠드 시내를 지나고 한적한 산길을 달려 바다로 향한 요새에 멈추어 선다. 스페인 군대가 사용하던 요새로 녹슨 대포가 돌담으로 둘러싸인 성곽 안에 숨어있다. 어디를 가나 대포다. 이놈의 대포 하나로 스페인은 라틴아메리카 대륙의 인디오들을 모조리 굴복시켜버린 것이다.

요새 옆에는 돌로 지어진 박물관이 있으나 이 역시 스페인 시대 이후의 것들이라 입장권까지 사서 들여다볼 마음이 나지 않는다. 굳이 들어가 보지 않더라도 침략 시대의 스페인 장군 초상화 몇 점과 가재도구들 그리고 무기류들이 진열되어 있을 것이다. 앙쿠드 시내로 들어와 성당이 있는 광장에 봉고가 멈춘다.

마침 일요일이라 나무로 지은 커다란 성당에서 미사가 진행되고 있다. 성당의 구조와 외형이 특이하다. 이곳 칠로에 섬의 나무 성당들은 조각판자들을 물고기 비늘같이 이어 붙여 지은 것으로, 그 특이한 건축 때문에 모두 유네스코 문화유산으로 등록되어 있다고 한다.

다시 봉고가 간 곳은 바닷가인 카스트로 마을. 각종 털실로 짠 민예품을 파는 인디오 원주민들이 뜨거운 햇볕 아래 손님을 기다리며 뜨개질을 하고 있다. 섬 원주민들의 생김새와 차림새는 물론이거니와 뜨개질로 만든 물건들도 티베트나 몽골 등지에서 본 것들과 디자인이나 문양이 흡사한 정도를 넘어 너무 똑같아서 다시 한 번 놀란다.

바닷가 난간 위에 한 줄로 서있는 식당들을 돌아보다가 원주민들로 북적이는 식당으로 들어간다. 뚱뚱한 아줌마 둘이 쉴 새 없이 뚝배기에 푸짐한 해산물과 삶은 감자를 퍼서 담아준다. 그러면서도 테이블 너머의 원주민 손님들과 끊이지 않고 이야기를 하며 걸걸하게 웃어댄다.

큰 솥에서 바로 퍼주는 시원하고 맛있는 조개탕 한 그릇을 사 먹는데 창가로 보이는 바다 풍경이 근사하다. 이런 곳인 줄 미리 알았더라면 일일투어가 아니라 나 혼자 찾아와서 이틀쯤 푹 쉬어가는 건데 하는 아쉬움이 든다. 바닷가 식당 앞에서는 원주민 아이들이 깔깔거리며 숨바꼭질을 하고 있다.

다음날은 오전부터 숙소 주방이 북적인다. 여주인 이사벨이 오전에 도착한 장거리 버스에서 손님들을 잔뜩 끌어온 모양이다. 가뜩이나 좁은 공간에서 유럽 여자

비행기에서 내려다 본 안데스 산맥

아이들 몇이 부산을 떨고 있는데, 테이블에 앉아 있던 40대 사내가 말을 건다. 자기는 아일랜드에서 왔다면서 내가 한국에서 왔다고 하자 반색을 한다.

"오우, 나도 곧 한국에 갈 거다. 한국에 가서 영어 강사로 돈 벌 거다."

이 사내도 한국에서 영어를 가르치면 수입이 괜찮다는 걸 어디서 들었나 보다.

외국을 여행하며 이따금 만나는 서양 남자여행자들 때문에 나는 한국에 오려는 무자격 배낭족 영어강사들을 싫어한다. 녀석들은 돈 떨어졌을 때 한국에 가면 만사가 해결된다는 말을 공공연히 떠들고 다닌다.

지금은 태국 등 동남아의 다른 나라로도 많이 옮겨가기는 했으나 여전히 한국은 영어만 잘 하면 돈 많이 벌고 살기 좋은 나라로 알려져 있다. 특히 영어를 모국어로 쓰는 젊은 녀석들은 한국에 가면 밥과 술과 잠이 공짜에, 덤으로 아리따운 한국 처녀들까지 부지기수로 경험할 수 있다고 떠벌린다, 죽일 놈들.

그런 이야기를 듣고 있자면 머리 꼭대기가 뜨거워져 그야말로 '뚜껑이 확 열릴 것 같은' 기분이 된다. 서양인들에게 지나치게 친절한 내 나라가 부끄러워진다.

그래서 그런 녀석들을 만나면 우선 대학은 제대로 졸업했는지, 교사자격증은 있는지부터 물어보고는 되도록 한국에는 가지 말라고 권한다. 특히 돈과 한국여자를 밝히는 놈들에게는 잘못하면 성질 급한 한국 청년들에게 맞아죽을 수도 있다고 으름장을 놓는다. 한국 청년들은 몸으로 부딪히며 싸우는 걸 좋아한다는 설명까지 덧붙인다. 서양아이들은 이걸 가장 무서워한다는 걸 알기에 하는 말이다.

제 나라에서는 밑바닥에서 허접스러운 일이나 하던 놈들이 백인인데다 모국어로 영어를 구사한다고 으스대며 못된 짓들을 해대다니 말이 되나. 지금 여기서 만난 이 돼지같이 못생긴 작자도 아침 댓바람부터 꼴값을 떤다.

"당신 잘 못 알았어. 한국이 그렇게 만만한 나라가 아냐. 당신 자격증 있어? 교사자격증도 없이 영어 강사 하다가 경찰에 잡혀가는 사람 많아, 조심해. 그리고 한국에서는 돈 벌어도 외환관리법 때문에 못 가져 나가. 그러니 너희 나라나 가서 일자리 찾아봐. 아니면 일본을 가든가!"

바다로 향한 요새의 낡은 스페인 대포

그림같이 예쁜 칠로에 섬

나무로 지은 성당의 외부와 내부(오른쪽)

바다위에 지은 집들

하지만 이로부터 달포쯤 지난 뒤에 이 사내로부터 메일이 한 통 온다.

'쑨 너 지금 어디 있냐? 나는 지금 한국 서울에 와서 자격증과는 상관없이 금방 직장을 구했다. 보수도 좋다. 특히 예쁜 여자들이 나한테 아주 잘해준다⋯⋯.'

으으으으, 이가 갈린다. 분별없는 내 나라의 서양사대주의와 영어사대주의가 부끄럽고 답답하다.

배알이 뒤집혀 시내로 나가니 갑자기 장대비가 쏟아진다. 비를 피하려고 백화점 처마 밑으로 들어서자 크리스마스 캐럴이 흘러나온다. 그러고 보니 크리스마스가 다가오고 있다. 남반구의 장대비 속에 울려 나오는 크리스마스 캐럴이라니.

콜렉티보 택시를 타고 어시장 앙헬모르로 향한다. 원래 시장을 좋아하는데다 어시장은 어디든 활기가 넘쳐서 좋다. 잘 하면 좋은 안주거리도 만날 수 있고. 아니나 다를까, 이미 오후가 되어 시장의 규모는 줄어들었으나 아직도 많은 사람들이 분주히 오가고 상인들은 마지막 생선을 손질하느라 바쁘다.

뒷골목의 다닥다닥 붙은 식당가에서 숯불을 피워놓고 손님을 기다리는 작은 식당 가운데 하나를 골라 들어간다. 식당들은 한국의 실내 포장마차 분위기를 풍긴다. 우리네 것과는 껍데기가 조금 다르지만 살이 통통하게 오른 전복을 사서 숯불에 구워먹는다. 한국에서는 너무 비싸서 언감생심 먹을 생각도 못하던 것이 여기선 우리 돈 5000원 정도면 한 접시에 대포로 주는 화이트 와인 한 컵까지 마실 수 있다.

전복을 구워먹을 줄 몰랐던 여기 사람들은 내가 전복을 불에 구워먹으니 신기한가 보다. 구운 전복에 백포도주 한 잔으로 태평양 바다 마을의 정취를 음미하는데, 앞에서 조그마한 조각배 하나가 중년 부부를 배에 태우며 나를 부른다. 싼 값에 주변을 한 바퀴 돌아보라는 이야기다.

권하는 대로 배에 타서 육지를 바라보니 흰눈을 소복이 머리에 인 설산과 아늑한 포구, 야트막하게 만을 이루며 바다를 둘러싼 산들에 안긴 작은 집들이 정겹다. 한참 경치를 감상하는데 아까부터 물개 한 마리가 배에 따라붙으며 꾸르륵거린다. 줄 것도 없는데 미안하다. 전복을 굽느라고 몸에 밴 냄새 때문에 쫓아오는 걸까? 물

오후가 되어도 사람들이 분주한 어시장

건어물 등을 파는 가게

258···저 낮은 욕망에서 나를 건져 주소서

개도 개니까 냄새를 잘 맡나 보다.

배 안에 있는 거울에 언뜻 내 모습이 비친다. 더욱 까맣게 그을린 얼굴에 많지도 않은 수염이 제멋대로 자라 지저분하다 못해 추해 보인다. 그래서 숙소에 돌아오는 길에 면도기를 사서 깨끗하게 밀어버렸다. 그랬더니 깔끔한 모습 또한 낯설다. 모든 내가 낯설다.

저녁 버스로 산티아고로 떠나는 나를 배웅도 할 겸 새 손님도 호객할 겸 여주인 이사벨이 따라나선다.

"이제 다시는 안 오겠지?"

"누가 알아? 다음에 단체 손님 모시고 너희 집에서 또 자고 가게 될지. 그땐 정말 잘해 줘야 해."

"걱정 말고 오기나 해."

이사벨은 애교는 별로 없지만 마음씨가 따뜻해 보인다.

그녀는 두 팔을 넓게 펼쳐 떠나는 나를 안아준다. 갑자기 이사벨의 품에서 여자 냄새가 난다.

터미널에서는 경찰과 개 한 마리가 서로 놀리듯 숨바꼭질을 하고 있다. 경찰이 개를 건물 밖으로 쫓아내면 개는 다시 사람들 틈을 비집고 옆문으로 몰래 숨어 들어간다. 벌써 몇 차례나 개와 경찰은 마치 놀이를 즐기듯 그 짓을 반복하고 있다.

"꼭 다시 와야 해."

버스에 오르는 내게 이사벨이 다시 두 팔을 벌리고 작별인사를 한다. 30대 초반인 그녀는 이혼녀로 남편이 다른 여자와 눈이 맞아 떠났다고 한다. 결혼생활이 짧아 아이도 생기지 않았다는 것이다.

바로 옆에서 연인 한 쌍이 이별을 한다. 버스에 오른 여자가 차창 밖의 사내에게 열심히 손을 흔들더니 버스가 출발하자 이내 울음을 터뜨린다.

하지만 여자의 울음은 길지 않다. 버스가 시가지를 벗어나자 여자는 보퉁이에서 과자를 꺼내더니 언제 울었냐는 듯 군것질에 열중이다.

제주도 돌하루방 같은 조각들

털실로 모자를 뜨는 아줌마

거리에서 노는 아이들

칠레의 수도에 대낮에도 소매치기가

산티아고 버스 터미널은 각지에서 도착한 버스와 인파로 붐비고 밝은 색의 장식으로 활기에 차있다. 열아홉 시간을 버스에서 시달렸지만 아침 햇살과 활기찬 터미널 풍경에 느긋해지며 피로한 줄을 모르겠다.

터미널 안의 관광안내소 여직원은 영어가 많이 서툴렀으나 얼굴 가득 웃음을 머금고 최대한 친절히 대하려고 노력하는 모습이 보기 좋다. 화창한 아침 햇살을 받으며 경쾌하게 움직이는 사람들과 밝은 색조의 거리를 보니 대도시를 별로 좋아하지 않는데도 산티아고의 첫 느낌이 좋다.

전철을 타고 관광안내소에서 일러준 호스텔에 도착한다. 벨을 울리고 들어서자 여주인이 나와서는 반갑게 맞이하며 마치 외운 듯 빠른 영어로 이 방 저 방을 안내한다. 그러나 설명이 끝나고 한국인 거리를 물어보니 영 못 알아듣는다. 그녀는 호스텔 운영에 필요한 어휘들만 달달 외고 있었던 것이다.

거리로 나오니 넓게 조성된 공원 여기저기서 연인들이 붙어 앉아 뜨거운 사랑을 나눈다. 숫제 엎치락뒤치락 자기네 안방인 듯 잔디밭 위를 뒹구는 연인들도 여러 쌍이다. 한국에서라면 금방 낯이 뜨거워질 풍경인데 여기서는 아주 자연스러워 보인다. 여행 다니면서 내 눈도 너그러워진 모양이다.

거리에서 모금하는 남녀 대학생들로부터 한국인 거리를 알아내 찾아간다. 시내 중심가에 인접한 한국인 거리에는 화려한 의류 등을 파는 가게들이 늘어서 있고, 오가는 행인들이 적지 않다.

가게 안쪽에는 한국인으로 보이는 얼굴들이 다소 굳은 표정으로 계산대에 서 있거나 입구 쪽에 앉아 있다. 삶에 지쳐서일까, 동방예의지국에서 온 자긍심 때문일까, 어느 나라나 한인 가게들을 들여다보면 한국인 주인들은 거의 화가 난 듯 표정이 굳어있기 십상이다.

하지만 막상 말을 걸고 서로를 알게 되면 한국인들처럼 친절한 사람들이 없다. 다혈질에다 괴팍할 때도 있지만 속 깊은 정으로 친다면 단연코 한국인이 세계 제일이라고 단언한다. 다만 신세대들은 그렇지 않은데 어른들은 유교적 정서가 뼛속 깊이 박혀 있어서 겉표정이 딱딱할 뿐이다.

시내 중심가 쪽으로 향하는데 갑자기 찢어지는 것 같은 여자의 비명소리가 들린다. 놀라 쳐다보니 트레이닝복 차림의 사내가 여자용 가방을 들고 도로를 건너 재빨리 달아나고 있다. 그는 이어달리기 선수처럼 뒤를 흘끗 돌아보고는 다시 뛰어간다. 그 뒤로 한국인임이 분명한 동양여자가 단발마의 비명을 지르며 따라 뛰어가고 있다.

"야, 야, 거기 서!"

순간 나는 거의 본능적으로 한국말로 소리를 지르며 몸을 움직인다. 무의식적으로 카메라 등이 든 무거운 보조가방을 추스르고 그들을 따라 뛴다. 가방이 무겁기도 하고 이러다가 괜스레 귀찮아지는 것 아닌가 하는 생각이 언뜻 머리를 스쳤지만 기왕에 나선 김이다.

거리에서는 행인들이 여럿 돌아다보았지만 누구 하나 나서는 사람이 없다. 그 사이 도둑은 모퉁이를 돌아 시야에서 사라져 버리고 여자 또한 그 뒤를 뛰어갔다. 나도 그들이 사라진 쪽으로 달린다.

● 산티아고 대성당　　　　　　　　　　　거리에서 키스하는 연인

263

모퉁이를 돌아 위쪽으로 올라가니 여자가 거친 숨을 몰아쉬며 도둑이 들고 있던 가방을 들고는 겁에 질린 듯 한인거리 쪽으로 뛰어간다. 아마 여자가 악착같이 따라가자 도둑이 물건을 집어던지고 달아난 모양이다. 그 뒤에서 나까지 달려가고 있으니 말이다.

여자가 길 건너편 상가로 숨어들어가는 것을 보고, 분명히 한국인일 거라고 생각하면서도 내 입에서는 무심코 영어가 튀어나온다.

"아 유 오케이?"

도로 건너편에서 들려온 물음에 그녀는 흘낏 돌아보고는 고개를 끄덕인다. 얼굴이 새파랗게 질려있다. 여자는 한순간 나를 보고는 쭈뼛거렸지만 바로 상가 사이로 사라진다.

색소폰 연주하는 늙은 차장의 친절

산티아고에서 두 시간 거리인 발파라이소는 태평양에 면한 남아메리카 제1의 무역항으로, 온화한 기후에 경치가 아름답고 시가지가 고풍스러워 유네스코의 세계문화유산으로 지정되어 있다.

버스터미널의 조그만 관광안내소에는 뚱뚱한 할머니가 앉아계시다가 내가 싼 호스텔을 찾는다고 하자 숙소 주소를 쪽지에 적어주시고도 맘이 놓이지 않는지, 지팡이에 의지해 승차장까지 따라오셔서는 노선버스를 세워 운전사에게 나를 어디에 내려주라고 당부까지 하신다. 그러고서도 덧붙이신다.

"내가 전화해둘 테니까 거기 도착하면 주인이 나와 기다릴 거야."

할머니는 마치 친아들이라도 보내는 듯 마음을 쓰신다.

그곳으로 가는 미니버스가 시가지를 벗어나 바닷가를 달리자 길게 뻗은 항구에 컨테이너들이 산더미처럼 쌓여있다. 그 한편의 작은 모래사장에서는 사람들이 해수욕을 하고 있고.

바닷가는 바로 산으로 이어지는데 산 위에는 색색의 집들이 다닥다닥 그림처럼 붙어있다. 그 산을 오르내리는 경사식 엘리베이터 '아센소르'가 낡은 상자 모양으로 기우뚱거리며 가파른 산을 오른다. 이것만으로도 세계문화유산으로 지정된 이유를 알 것 같다. 눈이 부시게 푸른 태평양과 산 위의 색색가지 판잣집들이 아름다운 그림을 이룬다.

산 귀퉁이를 돌아 가파른 언덕을 지그재그로 오르던 버스가 어느 한 곳에 나를 내려준다. 안내소 할머니가 나를 내려주라고 당부하신 곳이다.

버스를 내려 한참을 헤매다 찾은 집의 대문간에는 집주인 할머니가 오래 기다린 듯 서계신다. 지은 지 50년이 넘었다는 나무 집은 낡긴 했어도 고가구와 화분 등이 운치가 있다. 하지만 주방과 욕실은 언제 청소를 했는지 먹다 남긴 음식과 쓰레기가 수북하다.

좁은 방에 짐을 내려놓고 밖으로 나오니 오후의 투명한 햇살과 푸른 바다, 푸른 하늘과 파스텔 톤으로 밝게 칠한 집들이 어우러져 한 폭의 수채화를 연출한다. 합판을 이어 지은 집의 오래 된 벽돌과 낡은 함석지붕이 풍요로워 보이지는 않지만 하늘과 바다와 어울려 너무나 평화로워 보인다.

돌길로 된 골목 계단을 걸어 내려가 바다로 나간다. 바닷가에 서서 동네를 올려다보니 어느 쪽으로 눈길을 주어도 한 장의 그림이다.

올라오는 길엔 아센소르를 탔더니 고르지 못한 레일을 오르느라고 몹시 삐걱거린다. 그러나 낡은 색소폰을 연주하는 늙은 차장은 승객들마다 눈을 맞추고 온화하게 웃어준다.

몇 명 되지 않는 승객이 내릴 때는 다시 한편에 서서 애잔한 색소폰 연주를 한참이나 들려준다. 이미 다른 승객들이 다 떠난 터라 나마저 떠날 수는 없어 연주를 마칠 때까지 서서 듣는다. 하회탈처럼 웃는 주름이 얼굴에 가득한 늙은 차장의 색소폰 연주에서는 가난하지만 만족하며 살아온 삶의 넉넉함이 진하게 배어나온다.

숙소 옆 가게에 들러 와인 한 병과 치즈 약간을 사서 2층 마루의 테이블에 올려

그림같은 바다를 둘러선 발파라이소의 저녁

해수욕장 부표를 차지한 물새 어미와 새끼들

거리에서 파는 그림 속의 발파라이소

색소폰 불어주는 차장

놓고는 낡은 성 같은 집에서 혼자만의 만찬을 즐긴다. 창밖으로는 산에서부터 바다까지 이어진 빼곡한 불빛들이 별처럼 반짝이고, 그 끝에는 태평양 바다가 검게 누워 있다. 황홀하게 아름답다는 말밖에는 달리 표현할 재간이 없다.

이튿날 바닷가 시장통에서 싸움이 붙는다. 들어가기 전에 분명히 가격을 묻고 확인을 했는데, 밥을 먹고 계산을 하려고 하자 딴소리를 하는 거다. 밥과 해산물탕 그리고 피스코샤워 한 잔에 모두 3000페소(우리 돈 약 5000원)인 세트메뉴인데 계산대의 아낙은 4500페소를 내라는 거다. 밥과 피스코샤워는 별도라나?

아까 확인한 주인아저씨를 불러 따지니 자기는 모르겠다는 표정으로 딱 잡아뗀다. 이런 땐 정말 화가 난다. 처음에 말한 대로 3000페소 이상은 못 내겠다고 소리를 쳤더니 음식점에 있던 사람들이 다 쳐다본다. 아낙의 목소리도 따라서 올라가고, 그러자 어디선가 건장한 청년이 뛰어나와 삿대질을 한다. 나보다 한 뼘 이상이나 크다.

거리의 악사

거리를 지키는 순경

"뭐? 한번 붙어보자는 거야?"

금세라도 달려들 듯이 인상을 쓰며 소리를 지르는 녀석을 향해 버티고 서서 천천히 가방을 내려놓고 다리를 어깨너비로 벌리면서 대결 자세를 취하자 녀석이 움찔한다. 이어서 곧 녀석과 아낙, 주인의 시선이 교차하고 값이 내려가기 시작한다.

"4000, 3500!"

"노! 3000!"

결국 처음 말한 대로 낼 것만 내고 나왔으나 기분이 영 찜찜하다. 1500페소 안 내겠다고 부끄러운 꼴을 보인 것 같기도 하고, 혹시 내가 틀렸는지도 모르겠다는 생각도 든다. 하지만 관광객을 상대하는 집에서 불친절은 그렇다손 치더라도 부당한 바가지요금과는 타협할 수 없다. 분명히 들어가기 전에 가격을 정확히 물어보고 들어갔던 것이다.

바닷가에서 바람도 쏘이며 아름다운 풍광 속에서 하루를 보내고는 아센소르를 타고 언덕을 올라오니 정류장 바로 옆에 카페가 있다. 분위기가 그럴듯해 들어가 보니 주인이 화가다. 카페 옆에 작업실이 개방되어 있고, 그의 그림이 골동품들과 함께 진열되어 있다. 주인이 친절하게도 그림과 골동품들을 안내하며 일일이 설명해 준다.

실제 그림과 그림 같은 풍경! 바다로 접한 길게 뻗은 언덕엔 아래로부터 꼭대기까지 빼곡하게 차있는 집들에서 불빛이 하나둘 밝혀지고, 검은빛 바다 위에서는 배들의 불빛이 하나둘 반짝이기 시작한다. 야외의 누각으로 만든 전망대 테라스에 앉아 진한 커피 한 잔을 마신다. 금방 내린 커피 향에 취하고 아름다운 저녁 풍광에 취한다.

숙소로 돌아오니 어제는 보이지 않던 학생들 몇이 있다. 이 집에서 자취를 한단다. 그들이 주인할머니에게 주의를 받았는지 주방이 깨끗하게 정리되어 있다.

그들은 나를 보자 몇 개 안 되는 영어 단어로 질문을 해대면서 한 학생이 잉카 단소를 꺼내 서툴게 불어 보인다. 내가 건네받아 한국 음악을 한 곡 연주하자 놀란 눈으로 바라본다. 내친 김에 지니고 다니는 대금을 꺼내 한 곡을 불어주자 눈을 반짝이며 듣는다. 그 눈빛들이 아름답다.

아이들의 순수하게 초롱초롱 빛나는 눈빛, 세상에서 가장 긴 나라인 칠레의 밤바다에 점점이 떠있는 배들의 등불 빛, 밤하늘 가득 반짝이는 별빛, 바다에서 하늘까지 닿은 집들의 불빛!

이 밤, 육안으로 볼 수 있는 모든 빛들이 조화롭게 어우러진다.

멀리 능선에 나타나는 거대한 지상화

칠레의 북쪽에 있는 유명한 아타카마 사막과 추키카마타 광산을 보기 위해 칼라마행 장거리버스를 탄다. 동서가 180킬로미터에 남북이 4270킬로미터로 통통한 지렁이처럼 길게 누워있는 이 나라의 중간쯤에 있는 수도 산티아고 옆 발파라이소에서 북쪽 국경에 가까운 칼라마까지는 2000킬로미터가 넘는다.

밤 10시 30분에 떠나는 버스를 타고 잠이 들었다가 깨어보니 창밖으로 또 다른 풍경이 펼쳐진다. 버스는 광활하게 펼쳐진 낮은 구릉 같은 돌무덤들을 지나고 있다. 구멍이 뻥뻥 뚫린 화산석들은 오랜 풍화작용으로 기기묘묘한 모습이 되어 드넓은 공동묘지의 묘비마냥 끝없이 이어진다.

한 시간 이상 백골 같은 돌들의 계곡을 지나자 이번에는 가없는 사막이 펼쳐진다. 높고 낮은 사막의 산들 사이로 꼬불거리며 버스길이 열려있다. 문득 멀리 능선에 만들어둔 지상화가 하나 눈에 들어온다. 수수께끼의 지상화는 나스카의 것이 유명하다더니 꼭 나스카에만 있는 건 아닌가 보다.

지상화란 유럽의 침략자들에 의해 '인디오'라고 이름 붙여진 이 땅의 원주민들이 여러 가지 커다란 기하학적 문양을 땅에 그려놓은 것을 말한다.

얼마를 더 달리자 이제는 사막과 어우러져 바다가 나타난다. 바다는 희뿌연 운무에 싸여 푸른 하늘과 색색의 사막 구릉들과 한 덩어리를 이루어 시야를 압도한다.

사막에 나타나는 거대한 지상화

사막에 뻗은 고속도로

버스는 복잡한 해안선을 따라 꼬부랑거리며 달려간다. 어느 순간 돌들이 나타났다가 이내 사막의 구릉 속으로 빠져들고 다시 바다가 나타난다. 사방 어디에도 인가나 사람들은 보이지 않지만 이따금 바닷가에 선착장이 나타나는 것으로 보아 어디엔가 사람들이 자연에 묻혀 외롭게 살아가고 있나 보다.

버스는 기하학적 문양의 지상화 몇 개를 지나고, 작은 마을 두어 군데에 선다. 버스가 정차하면 기사와 조수가 바뀐다. 이제까지 달려온 기사와 조수는 내리고 기다리던 팀이 새로 타 인사를 하고는 운전석에 앉는다. 시간을 계산해보니 대략 일곱 시간 간격으로 바뀌는 것 같다.

조수의 주 업무는 승객들을 위한 서비스이지만 기사가 피곤하거나 졸리면 잠시 눈을 붙이는 동안 운전도 대신 한다. 칠레의 버스에는 아래쪽 화물칸 옆에 창문이 달린 좁은 침실이 마련되어 있다.

버스가 이번엔 커다란 도시에 정차한다. 잠시 내려서 살펴보니 안토파가스타다. 칠레 북부에서는 이키케와 함께 가장 중요한 도시로 1870년 아타카마 사막의 초석(硝石)을 채굴하기 위해 건설되었는데, 원래는 볼리비아 땅이었으나 1879년 태평양전쟁의 승리로 칠레 영토가 되었다. 시의 북동쪽에 유명한 추키카마타 구리광산이 있어 이들 광산물의 수출항으로 유명하다.

다시 기사와 조수가 바뀌고 승객들도 대부분 교체된다. 새로 올라탄 승객들로 북적이는 차 안에 잡상인이 한 명 올라탄다. 얼굴이 맑은 청년 빵장수다. 그는 숫기가 없어 기어들어가는 목소리로 앞쪽에 서서 봉투에 든 빵을 판다. 홍보를 거의 못하는데도 몇 사람이 빵을 산다.

그의 뒤를 이어 이번에는 프로 잡상인이 손에 지갑을 들고 올라온다. 지갑 안에 또 지갑, 그 안에 또 지갑, 이렇게 해서 다섯 개의 지갑이 한 세트다. 그는 능청스러운 목소리로 일장 연설을 늘어놓는다.

"이 지갑으로 말씀드릴 것 같으면 우리나라 최고의 라마 가죽으로 만든 것으로……, 백화점에서는 지금 이 순간에도 5만 원을 받고 있으나 지금 홍보기간을 맞아 여행을 가시는 여러분께는 특별히……."

이런 식이다. 어쩌면 우리나라와 그리도 똑같은지. 지갑 다섯 개에 겨우 1000 페소, 2달러가 채 안 되는데도 그는 두 개밖에 팔지 못한다.

다시 한동안 달려가자 색색의 사막 구릉 사이로 멀리 아담한 도시가 납작 엎드려 있다. 내 목적지 칼라마다. 하지만 도시가 눈앞에 바로 보이고도 버스는 한 시간 이상을 더 달려 발파라이소를 출발한 지 23시간 만에 엔진을 끈다.

가련한 원주민 여자행상의 갑작스런 구애

이미 어둠이 짙게 깔린 칼라마는 광산 도시답게 거리의 귀퉁이마다 수상한 술집들이 자리 잡고 있다. 술집마다 여인들이 있어 자동차와 사람들이 지나갈 적마다 유리문을 빼꼼히 열고는 밖을 살핀다.

내가 어린 시절을 보낸 강원도 태백의 탄광촌도 그야말로 한 집 건너 술집이었다. 지구의 반대편 칠레의 광산도시에 닿자마자 고향마을이 떠오른다. 참으로 어려운 생활이었지만 나이가 들수록 그 시절이 더욱 아련하게 그리워진다.

여인숙처럼 허름한 숙소에 짐을 내려두고 저녁을 먹으러 나갔으나 어두운 거리에는 술집과 그 앞을 기웃거리는 사내들뿐으로 주변 어디에도 저녁을 먹을 만한 곳이 보이지 않는다.

저녁식사를 포기하고 숙소로 돌아오니 카운터에 늙은 여주인과 젊은 여인이 함께 있다. 여주인에게 어디 맥주 살 곳이 없느냐고 영어로 물으니 젊은 여인이 나서서 나를 유심히 살피며 대답한다.

"세르베사?"

맥주의 스페인 말이다. 사실 나는 이 말을 오늘 처음 알았다. 그동안 맥주를 많이 마셨지만 오로지 '비어'만 외쳐댔던 것이다. 맥주를 지칭하는 스페인어가 따로 있다고는 미처 생각하지 못했다.

추카키마타 노천광산 전경

박물관 사진에 나와 있는 원주민들

젊은 여인은 나에게 따라오라는 손짓을 하더니 거리로 나간다. 큰길 지나 골목 길로 조금 들어가니 슈퍼마켓 겸 식당이 문을 열어두었다. 맥주 큰 병 하나를 집어 들다가 그녀를 바라보며 방금 배운 '세르베사?' 하고 물으니 눈을 반짝이며 고개를 끄덕이기에 한 병을 더 산다.

옆의 간이식당에서 치킨 한 토막과 감자튀김을 사서 숙소로 돌아와 2층 거실에 자리를 잡는다. 여인이 자기 방에서 컵 하나를 가져와선 함께 앉는다. 그러더니 같은 고향사람으로 함께 다니며 장사를 한다는 나이 든 여인과 젊은 사내를 데려와 친구라며 인사를 시키고는 내려 보낸다.

에콰도르에서 왔다는 여인은 마흔두 살로 거리에서 기념품을 파는 행상이다. 행상으로 번 돈을 에콰도르에 있는 아들에게 보낸다면서 여권과 아들 사진을 보여 준다.

여인은 내게 혼자 여행 중이냐고 두어 번이나 확인하더니 맥주잔을 든 채 내 앞으로 와서 얼굴을 쓰다듬는다. 갑작스러운 사태에 당황했지만 그저 별뜻 없는 위로의 표현이려니 생각했다.

그런데 이번에는 그녀의 얼굴이 불쑥 다가와 이마에 키스를 한다. 조금 이상했지만 이것도 역시 그냥 늘 있는 이곳의 인사법이라고 생각한다.

어느덧 맥주 두 병이 바닥을 보인다. 여자는 '원 미누또!'를 낮게 외치고는 어딘가 다녀오더니 그때까지 어정쩡하게 앉아 맥주잔을 들고 있는 내 손을 잡고 느닷없이 위층 구석의 자기 방으로 끌고 간다.

싸구려 숙소의 얇은 합판 벽을 통해 바로 옆방에서 조금 전 인사를 나눈 나이 든 여인과 젊은 남자가 두런거리는 소리가 들려온다. 느낌이 이상하다.

얼마 마시지도 않았지만 술이 확 깬다. 옆방에서 두런거리는 소리에 갑자기 이상한 생각이 스친다. 만약 이들이 내 소지품에 관심이 있거나 나를 곤경에 빠뜨리려 한다면 지금의 상황은 아주 위험한 것이다. 모든 것을 한몸에 지니고 다니는 장기 배낭여행자는 떨어져 구르는 낙엽소리 하나에도 확인하고 또 확인해야 한다.

늘 그렇게 주의를 했는데도 잠시 방심하는 사이에 중국에서는 외출 후 돌아오니 배낭이 통째로 사라져버렸다. 그런데도 외국인은 들지 못하게 법으로 막는 싸구려 현지인 숙소에 든 죄로 강제출국이라는 한마디에 경찰에서 찍소리도 못하고 물러 나와야 했다.

또 태국에서는 직원의 소행으로 보이는데, 샤워 중인 내 방에 몰래 들어와 전대며 지갑이며 통째로 털어갔다. 이때도 경찰이 오긴 했으나 도둑이 미리 함정을 놓으려고 방에 마약 도구를 두고 가서 역시 찍소리도 못하고 당했다.

여권까지 모두 털렸는데도 오히려 경찰에게 모두 잊을 테니 제발 그냥 가달라고 되레 사정을 해야만 했던 것이다. 이런 방법은 서양인들이나 일본인들이 주로 많이 당하는 케이스다.

참고로 태국은 할리우드 영화에도 몇 번 등장했듯이 외국인은 마약 도구만 적발되어도 그 양과 반응 테스트에 관계없이 현지법에 따라 최하 10년 이상 현지 감옥에 구금될 수 있다.

이런 생각들이 머릿속을 스치자 긴장하지 않을 수가 없다. 다행히 그게 아니라 하더라도 다만 몇 마디나마 영어가 통하고, 맥주를 살 수 있게 도와준 인디오 여인과 그냥 술이나 한 잔 하면서 살아가는 이야기나 들어보려던 것이 자칫하면 이상한 관계로 발전하겠다 싶어 몸이 주춤거려진다.

여인은 내 손을 잡은 채 옷을 벗기 시작한다. 더 이상 머뭇거릴 수가 없다. 잡힌 손을 빼내자 여인이 충혈된 눈으로 한참 쳐다본다. 그녀는 이제야 내가 무엇을 걱정하는지 눈치를 챈 것 같다. 여인이 속옷차림으로 다시 내 손을 붙잡고는 옆방으로 가서 문을 두드린다.

잠시 후 문을 열고 나온 나이 든 여인 역시 속옷 차림이다. 조금 열린 문 안쪽을 슬쩍 들여다보니 젊은 사내가 속옷만 입은 채 침대에 걸터앉아 있다. 나이 든 여인은 활짝 웃는 얼굴로 '아임 해피'를 연발하고.

그제야 잠시 동안 어지러웠던 생각들이 정리된다. 여인은 단순히 나와 정을 나

아타카마 거리

박물관 안에 걸려 있는 탈들

해먹을 걸고 놀고 있는 아이들

아타카마 가게의 내부

누고 싶었던 모양이다. 의심이 풀리자 미안한 마음이 든다. 하지만 이런 식으로 갑자기 접근해오는 것은 나로서는 이해하기 어렵지 않은가. 이들 인디오의 문화는 이런 것인가?

여인이 다시 내 손을 끌고 방으로 들어가려 하기에 나는 낮은 목소리로 단호하게 '노'를 외친다. 내 눈을 쳐다본 여인은 잡았던 손을 힘없이 놓는다. 그리고는 잠시 후 묻는다.

"내일 추키에 같이 가면 안 될까?"

내가 다음날 일명 '추키'라고 부르는 추키카마타 광산에 간다는 말을 했던 것이다. 그것마저 뿌리칠 수는 없어서 그러자 하고 방으로 들어와 문을 잠근다. 자리

에 누웠으나 쉽게 잠이 오지 않는다. 여인의 애절한 눈빛이 뇌리에 아른거린다.

아침 일찍 방을 나오니 여인이 벌써 기다리고 있다. 같이 통근버스 타는 곳으로 가니 이른 시간에도 광산으로 출근하는 광부들이 잔뜩 모여 버스를 기다린다. 버스가 왔으나 광부들로 가득 차 관광객은 탈 곳이 없다. 결국 택시를 흥정해 타고 사막의 구릉 사이를 달려 먼지를 잔뜩 뒤집어쓴 채 광산의 안내사무실 앞에 내린다.

하지만 투어 시간이 변경되어 지금 시즌에는 오후 2시에나 투어가 시작된다는 거다. 제대로 알아보지 않아 택시비만 손해 보았다. 그래도 입구의 작은 박물관 직원이 간단한 설명을 해준다.

추키카마타 광산은 세계 최대의 구리 광산 가운데 하나로 노천광산이다. 안토파가스타의 북동쪽, 안데스산맥 서쪽의 해발 3000미터 고지에 있는데, 1915년 미국계 회사 애너콘다에 의해 개발되어 70년대 초에 국유화되었다. 광산 주변에서는 지금 원주민들이 이룩해 놓은, 고고학적 가치가 큰 고대 유물들이 발굴되고 있고, 근처 계곡에는 증기와 뜨거운 물을 방출하는 수많은 작은 분화구들이 있어서 '1만 증기 계곡'으로도 불린다.

설명을 들으며 사무실에 있는 전시물들을 돌아보고는 시내로 돌아가기로 한다. 하지만 돌아가는 교통편이 없어 잠시 걷는데 마침 박물관 직원이 탄 승용차가 앞에 멈춘다.

시내로 나와 여인과 함께 식당에 가서 아침을 먹으면서 내가 바로 떠난다고 하자 자기도 함께 갈 수 없느냐고 묻는다. 나는 물론 고개를 가로저을 수밖에.

배낭을 찾아 메고 여인이 좌판을 벌이는 곳까지 함께 간다. 작지만 활기찬 중심거리 한쪽에서는 어제의 젊은 사내가 음반을 팔기 위해 잉카 옷을 입고 잉카피리를 연주하고 있다. 늙은 여인은 이미 작은 좌판을 메고 거리를 돌아다니는지 보이지 않는다.

◐ 행상여인은 모자를 눌러 쓰고 말없이 하던 일만 하고

잠시 지키고 서서 여인이 조잡한 기념품들을 늘어놓는 것을 바라본다. 여인은 그중에서 형광으로 빛나는 마리아상 하나를 건네준다. 내가 받지 않자 이번엔 색실로 짠 팔찌 하나를 내 팔목에 감아주려 한다.

역시 손을 가로젓자 여인은 모자를 더욱 푹 눌러쓰고 하던 일만 계속한다. 받고 싶지 않아서 안 받은 것이 아니라 하나라도 더 팔라고 받지 않은 것인데 여인은 화가 난 듯하다. 모자를 푹 눌러쓴 채 물건을 진열하는 여인은 더 이상 말이 없고, 우수에 찬 모습이 가련하다. 그 모습에 가슴이 울려오며 무언가 잘못한 느낌이 든다.

작별인사를 하고 터미널을 향해 뛰다시피 걷는다. 이번 버스를 놓치면 다음 버스를 타야 하는데 그 두 시간을 기다리는 동안 내 연약한 마음이 다른 생각을 불러올까 두렵다.

20여 미터 앞에서 막 터미널을 빠져나가는 버스가 보인다. 소리를 지르고 손을 흔들며 버스를 향해 뛰기 시작한다. 버스는 나를 발견하고 멈춰 선다.

그런데 버스에 닿기 직전 무엇에 걸렸는지 꽈당 넘어지고 만다. 바로 일어서려고 했으나 등에 멘 80리터짜리 배낭과 앞에 멘 40리터짜리 보조배낭 때문에 바로 일어나지 못하고 엎어진 거북이마냥 버둥거린다. 멈춘 버스의 차창으로 사람들이 내다본다. 한 유럽 여자여행자와 시선이 부딪친다. 간신히 추슬러 몸을 일으키지만 가슴과 얼굴이 붉어진다.

창피하다. 달아나는 내가 창피하고, 엎어져 버둥거리는 내가 창피하다.

해발 4500미터 노천에서 속옷 바람 온천욕

산 페드로 데 아타카마, 줄여서 이곳 사람들은 산 페드로라 부르기를 좋아하고 여행자들은 아타카마라고 부르기를 좋아하는 이 마을은 반시간이면 전부 돌아볼 만큼 아주 작은 깡촌이다. 집들도 호텔 몇 개 말고는 나지막한 흙벽돌집이다.

그런데도 남아메리카를 여행하는 사람이라면 거의 빼놓지 않고 찾아온다. 달의 표면처럼 울퉁불퉁한 골짜기가 이 세상 풍경이라기에는 너무나 황홀한 '달의 계곡'과 찬란한 일출을 볼 수 있는, 뜨거운 물이 공중으로 뿜어져 올라오는 간헐천 타티오 때문이다.

숙소를 정하고 바로 오후에 떠나는 '달의 계곡' 투어를 신청한다. 아타카마 사막 한가운데 있는 '달의 계곡'은 그야말로 달 표면을 그대로 닮은 계곡이다. 깊은 분화구처럼 팬 곳으로 내려가 좁은 협곡 사이로 들어간다.

협곡 양쪽으로 뾰족뾰족 톱날처럼 솟은 높고 낮은 봉우리들이 기기묘묘하다. 위태롭게 금이 간 봉우리들은 금방이라도 무너져 내릴 듯 쩌렁거리며 갈라지는 소리를 낸다. 저 안쪽에서 쉼 없이 들려오는 쩌렁거리는 소리는 빙하와 마찬가지로 온도 차이로 생긴다고 한다. 바위들은 반은 소금으로 되어 있어 찍어 먹어보니 짜다.

미국 항공우주국에서는 1960년대에 이곳에서 아폴로 호의 달 이착륙 실험을 했다. 그런데 실은 실험뿐 아니라 실제로 달 착륙 촬영도 이곳에서 했다는 루머도 있었다.

오늘의 하이라이트는 사막 산꼭대기에 올라가 석양을 감상하는 것이다. 이미 올라간 사람들의 그림자가 사막에 길게 그림자를 늘어뜨리며 꽂혀있다. 발목까지 푹푹 빠지는 모래에 미끄러지면서 숨이 턱에 닿아 정상의 칼날 부위에 이른다.

하늘이 붉어지고 있다. 붉은 태양이 멀리서 또 다른 산 밑으로 꺼져 들어가고 있는 것이다. 무엇 하나 눈에 걸리는 것 없는 광활함, 고요함, 이게 바로 원시(原始)다. 인간의 흔적은 사막 골짜기로 뚫고 들어온 구부러진 도로 하나뿐이다.

숙소로 돌아와 몸을 씻고 투어를 함께 하면서 친해진 일행들과 저녁을 먹는다. 영국에서 온 제리와 독일에서 온 마리아는 각기 파트너로 남자를 대동했고, 칠레에서 온 파이에라만 혼자다.

화기애애한 분위기에 얼큰하게 취기가 오르자 사내들은 여자들을 공략하기에 공을 들인다. 제리에게 눈독을 들이는 녀석은 영국인으로 공교롭게도 이름이 만화영화와 같이 톰이다. 그러나 만화와는 달리 톰은 성공하지 못했는지 헤어질 때 보니

달의 계곡 안

소금이 깔린 달의 계곡

석양이 지고

284…저 낮은 욕망에서 나를 건져 주소서

달의 계곡에 서서

달의 계곡으로 내려가는 사람들

제리와 다른 방향으로 사라진다.

이튿날 다시 투어 차를 타고 붉은 아침 햇살이 사방으로 퍼지는 간헐천 타티오에 도착한다. 차에서 내리자 헉 숨이 막혀오며 추위가 엄습한다. 고도계를 꺼내보니 해발 4500미터가 넘는다. 아타카마가 해발 2500미터 정도이니 두 시간여 만에 2000미터 이상을 올라온 거다. 다른 여행자들은 두터운 잠바와 담요로 몸을 둘렀지만 나는 얼결에 뛰어나오느라고 아무 준비도 없이 입고 잔 반팔 차림 그대로 카메라가 든 보조가방만 챙겨왔다.

잠시 멈춰 서서 비춰오는 아침 햇살을 받으며 호흡조절을 한다. 히말라야에서 이미 여러 차례 경험하며 몸에 익혀서인지 추위와 고도에 이내 적응이 된다. 이제는 어디서든 호흡조절로 기(氣)만 잘 순환시키면 웬만한 환경은 견딜 수 있는 체질이 되었다.

곳곳에서 뿌연 김과 함께 더운 물줄기가 간헐적으로 하늘로 치솟는다. 가까이 가서 물을 만져보니 그리 뜨겁지 않고 따뜻하다. 수십 군데 땅의 숨구멍에서 뿜어져 나오는 더운 김과 아침 햇살이 만나 장엄한 풍경을 빚는다. 사람들만 없다면 태고의 신비를 고스란히 맛볼 수 있을 것 같다.

서양 여행자들 몇이 차에 쓰러져 깔딱거리며 숨을 몰아쉰다. 우리 차의 일행도 아침을 먹을 수 있는 사람은 몇 되지 않는다. 제리와 마리아는 차 안에 들어가 엎드려 있고, 칠레의 파이에라도 어지럽고 토할 것 같다며 울상이다.

나는 파이에라의 손등을 수지침을 놓듯 몇 차례 문질러주고, 가이드가 준비한 아침을 먹으며 놓칠 수 없는 주변경치의 황홀경으로 빠져든다. 식사는 온천물에 삶은 달걀과 샌드위치, 커피다. 온천물이 뜨겁지 않아 달걀은 반숙이다.

그렇지 않아도 반숙 달걀을 좋아하는 나는 인원수에 맞춰 온천에 담가둔 달걀을 고도 때문에 쓰러져 깔딱거리는 아이들의 몫까지 다 먹어치운다. 비춰오는 태양빛과 신비롭게 뿜어내는 더운 물줄기를 바라보며 마시는 커피 맛 또한 인스턴트이긴 하지만 황홀하다. 깔딱거리며 쓰러져 있는 아이들에겐 약간 미안하다.

간헐천에서 아침을

나 혼자 노천온천에

간헐천 타티오

아래쪽 온천은 세계에서 제일 높은 곳에 있는 노천온천이다. 나는 속옷만 입고 온천으로 뛰어든다. 하지만 우리 팀에서는 아무도 온천에 들어오지 않고, 창백한 얼굴로 주변을 돌며 손발만 담글 뿐이다.

온천은 생각만큼 따뜻하지 않다. 더운물이 뿜어져 나올 때만 잠시 따뜻하고 이내 미지근하게 식어버린다. 하지만 세계에서 제일 높다는 온천에 몸을 담그는 뿌듯함과 즐거움을 누린다.

마흔 살! 삶에 찌들어 붙은 독을 빼고 싶다

봉고차가 산을 내려와 골짜기로 접어들자 방목 중인 라마 떼가 물가에서 평화롭게 풀을 뜯고 있다. 이곳은 지난 50년 동안 비가 단 18밀리미터만 내렸다는데도 수량이 풍부하다. 만이천 년 전에 지하로 스며든 물이 일정한 양으로 분출되며, 가까운 안데스 산맥에 내린 눈비가 지하수로를 통해 이곳으로 흐르기 때문이라고 한다.

작은 인디오 마을에서 점심을 먹는데 인디오 아주머니가 가운데 구멍이 나고 속이 빈 빵을 기름에 튀겨낸다. 내게는 아주 낯익은 빵이다. 꿀이나 설탕에 찍어먹는 이 빵은 네팔에서 트레킹 때 주식으로 먹었는데 일명 구룽브레드라고 했다. 네팔의 구룽 족은 몽골에서 건너와 히말라야에 안착한 부족인데, 얼굴 모양이나 의복, 음식까지 이곳 인디오와 똑같으니 이를 어떻게 설명해야 하나.

구룽 족의 생활양식은 우리와도 밀접한 관계가 있다. 그들이 아기를 키우는 '구덕'은 우리나라 제주도에도 똑같은 것이 있고, 주택구조도 그러하다. 네팔의 구룽 족 풍습은 몽골의 내륙 민족보다 제주도의 것과 더 많이 닮았다.

스페인과 유럽 열강의 침공에 의해 어딘가로 숨고 사라졌지만 이 땅 라틴아메리카의 원주민은 우리와 똑같은 아시아 민족인 것이다.

산을 내려와 작은 염호 앞에 멈춘다. 멀리 아르헨티나 국경에 있는 높이 5916

사막의 물에 플라맹고가

점심을 먹은 작은 인디오 마을

미터의 활화산 린칸카브르를 배경으로 소금 호수가 붉게 펼쳐져 있다. 원래 소금 호수는 흰색이지만 붉은색 플라밍고들이 떼를 지어 외다리로 서있기 때문에 멀리서 보면 전체가 붉게 보인다.

마을로 돌아와 들어간 성당 만은 소박하면서도 아름답다. 흙으로 빚어 굽지 않고 햇볕에 말린 어도비 벽돌과 돌, 나무로 지어진 건물은 하얀색 회반죽으로 칠해져 있어서 깔끔하다. 건물 내부의 나무 장식도 아름답다. 다른 도시의 교회처럼 황금으로 범벅된 제단 등이 없어서 더욱 마음에 든다.

진정한 하느님이라면 이런 소박하고도 낮은 곳으로 임하시고 싶어 하시지 않을까? 하느님에게는 황금 따위는 필요치 않을 테니까.

광장 한쪽에 있는 고고학 박물관에는 오래 된 직물들과 티와나코 문명의 토기들 그리고 이 지방 원주민인 아타카메뇨들의 미라들이 있다. 이 박물관의 최대 볼거리는 옹관묘에서 발굴된 '미스 칠레'다. 중앙에 고이 모셔져 있는데 수천 년 세월이 지났음에도 보관 상태가 훌륭해, 마치 한동안 굶은 후 쭈그려 자고 있는, 살아있는 사람 같다.

후에 콜롬비아 등지의 박물관에서 만난 미라들은 주변에 각종 황금 장식들이 있고, 어떤 것들은 황금 가면을 쓰고 있기도 했으나 이쪽 미라들은 금붙이가 없다. 스페인 군대가 모두 훔쳐서 녹여 금괴로 만들어 본국으로 보냈기 때문이다. 당시의 스페인은 이 금괴로 흥청거렸다고 한다.

숙소로 돌아와 밀린 빨래와 샤워를 하고 카메라를 청소한다. 며칠간 내 마음에 찌들어 붙은 티끌까지도 티베트의 '6자진언'을 중얼거리며 씻어낸다.

"옴마니밧메훔, 옴마니밧메훔."

내 나이 마흔. '불혹(不惑)'이라는 나이가 오히려 '유혹'으로 여겨질 만큼 아직도 내 마음은 언제나 흔들린다. 이번 여행에서 그런 나를 붙잡고 지금까지의 삶을 정리하고 싶다. 마흔을 살면서 지은 부끄러운 죄들을 하나하나 끄집어내 반성하고 싶다. 내 삶에 찌들어 붙은 모든 독을 빼고 싶다.

대륙의 중심축에서 치른 나만의 의식

'작은 마추픽추'라고도 불리는 '푸카라 데 퀴토르' 유적지를 향해 마을길을 터덜거리며 올라간다. 마을에는 거미줄 같은 수로가 있어 빠른 물살로 이집 저집으로 맑은 물이 드나든다. 중간 중간 막는 장치가 있어 서로 시간을 맞춰 모든 집이 공평하게 물을 나누어 쓸 수 있다.

중국 윈난성 리지앙의 전통 마을 수로와 모습과 구조가 흡사하다. 라틴아메리카 대부분의 지역에서 아직도 잉카시대 이전에 찾아낸 지하수를 이용한다니 이미 수천 년 전인 잉카 이전의 문명이 얼마나 발달했었는지 알 수 있다.

몇 줄기 얕은 강을 건넌다. 이 강들은 안데스 산맥에 우기가 오면 제법 큰 강이 되어 흐른다고 한다. 푸근한 흙길을 따라 한참 걸으니 다닥다닥 산에 붙어있는 돌집들이 눈에 들어온다. 이곳은 잉카시대 이전의 주거 유적지다.

입구의 입장권 매표소에 사람이 없다. 그냥 들어가도 되겠구나 싶어 올라가니 매점이 있고 그곳에서 한 청년이 나와 입장권을 사라고 한다. 잠깐 머뭇거리다가 버텨보자는 생각에 돈이 없다고 하자 쓱 한 번 쳐다보더니 유적지로 오르는 계단을 팔로 가리킨다.

"노 프라블럼!"

"땡큐!"

젊은이가 참 인심도 좋다.

우선 유적지를 한눈에 조망할 수 있는 산으로 올라간다. 산정에 오르니 시야가 확 트이면서 동서남북으로 광대한 사막 풍경이 펼쳐진다.

산정의 한가운데에 작은 첨성대 같은 기념탑이 서있다. 이곳이 이 지역의 수맥이 사방으로 연결되는 중심이라고 안내판에 씌어있다.

여기서는 수맥이라고 표현했지만 동양의 풍수로 보자면 바로 혈(穴) 자리에 해

박물관 안의 황금 미라

얼굴에 칠을 하고 아이스크림을 먹고 있는 아이들

오래 된 수로

마을 앞에서 놀고 있는 아이들

산정에 서있는 기념탑

요새 뒤에 있는 비밀통로

가정집에서 쓰는 그릇

당되는 곳이다. 지도를 놓고 보면 이곳이 남아메리카 대륙의 가운데로 무게의 축이 되는 위치다. 그러니 대륙의 핵심 혈이라고 할 수 있다.

탑은 나선형으로 되어 있어서 위로 올라갈 수 있다. 위에 올라보니 아래로 1미터 정도의 방이 나있고 사람 하나 들어갈 공간은 충분히 되어 보인다. 그 안쪽으로 뛰어내려 주변의 돌들을 모아 작은 돌탑 하나를 정성들여 쌓는다. 그리고 혼자만의 의식을 치른다. 사방으로 돌며 삼배를 하고 '옴마니밧메훔'을 중얼거리고 기원을 드린다.

"비나이다, 비나이다. 바라옵건대 부디 저를 부끄럽게 만들 수 있는 저 낮은 욕망으로부터 건져내 주시옵소서."

능선으로 연결된 또 하나의 조금 더 높은 산정으로 오른다.

커다란 십자가가 사방 어느 곳에서 보아도 같은 모습으로 보이도록 서 있다. 이곳에서는 아래쪽에서는 보이지 않던 또 다른 '달의 계곡'이 날카로운 톱날처럼 층층이 겹쳐져 산맥을 향해 뻗어있다. 태고의 원시 풍경이다.

십자가 주변을 돌며 또 한 번 의식을 치른다.

"이 마음속에 있는 삶의 독소를 깨끗이 걸러낼 수 있게 해주시옵소서."

안내판에는 1200년경 이곳에 소왕국이 있었으나 1500년대 이후 이곳까지 침입한 스페인 군대에 의해 멸망되었다고 씌어있다. 이곳을 괴멸시킨 스페인 장교의 그림과 이름까지 적혀있다. 참으로 가슴 아프고 통탄스러운 역사다.

유적지를 내려와 별 생각 없이 뒤쪽으로 돌아간 나는 그만 탄성을 지른다. 칼날 같은 요새로 되어 있는 산 뒤쪽에 비밀통로가 있고 그 안에 최종 은거지가 만들어져 있는 게 아닌가.

낮게 허리를 숙여야만 들어갈 수 있도록 바위를 깎고 그 안에는 들어서는 적을 향해 무기를 내려칠 수 있도록 높게 깎은 방이 있다.

이런 구조를 두어 곳 지나자 안쪽에 양쪽으로 갈라지며 숨을 수 있는 방이 두 개 있다. 이곳이 마지막 은신처다. 이 앞쪽으로는 칼날 같은 바위를 타고 다른 요새로 통하는 비밀 통로가 있었을 것 같다.

이곳보다는 훨씬 크지만 이와 똑같은 구조의 성을 인도 남부 데칸 고원에서도 보았다. 그곳도 침략과 항쟁이 끊임없이 되풀이되었기에 그 전쟁의 결과물로 생겨난 것이다.

비가 거의 오지 않는데도 이곳에는 물이 풍족하다. 수로가 어떻게 설계되었는지 물줄기가 낮은 동산을 거꾸로 타고 오른다. 신기해서 잠시 들여다보니 지하로부터 솟구치는 수압을 이용한 것 같다. 거꾸로 거슬러 오르는 물의 양이 엄청나다.

이토록 과학이 발달한 원주민들이 다른 대륙에서 이상한 무기를 들고 들어온 침략자들에게 변변히 대항도 못해보고 허무하게 무너진 것이다.

국경인 아리카행 버스에 오른다. 유럽인 여자여행자가 이곳 원주민 청년과 짧은 열애에 빠졌던지 아까부터 버스 앞에서 끌어안고는 아쉬운 이별을 한다.

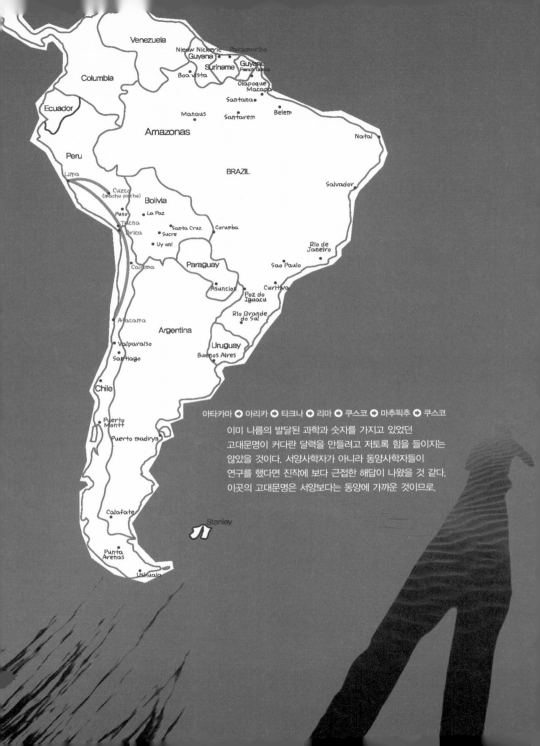

아타카마 ⚪ 아리카 ⚪ 타크나 ⚪ 리마 ⚪ 쿠스코 ⚪ 마추픽추 ⚪ 쿠스코

이미 나름의 발달된 과학과 숫자를 가지고 있었던
고대문명이 커다란 달력을 만들려고 저토록 힘을 들이지는
않았을 것이다. 서양사학자가 아니라 동양사학자들이
연구를 했다면 진작에 보다 근접한 해답이 나왔을 것 같다.
이곳의 고대문명은 서양보다는 동양에 가까운 것이므로.

제 8 장

마추픽추, 역사를 이어주는
통나무다리

한 가족이 미라가 되어 나란히 누워

아리카에서는 볼리비아 영사관에 가서 비자부터 받는다. 페루에서 볼리비아 비자를 받으려면 까다롭게 여러 가지 예방접종 증명서를 요구한다는데 여기서는 황열병 접종 카드조차 보자고 하지 않고 한 시간 만에 내준다.

국경 도시라 그런지 시내는 사람들로 북적인다. 물건을 수북이 쌓아놓은 시장도 활기에 차 있다. 바닷가에 붙은 어시장은 겨우 낮 12시가 넘었는데 이미 파장 분위기다.

할아버지 한 분이 커다란 솥 하나 가득히 소라를 삶아서 막 옮겨 담고 있다. 김이 무럭무럭 나는 소라를 바라보며 군침을 흘리자 할아버지가 말없이 한 개를 건네주신다. 할아버지는 한쪽 눈이 없으시다. 따뜻하고 고소한 소라의 꼬들꼬들한 맛이 정말 기막히다. 더 먹고 싶으나 돈을 안 받으니 더 달랄 수가 없다.

파장한 어시장의 상인 두엇이 즐겁게 웃으며 그런 나를 부른다. 그들은 가게 문을 닫고 한가롭게 맥주를 마시고 있던 중이다. 한 사내가 맥주를 가리키기에 머리를 끄덕이니 길을 건너가 맥주 한 캔을 가져오더니 잠시 기다리라고 한다. 돈을 주려고 해도 받지 않는다.

그는 곧 소라로 속을 넣은 튀김만두를 하나 들고 온다. 입안에서 녹는 듯 맛있다. 시원한 맥주에 고소한 소라 튀김 만두가 일품이다.

"굿! 정말 맛있다."

내가 엄지손가락을 세워보이자 사내는 주머니에서 뭔가를 꺼내 내게 권한다. 자세히 보니 마리화나, 즉 대마초다. 나는 그것을 하지 않는다고 하자 이상하다는 듯 쳐다본다.

앉은 자세로 굳은 미라 ◐

박물관에 전시된 각종 천

박물관의 각종 토기

"나는 한국 사람이다. 한국에서는 마리화나 피우지 않는다."

그들은 역시 이상하다고 생각하는 눈치였으나 개의치 않고 자기들끼리 나누어 피우면서 커다랗게 입을 벌리고 맑게 웃는다. 매우 행복한 표정이다.

멀리 부두에는 낡은 어선들이 먼지를 잔뜩 뒤집어쓰고 한쪽 구석에 몰려있다. 원래 이쪽 바다 지역은 볼리비아 영토였으나 1879년의 태평양 전쟁에서 칠레가 빼앗았다. 결국 볼리비아는 바다가 없는 고립된 나라가 되고 말았는데, 혹시 저 오래된 배들은 이전의 볼리비아 어선이 아닐까.

후에 확인을 했더니 내가 생각했던 대로 이곳에 계류되어 있는 배들은 볼리비아의 어선들이었다. 가련한 볼리비아는 땅도 빼앗기고 바다도 빼앗겨 배를 띄울 수 없게 된 것이다.

버스와 차비가 비슷한 콜렉티보 택시를 타고 '산 미겔 데 아사파' 박물관으로 향한다. 타라파카 대학에서 운영하는 이 박물관은 기원 전 7세기부터의 생활도구들을 차례대로 전시해두었다. 전시품들은 모두 눈에 익숙하다. 티베트나 네팔, 몽골의 박물관에 와 있다고 착각할 정도로 그곳 물건들과 흡사하다.

하지만 최고의 볼거리는 역시 약 6천 년에서 1만 년 전 것으로 추정되는 미라다. 이쪽 지역의 미라들은 일부러 만든 것이 아니라 메마른 사막 기후 때문에 땅속에 묻혀 자연적으로 건조된 것이다. 아직까지도 문양을 알아볼 수 있는 직물에 싸인 미라는 앉은 자세로 굳어 있다.

한 가족의 미라도 있다. 어른 부부 옆에 나란히 누워 있는 아이. 이들은 어떤 연유로 같은 날 같은 무덤에 묻히게 되었을까. 전쟁? 전염병?

프랑스 파리의 에펠 탑을 설계한 에펠이 설계했다는 '산 마르코스' 성당을 돌아보고 산으로 오른다. 바닷가에 접한 해발 110미터의 아리카 요새로 올라가기 위해서다.

도중의 한 구멍가게에 들러 갈증을 달래려고 '잉카콜라' 한 병을 사 마신다. 그런데 병을 자세히 보니 작은 글씨로 '코카콜라컴퍼니' 라고 씌어 있다. 놀라서 주인에게 물어보니 미국의 코카콜라에서 잉카콜라를 인수해버렸다는 거다.

10여 년 전 한국에 '독립콜라 8.15'가 나왔던 적이 있다. 콜라가 미국으로부터 독립했다고 사람들이 사 마시자 코카콜라가 횡포를 부리기 시작했다. 독립콜라를 파는 가게에서는 진열용 냉장고를 회수하겠다고 엄포를 놓았다. 가게의 냉장고는 모두 코카콜라에서 무상으로 대여해준 것이었다. 결국 콜라 독립은 실패해 '8.15'는 자취를 감추고 말았다.

그런데 페루의 잉카콜라가 세계에서 몇 안 되는 독립콜라의 명맥을 유지하며 코카콜라에 대항하더니 그나마도 오래가지 못하고 미국 대기업의 엄청난 힘에 밀려 넘어가고 만 것이다.

씁쓸한 마음으로 잉카콜라를 마저 마신다.

수줍어 버스도 못 세우는 산골 소녀

페루의 국경마을 타크나까지는 페루에서 넘어온 오래 된 승용차들이 버스와 비슷한 차비를 제시한다. 버스시간이 되려면 아직 한참 더 기다려야 했으므로 오래된 세단 승용차를 타고 가기로 한다.

나와 함께 탄 일가족은 칠레의 아리카에서 텔레비전 수상기를 사가는 모양이다. 수상기 박스에 붙은 한국 상표에 흐뭇해진다. 그러나 페루 국경에서 이것이 문제가 되어 아버지는 국경에 남고 가족들만 차를 타고 간다. 부디 빼앗기지 말아야할 텐데.

승용차는 조금 더 달려 언덕 위에 현대의 지상화들이 무수히 그려진 산 밑 터미널에 우리를 내려준다. 무더운 터미널 내부의 절반은 국경 무역을 하는 보따리장수들이 차지해 물건을 잔뜩 쌓아놓고 팔고 있다. 칠레 쪽 사람들이 물가가 싼 페루로 물건을 사러 오는 것이다.

일곱 시간 정도 걸린다는 아레키파행 버스는 모래 먼지를 날리며 사막을 달린

나를 태워준 낡은 세단

타크나 버스터미널의 절반을 차지한 보따리장수들

다. 이따금 모래산이 그대로 바다로 연결되어 운무에 둘러싸인 아스라한 흑백풍경 같은 느낌을 자아낸다.

수도 리마의 남동쪽 해발 2300미터의 고원에 있는 아레키파는 1540년에 스페인의 정복자 피사로가 잉카의 도시가 있던 곳에 건설했다. 응회암을 사용한 백색 건축물이 많아서 '시우다 드 블랑카(흰색 도시)'라고도 부르는 페루 남부의 문화와 종교의 중심이다.

사막을 지나 계곡을 한참 오르던 버스가 산정의 작은 마을에 멈춘다. 옹기종기 모여 앉은 인디오 아낙네들이 함지박을 앞에 두고 삶은 옥수수 등을 팔고 있고, 꼬마 아이들이 먹을 것이 든 봉투를 들고 버스로 달려든다.

그때 버스가 떠날세라 급히 올라타 옆자리에 앉은 까맣게 그을린 인디오 사내가 작은 봉투를 하나 사더니 머리를 아래로 숙이고 그야말로 허겁지겁 씹어 먹는다. 기름에 튀긴, 털이 숭숭한 어린애 주먹만 한 돼지고기 토막을 한순간에 뜯어먹고는 후식용 감자와 옥수수 토막을 씹더니 빈 봉투를 창밖으로 휙 내던지고는 바로 온몸을 등받이에 깊숙이 묻고는 잠에 빠져든다.

사내의 먹는 모습이 하도 맛있어 보여 나도 좌판의 아낙에게서 맥주 한 캔을 사고, 소년에게서 고기봉투를 사서 너무나 먹음직스러워 보이는 고기토막을 꺼내든다. 잔뜩 기대에 차서 먼저 맥주를 한 모금 마시고 털이 숭숭한 돼지고기 토막을 덥석 물었으나 아이고, 무안하게도 이빨이 들어가지 않는다. 재차 삼차 시도했으나 마찬가지라 결국 뜯기를 포기한다.

옆자리 사내의 얼굴을 힐끗 들여다보니 이미 깊은 잠 속으로 빠져들었다. 내 이빨이 부실한 건지 아니면 사내의 이빨이 센 건지 모르겠다. 토막을 봉투에 넣어 차창 밖에 지나치는 개를 기다렸다 던져주고는 맥주만 마신다.

버스가 평야로 내려오자 갑자기 버스 안이 술렁거린다. 차 안의 아낙네들은 버스의 구석구석으로 보퉁이를 감추기에 바쁘다. 저만치서 각종 총기로 무장한 국경 세관원들이 버스를 세운다. 차에 오른 그들은 너무나 당연하다는 듯 한마디 말도 없이 아낙네들이 감춘 보퉁이를 찾아내 창밖으로 마구 집어던진다. 버스의 트렁크를 열고서도 마구 집어내 던지고.

아낙네들은 그들의 물건을 집어던지는데도 안타까운 눈으로 그저 바라보기만 할 뿐 앞으로 나서거나 항의하는 사람이 없다. 집어던지는 검은 제복이나 빼앗기는 아낙네들이나 아무 말이 없다.

이윽고 빼앗길 것을 다 빼앗긴 버스가 출발한다. 버스가 출발하자 아낙네들은 여기저기에서 더 교묘하게 감춰둔 보퉁이들을 끄집어내 다시 갈무리한다. 대단하다. 그리고 보면 앞에서 빼앗긴 보퉁이들은 암묵적으로 세관원들에게 바치는 뇌물인지도 모르겠다. 그들이 군이 마음먹고 찾으려고 한다면야 버스 한 대쯤 제대로 뒤지는 것은 식은 죽 먹기 아니겠는가.

버스가 다시 작은 마을에 멈추어 선다. 유채꽃이 피어있는 색색의 작은 밭과 낮은 흙집들, 전통 복장의 인디오들은 인도 북부의 라다크 같은 전형적인 히말라야 인근 마을을 연상시킨다.

빵 파는 소녀들 몇이 올라온다. 빵 소쿠리를 안은 소녀들은 버스가 출발하기 전에 모두 내렸으나 소녀 하나가 뒷자리까지 빵을 팔러 들어갔다가 미처 내리지 못하고 버스가 출발한다. 소녀는 운전석과 승객석 사이를 막은 짙은 색 유리문 앞에 서서 문을 두드리지도 못하고 초조하게 망설이기만 한다.

지켜보는 내가 더 안타깝다. 이미 해거름인데 한적한 작은 마을에는 지나다니는 차도 보이지 않는다. 버스는 마을에서 점점 멀어져 돌산을 오르기 시작한다. 멀리 보이는 마을은 이미 수킬로미터는 멀어진 것 같다. 마침내 용기를 낸 소녀가 문을 두드리고 버스가 멈춘다.

소녀는 빵 소쿠리를 끼고서 땅거미 지는 산길을 타박거리며 버스가 지나온 길을 다시 걸어 내려간다. 마침 내려오는 트럭 한 대가 있어 행여나 고개를 창밖으로 빼어 내다보니 소녀가 손을 들었음에도 트럭은 서지 않고 소녀를 지나쳐 달려간다. 소녀는 다시 혼자 타박타박 걷는다. 참으로 숫기 없는 수줍은 산간처녀다. 돌산의 어깨너머로 동그스름한 달이 수줍게 빛을 내기 시작한다.

아레키파에서 여경에게 싼 숙소를 물어 하룻밤 자고 다음날 미국의 그랜드캐니언보다 웅장하다는 콜카 계곡을 가려고 했으나 버스가 이튿날에나 있다고 해서 나스카로 바로 올라간다. 하루쯤 더 묵는 것은 별 문제 아니지만 매표소 직원들이 퉁명스럽고 불친절해서 보고 싶은 마음이 사라진다.

가는 길가의 바다가 거칠게 우르릉거린다. 끝없이 이어진 사막 구릉 아래로 거친 바다가 밀려온다.

사막의 산을 뚫고 내려오는 길가에 마을이 있다. 넓게 펼쳐진 평원에 논을 만들고 모내기를 한다. 못줄을 잡고 있는 사람에 바지를 걷어올리고 줄 맞추어 모를 내는 사람들! 이제 한국에서는 보기 드문 그리운 풍경이 이곳에서 펼쳐지고 있다. 바다 쪽으로는 거친 태평양의 바람을 막기 위해 키 큰 방풍림이 조성되어 있다.

옆자리의 인디오 아이가 아까부터 계속 칭얼거린다. 버스가 휴게소에 서자 부부가 음식 한 접시를 사서 아이에게만 먹이고 자기들은 지켜보기만 한다. 가난한 부모의 마음이 고스란히 느껴진다. 아이가 음식을 남기자 부부가 함께 접시를 비운다. 우리네 옛날 시골장터 귀퉁이에서 만나는 한 장면 같다.

버스가 다시 바닷가 모래 언덕길을 돌아서자 잠시 햇살이 빛난다. 햇살을 받은 바다는 검은빛에서 다시 푸르게 돌아오는데, 지느러미 몇 개가 햇살에 물기를 반짝이며 바다를 가른다. 영화에서나 보던 상어들이다. 지느러미들은 나란히 간격을 맞춰 벼랑 밑 세찬 파도 근처를 빠르게 칼로 가르듯이 헤엄친다.

나스카 작은 마을에서 싼 숙소를 뒤져 방에 배낭을 내려놓고 밖으로 나오니 중앙광장에 사람들이 모여 있다. 의자에 앉거나 바닥에 퍼질러 앉아서 무대 위에서 사회자의 목소리가 울려나올 적마다 열심히 손에 든 쪽지에 온 신경을 모은다. 빙고 게임이다.

이튿날 아침 골목에는 길가까지 사람들이 테이블을 내다 놓고 아침을 먹는다. 김을 뿜어 올리는 커다란 통 안을 궁금해 하자 주인아저씨가 뚜껑을 열고 보여준다.

나스카라인

나스카라인 전망대에서 너무나 즐거워하는 원주민 소녀

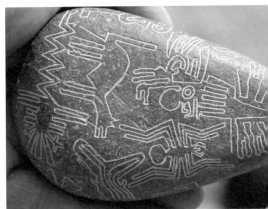

나스카라인 무늬가 그려진 돌들

말간 멸치가 바닥에 가라앉아 끓고 있다. '소파 데 마리스코', 즉 해산물 수프다.

　한 그릇에 1솔(약 300원) 하는 수프를 시키니 아저씨는 더운 국물에 멸치를 듬뿍 넣어주고 덤으로 만년필 크기의 생선 튀김까지 준다. 빨간 고춧가루가 있어 듬뿍 풀어 마시니 시원하고 개운하다. 섬진강가의 하동차부 앞 재첩국 못지않다. 금세 한 그릇을 들이켜자 아저씨가 사람 좋게 웃으며 한 국자 더 떠준다.

　내가 너무 맛있게 먹자 주위에서 바라보던 사람들이 모두 웃는다. 입가심으로 바로 옆에 있는 리어카에서 오렌지 주스 한 잔을 사 마신다. 역시 1솔. 소녀는 오렌지를 무려 일곱 개나 잘라 넣고 즙을 짜서 한 잔의 주스를 만들어 건네준다. 그리고는 아직 주스가 남아있는 통을 들고 내가 다 마시기를 기다린다. 덤을 주려는 거다. 참으로 넉넉한 인심이다.

　지상화는 이미 곳곳에서 많이 보았던 터라 나스카라인에서는 40달러를 받는 경비행기 투어를 자제하고 전망대에만 오른다. 입장료가 1솔인 전망대에는 원주민들이 몇 올라가 있다. 이곳에서 볼 수 있는 문양은 커다란 나무와 손 모양이다.

　이곳이 바로 오래 전에 《세계의 불가사의》라는 책에서 보고 신기해하던 바로 그곳이다. 이 라인을 수십 년이나 연구했다는 한 서양학자는 이 문양들을 달력이라고 정의했다는데, 내가 보기에는 기원 전 900년경에 형성되었다는 이 라인은 당시의 신전이거나 기원문 같다. 마땅히 신전을 지을 재료를 찾을 수 없는 사막의 모래평원에서 사람들이 찾아낸 방법 중의 하나일 것이다.

이미 나름의 발달된 과학과 숫자를 가지고 있었던 고대문명이 커다란 달력을 만들려고 저토록 힘을 들이지는 않았을 것이다. 서양사학자가 아니라 동양사학자들이 연구를 했다면 진작에 보다 근접한 해답이 나왔을 것 같다. 이곳의 고대문명은 서양보다는 동양에 가까운 것이므로.

페루의 수도 리마는 '왕들의 도읍'

해질녘 도착한 페루의 수도 리마는 대도시답게 소란스럽다. 몰려다니는 인파와 차량들의 경적 소리로 정신을 차리기가 힘들다. 매캐한 매연으로 공기마저 탁해 숨쉬기도 답답하다.

리마의 중심광장은 유네스코의 세계문화유산으로 등록되어 있다. 스페인 식민지의 일반적인 모습인 콜로니얼풍 거리에는 돌로 지은 오래 된 성당과 정부청사 건물이 거대하고, 주변 건물들도 그에 조화를 맞춰 고색이 창연하다.

페루 중앙부 태평양 연안에 면한 리마는 정말 아름다운 고도(古都)다. 1535년 스페인의 피사로에 의해 '왕들의 도읍'으로 건설되어, 19세기 초 남아메리카 각국이 스페인으로부터 독립할 때까지 전 스페인 영토의 주도(主都)가 되었다.

리마에도 한국인 거리가 있다고 해서 택시를 타고 찾아간다. 이곳 택시는 거의 가 한국산 소형 승용차 티코다. 한국 차가 반갑긴 하지만 운전사들은 이 소형차를 마치 경주용 자동차처럼 몬다. 수시로 기어를 바꿔가며 복잡한 거리를 지그재그로 뚫고 가는데, 콰르릉거리며 순간가속을 해서 평균시속 100킬로미터 이상으로 달린다. 게다가 운전사의 입에서는 술냄새까지 풍긴다. 우리의 소형차 티코가 이렇게 성

능 좋게 잘 달리는 차인 줄은 미처 몰랐다.

한국도 마찬가지지만 이곳 택시는 적은 수입에 시간제라 빨리 달릴 수밖에 없다고 한다.

10여 년 전 잠시 돈도 벌고 세상을 배울 겸 택시운전 아르바이트를 하던 생각이 난다. 화장실 가는 시간이 아까워 용변도 참아가며 하루 열두 시간 이상을 달렸다. 새벽에 손님을 태우고 120킬로미터 이상으로 강변도로를 달리며 졸음운전을 한적도 있다. 순간순간 아찔하긴 했지만 멈출 수는 없었다.

한밤이 되면 하루에 한 번 꼴로 취객과 실랑이를 벌였다. 석 달 동안 택시 운전을 하면서 우리 사회와 사람들을 조금은 폭넓게 알 수 있었다.

한국인 거리에는 다른 도시와 마찬가지로 한글 간판들이 몇 개 보이고 그 가운데 한국식당이 있다. 꽤 규모가 큰 식당에서 몇 사람이 불고기를 먹는다. 한편에 앉아 가장 싼 라면과 공깃밥에 소주 한 병을 마시고 나온다.

중심광장의 대통령 관저에서 국기 하강식을 한다. 대통령 내외와 정부 요인들이 건물 현관에 나와 서있고 국기 하강에 맞춰 군악대가 연주를 한다. 첫 곡은 '엘 콘도르파사', 두 번째 곡은 '크리스마스 캐럴', 마지막 세 번째 곡은 영화 〈타이타

리마의 거리. 택시는 모두 한국산 소형차 티코

페루 대통령궁

리마 대성당 정문 위의 조각

리마 시청. 노란색이 신선하다.

리마 대성당

닉〉의 주제가다. 담장 울타리 밖에는 일반 시민들이 구경을 한다. 캐롤송과 타이타닉의 주제가를 들으며 대통령 내외와 요인들이 담장 밖의 시민들에게 우아하게 손을 흔든다.

총 든 군인 180명에게 무너진 황금 왕국

리마를 떠난 버스는 스물한 시간 걸려 쿠스코 시내가 한눈에 내려다보이는 산중턱의 버스터미널에 도착한다. 첩첩산중에 들어있는 쿠스코 시내는 산 위의 터미널에서 보니 온통 진한 황토빛의 기와지붕으로 평화롭게 이어진 항아리 속의 분지다. 얼른 보기에도 지형 자체가 성이며 요새다.

중앙 광장으로 나가는 골목길은 잉카시대에 쌓은 유명한 돌담길이다. 어떻게 쌓았는지 투박하고 자연스러우면서도 한 치의 빈틈이 없다. 심지어 종이 한 장 들어

원주민 여자들

쿠스코 시내의 잉카시대에 쌓은 돌담길

종이 한 장 들어갈 틈이 없는 돌담

잉카의 신전을 허물고 그 석축 위에 지은 스페인 성당 산토도밍고에서 미사를 마친 신도들이 나오고 있다.

갈 틈도 없다. 신기하고 황홀하다. 현대의 어떤 첨단 기계로도 절대 저런 식으로 치밀하게 쌓을 수는 없을 것 같다.

돌담길 아래 한쪽 방향으로 흐르는 수로는 귀퉁이를 돌아서며 돌 밑으로 파놓은 물길을 따라 또 어디론가 흘러간다.

마침내 나는 그렇게도 와보고 싶어 하던 잉카라는 신비의 왕국 한귀퉁이를 서성이게 된 것이다.

광장에는 커다란 성당과 오래 된 건물들이 둘러싸고 있다. 매연과 소음, 인파로 복잡한 리마와는 달리 이곳은 푸른 하늘과 돌, 황토 흙빛이 어우러져 여유 있고 평화롭다. 곳곳에 카메라를 든 관광객들이 보인다.

그러나 이 장소에서 그동안 얼마나 많은 눈물과 피가 흐르고 살육과 약탈이 자행되었는지를 돌이켜보면 마냥 평화로울 수만은 없다. 대성당의 제단과 벽면을 장식한 찬란한 황금 보석들은 스페인 침략자들이 이곳 잉카의 왕궁과 신전의 것들을 빼앗아, 자기들의 신을 위해 녹여 새로 만든 것이다.

잉카의 황금 유물을 약탈한 침략자들은 그것을 녹여 금괴로 만들어서 본국으로 보냈다. 그리고도 황금 유물이 더 있을 것이라 생각하고 황제를 감금하고서 그 방을 가득 채울 황금을 가져오라고 협박했다. 그러자 백성들이 모두 나서서 금을 모아 그 방을 가득 채워주었지만 그들은 결국 황제를 학살하고 말았다.

스페인 군대의 침략 전에 이 땅의 왕국들 간에는 전쟁에서도 지켜야 할 룰이 있었다고 한다. 싸우다가도 밤이 되면 자러 가고, 농사철이 되면 농사를 먼저 짓는다는 평화의 룰이었다.

이런 민족이었으므로 평화적인 아무런 규칙도 없이 침략한 서양의 야만적인 총칼 앞에서는 어떻게 대처해야 할지 방법을 몰랐던 것이다.

잉카는 참으로 어처구니없이 무너졌다. 스페인 정복자 프란시스코 피사로가 군인 180명과 말 스물일곱 마리를 이끌고 오자 아타왈파 황제의 근위대 5천 명은 난생 처음 보는 이상한 짐승과 천둥소리를 내는 총에 놀라 무릎을 꿇었다.

산 위 버스터미널에서 내려다본 쿠스코

성당 앞 광장에서 벌어진 주민들의 축제

1531년 11월 16일, 피사로는 스페인 왕의 사절로 왔다고 속이고 방심한 아타왈파 황제를 만났다. 황제의 근위병들은 무기를 들지 않은 맨손이었다. 스페인 종군 신부가 성경을 펴들고 황제에게 요구했다.

"여기에 손을 얹고 하나님과 스페인 왕에게 충성을 맹세하라."

그러나 황제는 성경을 내동댕이쳤다. 그러자 기다렸다는 듯이 스페인 군의 총이 일제히 불을 뿜었고 기병들이 말을 몰고 짓쳐 나왔다.

사로잡힌 황제는 기독교도가 되겠다고 애원해 겨우 화형을 면하고 목 졸려 죽었다. 슬픔에 젖은 잉카인들은 분노에 떨며 뿔뿔이 흩어져 밀림으로 숨었다.

피사로가 쿠스코를 점령했을 때 태양의 신전 돌 벽에는 황금덩어리가 박혀 있었고 해와 달, 별의 제단에는 황금이 두껍게 입혀 있었다. 또 황금으로 만든 황제의 상이 18개나 되었다고 한다.

잉카인들에게는 문자와 바퀴, 쇠와 화약이 없었다고 침략자들은 전했다. 하지만 문자가 없었다는 사실은 믿기지 않는다. 4천 년 이상 찬란한 문명을 꽃피우고, 강한 군대와 법률을 유지한 제국에 문자가 없었다는 것은 침략자들의 조작이라는 의혹이 생긴다.

후에 나는 전혀 의외의 곳인 캐리비언 바닷가 섬에서 마야와도 연결된 잉카의 후예들을 보았으며 그들이 가지고 있는 고대의 숫자로 된 도식 표를 보게 되었다. 그것은 과학적으로 모든 숫자를 표기하고 읽을 수 있도록 되어 있었다.

하지만 이런 것들은 스페인 군대에 의해 모두 불태워졌다. 지상화 같은 상형문자와 조각도형 그리고 우주의 운행 이치를 아는 제례 주제인 등은 모두 없애고 죽여 그 맥을 끊었다.

잉카인들이 그들의 으뜸 신인 태양을 닮은 바퀴를 사용하지 않았다는 것은 충분히 이해가 되는 일이고, 화약이 없었다는 것은 그 필요성을 느끼지 못했기 때문일

잉카시대의 농업연구소

옛 모습 그대로 소를 몰아
밭을 가는 농부 가족

318···마추픽추, 역사를 이어주는 통나무다리

것이다.

하지만 잉카 제국은 태평양 연안과 안데스산맥을 따라 남북을 관통하는 2만 킬로미터나 되는 잉카 로드를 만들어 광대한 영토를 다스렸다. 황제의 명령은 백성 모두에게 고루 미쳐 새 한 마리도 황제의 명령 없이는 날지 않았다고 한다.

잉카인이 돌을 다룬 기술은 신기에 가까웠다. 그들은 20톤이나 되는 돌을 바위산에서 잘라내 수십 킬로미터 떨어진 산 위로 날라다가 신전과 집을 지으면서 한 치의 틈도 없었다. 평야가 적었지만 산비탈을 계단처럼 깎고 옥수수를 경작해 넉넉히 먹고 살았고, 구리를 쇠만큼 단단하게 제련해냈다.

그런데도 전쟁의 기술을 몰라 정복당한 원주민들은 침략자들에게 온갖 물산과 보화를 약탈당하고, 왕국과 더불어 멸망하고 말았다. 그 이후에도 약탈자들은 카리브 해와 아마존 유역 인디오들의 씨를 말릴 정도로 살육을 자행했다.

아마존의 인디오들은 문명 세계와 동떨어져 살아온 덕분에 인간이 애초에 간직했던 착하고 순박한 마음씨를 그대로 지녀왔다. 무더위와 폭우, 맹수, 독벌레 등 혹독한 자연 환경에 시달리면서도 나름의 방식으로 생존해온 이들에게 불행이 닥친 것은 소위 문명인이라는 유럽인들을 만나면서부터였다.

백인들은 밀림에 고무농장을 세우고 인간 사냥꾼을 동원해 인디오를 마구 잡아들였다. 인디오들은 제대로 먹지도 못한 채, 띄엄띄엄 떨어져 있는 고무나무에서 즙을 받으려고 날마다 수십 킬로미터씩 밀림을 뛰어다니다 죽어갔다. 백인들은 이들을 채찍으로 갈기거나 맹수와 독사가 들끓는 곳에서 며칠씩 나무에 묶어두었다.

농장주들은 파티를 할 때 인디오를 나무에 묶어 표적으로 삼고 총을 쏘면서 즐겼다. 모기약이라고 속여 인디오의 몸에 석유를 바르게 하고는 불을 붙여 타죽는 모습을 구경하기도 했다.

참으로 지구상에서 가장 잔학한 동물은 인간이며 그중에서도 아메리카 대륙을 휩쓴 유럽의 침략자들이 아닌가 싶다.

마추픽추는 잉카 이전 시대의 유물

관광열차로 도착한 아과수 깔리엔떼스에는 비가 내린다. 이곳에서 하룻밤을 지내고 내일 마추픽추에 오를 생각이다. 이곳 이름은 '뜨거운 물'이라는 뜻으로 즉 온천이다. 기차역을 나오자마자 바로 눈앞에 높이 솟은 뾰족한 산들이 눈을 어질어질하게 한다.

산골짜기 마을이 촉촉이 비에 젖어 고즈넉하다. 쿠스코에서 만났던 학생을 길에서 다시 만나 같이 마을 위쪽의 온천으로 간다. 계곡 안쪽에 깊숙이 숨은 노천온천에는 이미 10여 명이 들어있다. 물은 그리 뜨겁지 않고 따뜻하다. 입구의 미니바에서 피스코샤워 한 잔을 독하게 타달라고 부탁해 한 모금 들이켜니 짜릿한 술기운이 온몸으로 퍼진다.

따뜻한 온천물에 들어앉아 아스라한 산골짜기에 땅거미가 내려앉는 걸 본다. 평화스럽다. 이미 지나간 일이기는 하지만 쫓고 쫓기던 치열한 생존의 장소에 와서 온천물에 몸을 담그고서 아이러니컬하게도 나는 지금 평화를 느끼고 있는 것이다.

관광객을 실은 버스는 우르밤바 강을 끼고 10여 분 달리다가 바로 산봉을 향해 지그재그로 오르더니 산봉의 허리를 타고 한참을 달려 주차장에 멈춘다. 산 아래에서는 보이지 않는 신비의 공중도시 마추픽추가 봉우리 안에 감춰져있다.

계단식 밭과 유적지로 나뉘는 갈림길 언덕에 서니 사진으로만 보던 풍경이 신비롭게 눈앞에 펼쳐진다. 우이아나픽추 봉우리 아래에 돌로 지은 건물들이 세월의 풍상을 이겨내고 햇빛 아래 반짝인다.

잠시 언덕에 앉아 이 땅의 지난 세월을 가늠해본다.

'나이 든 봉우리'라는 뜻의 마추픽추는 1534년 정복자인 스페인 군대에 저항

마추픽추로 가는 산간마을 이과수 깔리엔떼스에는 비가 내리고 ◐

산꼭대기 도시 마추픽추

마추픽추로 가는 길을 이어주는 통나무다리

322···마추픽추, 역사를 이어주는 통나무다리

하던 잉카제국의 만코 2세를 비롯해 그 이후의 사이리 토파크, 티투 쿠시, 토파크 아마르 등의 황제가 거점으로 삼았던 성채도시로 추정된다.

우르밤바 계곡지대의 해발 2280미터 봉우리 정상에 있는 도시의 총면적은 5제곱킬로미터. 그 절반에 해당하는 비탈면은 계단식 밭이고, 서쪽의 시가지에는 신전과 궁전, 주민 거주지 구역이 있으며 그 주위를 성벽으로 둘러쌌다.

200톤이 넘는 거석과 정교한 다면체로 쌓아올린 태양의 신전, 주신전 등은 잉카시대에 만들어진 것이 아니라 건축기술이 고도로 발달한 고대 사람들의 작품이다. 후대의 잉카인들도 고대인들만은 못하지만 나름대로의 기술로 고유의 건조물을 세웠다.

사람의 발길이 닿지 않는 안데스산맥 중턱에 만여 명이 살 수 있는 비밀 도시가 있었다니! 길이가 수백 미터나 되는 축대를 100개나 쌓고, 거기에 흰 화강암을 빈틈없이 이어 쌓은 벽과 집들. 샘에서 물을 끌어오고, 계단식 밭을 일구어 외부의 도움 없이 살 수 있도록 신전과 묘지까지도 갖춘 완벽한 도시.

그곳에 살던 사람들은 바깥세상과 소식을 끊은 채 수십 년 동안 살다가 늙어 죽

마추픽추의 계단식 밭

성벽 안의 샘

성벽에는 활을 쏘는 구멍이

은 듯했다. 어떤 군대라도 막아낼 수 있도록 3면이 낭떠러지인 이 요새는 그 뒤로도 400년 동안이나 사람 그림자가 얼씬하지 못한 채 두꺼운 이끼에 덮여 있었다.

1911년, 미국 예일대학에서 라틴아메리카 역사를 가르치던 하이럼 빙엄이 마추픽추를 세상에 알리자 사람들은 이곳을 잉카의 마지막 수도인 '황금의 도시' 빌카밤바라고 믿었다.

그러나 마추픽추는 잉카인이 처음 세운 도시는 아니었다. 빙엄의 발굴보고서에도 잉카시대 이전의 옹기와 접시가 많다고 되어 있지만, 뒤에 조사를 해보니 서기 800년에 정착해 산 사람들이 있었다. 잉카 이전에 세워져 버려졌던 마추픽추를 쫓기던 만코 2세가 다시 건설한 것이다.

갈림길에서 만난 한국 학생들과 '잉카의 다리'를 보러 간다. 계단식 밭들이 내려다보이는 능선 길을 따라 20여 분 오르자 절벽이 나타난다.

"아!"

저절로 탄성이 나온다. 깎아지른 절벽에 30여 미터 길이의 통나무 두 개가 걸쳐져, 아득한 절벽의 이쪽과 저쪽을 한 사람이 간신히 지나가도록 연결시켜 놓았다.

저 다리를 무심코 건너다가는 절벽을 쳐 오르는 바람에 천 길 낭떠러지로 떨어지기 십상이다. 아슬아슬한 것은 다리뿐만 아니라 절벽의 틈을 깎아내 만든 좁은 길도 마찬가지다.

잉카인들은 민첩하지 못한 노인과 아녀자들을 스스로 죽여 묻고는 저 다리를 타고 어디론가 비밀 도시를 만들기 위해 사라져간 것이다. 유럽인들이 그리도 군침을 줄줄 흘리는 황금유물을 짊어지고서.

우리가 잘 아는 노래 '엘 콘도르 파사' 는 원래 이 지역에서 내려오던 구전 노래로 떠나간 잉카의 후예들을 기리는 것이다.

광장은 태양의 신전을 중심으로 계급에 따른 주거지와 제사장의 방, 그 외의 신전들로 이루어져 있다. 건물에 붙어 욕실과 우물이 있다. 돌을 파서 만든 홈으로는 어디서 끌어오는지 아직도 물이 뿜어져 나온다.

성벽 속의 문

계곡이 한눈에 내려다보이는 곳에 성곽이 쌓여 있다. 역시 빈틈없이 쌓여진 성곽에는 곳곳에 무기를 쏘거나 던질 수 있도록 경사면으로 창구멍이 뚫려있다. 잔혹한 스페인 군대마저 이곳을 찾지 못했으니, 동시대의 다른 왕국 군대는 절대 이곳을 함락시키지 못했을 것이다.

내려오는 길은 가파른 계단이다. 계단이 많아 다 내려왔을 때는 다리가 후들거린다. 강을 따라 걸으니 거대한 바위산을 쪼개어 돌들을 잘라낸 흔적이 남아

나무를 박아 돌을 갈라낸 바위

있다. 널찍한 바위 판에 나무 쐐기를 박아 넣어 돌을 갈라낸 홈이 패어 있다. 여기서 바위를 쪼개 산중턱까지 어떻게 날랐을까 신기하기만 하다.

아과수 깔리엔떼스로 돌아와 시장 앞 좌판에 앉아 이곳 강에서 잡은 트루차(무지개송어) 구이에 와인을 한 잔 마시고 쿠스코로 돌아오는 기차를 탄다. 관광열차는 다시 지그재그로 산을 올라 달린다.

사라진 전사들의 또 다른 공중도시, 비밀의 빌카밤바는 과연 어디일까?

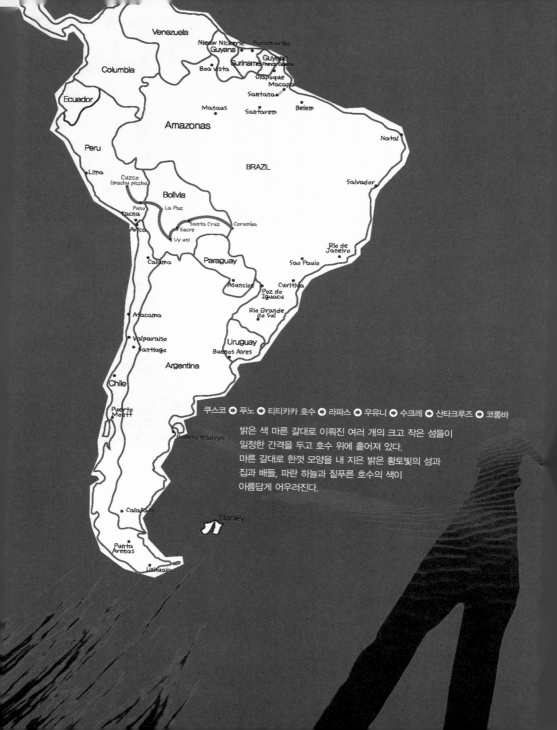

쿠스코 ◐ 푸노 ◐ 티티카카 호수 ◐ 라파스 ◐ 우유니 ◐ 수크레 ◐ 산타크루즈 ◐ 코룸바

밝은 색 마른 갈대로 이뤄진 여러 개의 크고 작은 섬들이
일정한 간격을 두고 호수 위에 흩어져 있다.
마른 갈대로 한껏 모양을 내 지은 밝은 황토빛의 섬과
집과 배들, 파란 하늘과 짙푸른 호수의 색이
아름답게 어우러진다.

제 **9** 장

티티카카 호수,
쫓겨난 사람들의 터전

척박한 갈대 섬에서도 평화로운 삶

쿠스코를 거쳐 이튿날 해거름에 도착한 푸노는 사람들로 붐빈다. 중절모를 쓰고 알파카 털로 짠 판초를 걸친 인디오들과 배낭을 멘 여행자들이 뒤섞여 골목을 가득 채우고 있다.

안데스 산맥의 해발 4천 미터에 육박하는 이 도시는 티티카카 호수로 가는 길목이다. 정확히 해발 3812미터에 위치한 티티카카는 배가 다니는 호수로는 세계 최고로 높은 곳에 있다. 면적이 8300제곱킬로미터.

배가 호수를 미끄러져 도시에서 가까운 탁한 물을 지나자 이내 물은 화창한 태양 아래 투명한 푸른빛으로 빛난다. 페루와 볼리비아의 국경을 이루는 거대한 바다 같은 티티카카에는 잉카제국의 초대 황제 만코 카파크가 여동생 마마 오크료와 함께 이 호수에 있는 '태양의 섬'에 강림했다는 오랜 신화가 오늘날에도 살아 숨 쉬고 있다.

안데스의 고산족 아이마라의 삶의 터전이자 잉카의 후예들인 남미 인디오들의 정신적 고향인 티티카카는 아이미라어로 '빛나는 돌'이라는 뜻이라는데, 안데스 산맥에서 눈 녹은 물이 27개의 강을 타고 흘러 한 군데로 모인 것이다. 주변에는 잉카 문명 이전에 존재했던 티와나코 문명의 고대 유적이 산재해 있다.

호수는 절반 정도가 볼리비아 영토로 볼리비아의 해군과 군함이 있다. 19세기 말 볼리비아와 칠레는 화약의 원료가 되는 초석 광산의 소유권을 놓고 태평양 전쟁을 벌였다. 여기서 패한 볼리비아는 태평양으로 가는 길목과 항구도시 아리카를 빼앗기고 칠레와 페루, 에콰도르에 둘러싸인 내륙국가로 전락하고 말았다.

볼리비아 국민은 전쟁이 끝난 지 120년이 지난 지금까지도 세상에서 칠레를 가장 미워하면서 산상호수 티티카카에서 해군을 기르며 언젠가는 빼앗긴 땅을 되찾아 태평양으로 진출하고야 말겠다는 염원을 다지고 있는 것이다.

티티카카 호수로 들어가는 길목

섬사람들의 교통수단인 갈대배

섬의 집과 주민들. 여자들의 복장이 독특하다.

물새와 섬 주민

직접 만든 토산품을 파는 여자들

갈대집 안

집 옆에서 놀고 있는 아이들

집 뒤에 놓인 단출한 부엌살림

‘토토라’라고 불리는 갈대의 숲 사이로 수로가 나타난다. 투명한 맑은 물속에 갈대의 뿌리가 엉켜서 떠있는 게 들여다보인다. 이따금씩 배의 프로펠러가 물속으로 가라앉은 뿌리 부분을 건드리자 ‘탁!’ 하는 소리와 함께 배의 뒤쪽으로 흙탕물이 밀려간다.

밝은 색 마른 갈대로 이뤄진 여러 개의 크고 작은 섬들이 일정한 간격을 두고 호수 위에 흩어져 있다. 마른 갈대로 한껏 모양을 내 지은 밝은 황토빛 섬과 집과 배들, 파란 하늘과 짙푸른 호수의 색이 아름답게 어우러진다.

작은 섬으로 배가 다가가자 한가롭던 섬 위의 주민들이 분주해진다. 섬에는 집이라기보다 방이라고 표현해야 할 것 같은 작은 집들 몇 채와 한쪽 귀퉁이에 7~8미터의 망루가 있다. 원색의 인디오 복장을 한 아낙네들이 급히 섬 마당에 펼쳐둔 기념품들을 덮은 보자기를 걷어내고 자리를 잡는다.

섬의 가장인 듯한 사내의 손을 잡고 뛰어내리니 섬 바닥의 갈대 속으로 발목이 푹 빠지며 물기에 젖는다. 마당에 둘러앉아 사내와 가이드의 설명을 듣는데 옆에서 긴 부리의 하얀색 두루미가 그릇에 담긴 물고기를 노리고 주변을 배회한다. 물고기는 10여 센티미터 정도로 메기를 닮은 카라치와 송어를 닮은 트루차라고 한다.

설명이 다소 길어지자 두루미는 사내 옆으로 몰래 다가가 그중 한 마리를 잽싸게 꿀꺽 삼켜버린다. 잠시 뒤 설명이 끝난 후에는 물고기가 담긴 그릇은 온전히 두루미의 몫이 된다. 섬사람들의 여유가 엿보인다.

이곳 ‘우로스’ 섬은 잉카시대에 천민으로 쫓겨난 사람들과 스페인 침략 이후 내쳐진 사람들이 호수에 갈대로 섬을 만들어 살기 시작했다. 이들을 ‘우로스 족’이라고 부른다고 한다. 섬 가운데 팬 구멍으로 돌을 매단 줄을 집어넣어 깊이를 보여주는데 바닥까지는 15미터쯤 된다. 섬 바닥인 갈대는 약 3미터 두께이고.

이들의 살림살이는 아주 간단하다. 방안을 들여다보니 선반에 올려둔 라디오 하나와 그릇 몇 개, 옷가지 몇 벌이 전부다. 그런데도 자신들이 직접 만든 기념품을 파는 아낙네들의 얼굴에는 근심스러운 빛이 없다. 기념품은 실로 엮어 만든 반지 같

수초를 엮어 섬을 만들고 그 위에 떠있는 집과 사람들

은 간단한 것들인데 나로서는 살 만한 게 없다.

갈대로 만든 배를 타고 다른 섬으로 가는데 배를 슬쩍 들춰 안쪽을 보니 빈 플라스틱 물병들이 가득 연결되어 있다. 겉은 갈대배이지만 속은 플라스틱 배인 것이다. 현대문명과 현실적 타협을 한 것이다.

가이드가 농담을 건넨다.

"이 배는 유럽인들은 25명, 중국과 일본, 한국 사람은 45명까지 태울 수 있다."

농담이긴 하지만 슬쩍 미간이 찌푸려진다.

노를 저어 도착한 제법 큰 섬에는 마당 가운데 그물을 친 연못까지 있다. 연못에서는 호수에서 잡아 가두어둔 물고기들이 뛰어오른다. 망루며 배며 지붕이며 솜씨를 부려 여러 가지 모양을 만들었다.

우로스 섬을 빠져나온 배는 푸른 바다 같은 호수를 미끄러진다. 백두산보다 훨씬 높고, 고산병이 걸릴 수 있는 고도보다도 높은 해발 4천 미터의 산속에 바다 아닌 바다가 펼쳐져 있다. 따가운 태양을 받으며 일행이 된 대학생들과 상갑판에 앉아 아침에 미리 사온 와인을 한 잔씩 나눈다.

배는 세 시간여를 달려 오늘의 숙박지인 아만타니 섬에 닿는다. 부두에는 우리를 맞아들이기 위해 주민들이 모여 있다가 빙 둘러 회의를 하더니 이내 배정을 끝냈는지 각자 한두 명씩 이끌고 언덕을 오른다. 원색의 인디오 옷을 입은 아낙네들은 언덕과 산길을 오르면서도 쉬지 않고 실을 잣거나 뜨개질을 한다.

마침 오늘이 무슨 축제일인 듯 온 마을 사람들이 운동장에 모여 먹고 마시며 춤을 추고 있다. 나를 데리고 가는 사내에게 물으니 족장 선거가 끝나 족장으로 선출된 사람이 벌이는 잔치라고 한다. 그 족장은 이전에도 족장이었다고 한다.

사람들은 이미 많이 취한 듯하고, 각종 악기 소리로 작은 섬이 떠나갈 듯하다. 언덕을 오르는데 힘이 든다. 고도를 보니 4천 미터가 넘는다. 잠시 배낭을 내려놓고 쉬는데 눈앞이 핑 돌며 현기증이 난다. 집주인 사내가 길가에서 '문디'라 부르는 키 낮은 풀을 따서는 코로 맡으라고 건네준다. 풀은 시원한 민트향을 내며 가슴을 진정

아만타니 섬에서 관광객을 맞아주는 주민들

경축행사에 참여해 학교에 모여 즐기는 주민들

시켜준다.

높은 고도에 따가운 햇볕과 낮에 마신 와인 때문이겠지만 헐떡거리는 내 자신이 창피하다. 술을 줄여야겠다!

각자 배정된 집에서 점심을 먹고 일행은 다시 모여 산정의 유적지로 향한다. 화산석으로 쌓은 유적지는 약 2천 년 전의 것으로 추정되는 신전인데 규모가 매우 크다. 정상의 신전에 서서 저녁 무렵의 호수와 섬을 내려다본다. 호수 너머로는 멀리 산맥이 이어지며, 그 가운데 하얀 눈을 머리에 인 산 하나가 우뚝 솟아있다.

숙소 주방은 연기로 가득 차있다. 좁은 주방 한편에서는 주인 사내의 어머니가 불을 지피고는 저녁 준비를 한다. 타닥거리며 타오르는 불꽃 위에 걸려있는 철판과 냄비가 너무나 정겹고도 눈에 익은 풍경이다. 티베트나 네팔 고산족의 부엌 모습과 똑같고, 내가 살던 강원도 산골 집과도 흡사하다.

마을 강당에 내려오니 여행객들이 인디오 복장을 하고 원주민들과 어울려 춤을 추고 있다. 그들의 손에는 맥주가 한 병씩 들려 있고, 무대에서는 원주민 청년들이 인디오 음악을 연주한다. 춤은 포크댄스와 인디오 춤이 섞여 있다. 마땅한 관광 수입원이 없는 섬의 주민들이 고안해낸 새로운 수익사업이란다.

한바탕 춤을 추고 나자 연주를 마친 청년들의 모자 하나가 사람들 사이로 돌려진다.

해발 3650미터, 세계에서 가장 높은 수도

이튿날 정겨운 원주민들과 작별한 배는 한 시간 거리의 타킬레 섬으로 향한다. 멀리 보이는 설산이 간밤에 눈이 내린 듯 더욱 하얗다.

섬에 도착해 가파른 계단을 따라 마을로 오르니 머리띠로 물건을 지고 나르는 원주민들이 마주오며 인사를 한다.

섬은 정말 아름답다. 시리도록 짙푸른 호수에 떠있는 섬에는 각종 작물이 잘 가꾸어진 밭들이 색색의 조각보를 덮어 놓은 듯 빛나는데, 이것이 황토 벽돌로 지은 집들과 어우러져 빌 곳은 비우고 채울 곳은 채운 한 폭의 수채화를 그려낸다.

마을로 들어서는 입구에는 돌담을 따라 절의 일주문 같은 문이 세워져 있다. 그 위에 올려져있는 십자가 모양을 보고 다시 낮은 탄성을 지른다. 가운데의 십자가를 호위하고 있는 양쪽의 돌로 된 사람 형상이 영락없는 제주도의 하루방 모습이다. 하루방은 몽골에도 있다.

수천 년 역사를 가진 이곳에 외래 종교가 전해져 강압적으로 들어오긴 했으나 전통신앙의 명맥이 외래종교 안에 녹아 흐르고 있는 것이다.

이 섬은 50여 년 전까지는 페루의 정치범 수용소였다고 한다. 아름다운 섬이지만 감옥으로도 천혜의 조건을 갖춘 곳임에 틀림없다.

상점에서는 이곳에서 짠 직물들을 팔고 있다. 색색가지 털실로 짠 직물들 역시 네팔의 트레킹 길에서 만났던 직물들과 모양과 쓰임새는 물론이고 문양과 색 배합까지 똑같다. 바로 종족의 뿌리가 같기 때문이다.

광장 한편에서는 어린 꼬마아이들이 구걸을 하고 있고, 다른 한쪽에서는 똑같은 모습의 어린이들이 티없이 깔깔거리며 공놀이를 하고 있다.

서양 여자여행자 하나가 그런 아이들을 카메라에 담고 동전을 쥐어준다. 원주민 아이들을 순간적으로 걸인으로 만드는 것이다. 나는 돈을 건네준 서양 여행자를 흘겨본다. 그녀는 자신이 뭘 잘못했는지 모르는 모양으로 내 시선에 뒤통수를 긁적인다.

푸노를 출발한 버스는 다시 호수를 끼고 산길을 오른다. 5천 미터가 넘는 설산들이 머리에 흰눈을 이고 좌우에서 호위해준다. 계곡에는 역시 빈틈없는 밭들이 조각보를 덮어쓴 듯 햇살 아래 색색으로 빛난다.

중간 중간 유채꽃이 밭 하나 가득 노랗게 피어있다. 이곳은 해마다 작물을 바꾸어 농사를 짓는다고 한다. 그렇게 몇 년이 지나면 한 해 정도 휴경으로 지력을 회복하고.

며칠 전 이곳 산맥을 넘던 버스가 낭떠러지에서 굴러, 타고 있던 승객이 모두 사망한 사고가 있었다는 말을 들으며 버스는 해발 4천 미터가 넘는 산들을 넘어 볼리비아 국경에 도착한다.

나는 국경마을 코파카바나에서 볼리비아 버스로 갈아타야 한다. 버스는 배로 호수를 건너 다시 아슬아슬한 능선 길을 빠르게 달려 내려간다. 곳곳의 산정에 잉카 이전 시대의 돌로 된 유적지들이 소박하게 자리 잡고 있다. 이미 2천 년 전에 쌓은 담장들이다.

이윽고 버스는 절구형인 라파스 시내가 한눈에 내려다보이는 언덕을 넘는다. 하나둘씩 밝혀지기 시작한 초저녁 불빛들로 라파스 시내가 아름답게 반짝거린다.

해발 3650미터인 라파스는 세계에서 가장 높은 곳에 자리 잡은 수도다. 라다크의 레나 티베트의 라사보다 50미터 더 높다. 볼리비아 헌법상의 수도는 수크레이지만 라파스는 사실상의 수도이자 최대의 도시로 정치와 문화, 경제의 중심지다. 시가지는 티티카카 호수에서 흘러내리는 라파스 강 연변의 분지에 발달되었으며, 순수한 인디오가 주민의 반을 차지한다.

온통 흙벽돌의 황토빛 일색인 라파스 시내의 좁은 골목길을 차지한 시장은 규모가 상당히 크다. 상가 앞에 웅크리고 앉은 인디오 상인들은 길가까지 물건을 쌓아 두고 손님을 기다린다. 먹을것을 담은 함지박을 앞에 둔 여인은 길에 아무렇게나 서서 음식을 먹는 사람들에 둘러싸여 있다.

국수며 밥, 고기 등이 우리 입맛에도 맞을 듯해서 사람들 틈바구니를 비집고 들어가 국수 한 그릇을 먹어본다. 그럭저럭 얼큰해 먹을 만한데 너무 불어터졌다.

이곳에서 카메라로 사람을 겨냥하면 하나같이 고개를 돌린다. 화를 내는 사람도 많아 할머니 하나는 팔고 있던 과일을 집어던지려고까지 한다. 사진을 찍히면 영혼을 빼앗긴다는 민간신앙 때문이다.

◑ 아무리 가난해도 웃음을 잃지 않은 타킬레 섬 소녀들

갑자기 숨 막히고 가슴 아파 응급실로

중심부 광장의 거대한 산프란시스코 성당 앞은 갖가지 음식을 파는 노점상과 임시로 지은 가게들, 지나다니는 차량으로 혼잡하다. 사람을 가득 실은 미니버스의 차장들은 손잡이를 잡고 다람쥐처럼 쉴 새 없이 오르내리며 행선지를 외쳐대고, 재빠른 속도로 손님들을 주워 담는다. 손님으로 터져나가는 버스는 검은 연기를 잔뜩 토해내며 달려간다.

그런 도로의 가장자리 보도에서는 얼굴 전체를 복면으로 감싸고 눈과 이빨만 내놓은 구두닦이 10여 명이 열심히 구두의 광을 내고 있다. 다른 데서는 보기 힘든 고원의 도시 풍경이다.

몇몇 작은 미술관들을 둘러보니 색과 빛의 조화가 잘 이루어진 훌륭한 그림들이 많다. 자연 환경이 아름다운 곳에서는 예술가가 많이 난다더니 그 말이 사실인가 보다.

비가 내리는가 싶더니 갑자기 우박이 쏟아진다. 거리에는 금세 우박이 10여 센티미터 이상 쌓인다. 몸이 어슬어슬 추워진다. 컨디션이 이상하다. 가슴이 따끔거리면서 현기증이 인다. 숨을 쉬기가 힘들어진다. 오전에 마신 음료수가 체했거나, 어제 한국 사람들과 어울려 술을 너무 많이 마신 탓같다.

숙소에 돌아와 침대에 누워있으려니 상태가 더욱 안 좋아진다. 의식이 가물거리며 순간순간 숨이 멎는 듯하다.

'혹시 고산병이 아닐까?'

갑자기 생각이 고산병에 미친다. 하지만 수년간 히말라야 자락에서 살다시피 하면서 높게는 6천 미터 이상의 고지를 트레킹해 고산에는 어느 정도 적응이 되었다고 자신하던 내가 아닌가. 그러나 얼마 전 4천 미터 높이의 베이스캠프에서 고산병으로 운명을 달리한 전문 산악인에 생각이 미치자 불안해지며 점점 숨을 쉬기가 힘들어진다.

더럭 겁이 난다. 도저히 견디기 힘들어 자리에서 일어나 병원으로 향한다. 진찰을 받겠다고 내 발로 직접 병원을 찾아가기는 처음이다. 택시를 타고 몇 군데 병원을 뒤졌지만 산소통을 갖춘 곳이 없다. 큰 병원을 세 군데나 거쳐서야 겨우 산소통이 있는 병원을 찾아 응급실 병상에 누울 수가 있다.

응급실은 그야말로 끔찍하다. 검게 탄 얼굴의 인디오들이 사고로 피범벅이 되어 실려와 여기저기서 신음하고 있다. 의사들은 영어를 하지 못한다. 몇 명의 의사가 다녀간 다음에야 영어를 할 줄 아는 나이 든 여의사가 와서 겨우 산소마스크를 쓴다.

한 시간쯤 산소를 깊이 들이마시고 나자 상태가 좀 나아지는 듯해서 진료비 3달러를 내고 나온다. 진료비를 내기 위해 원무과로 가는 길은 조금 전 바로 옆 침대에서 숨을 거둔 젊은 청년의 시신과 함께 간다. 원무과로 나를 안내하는 직원이 그 청년의 시신이 실린 카트까지 밀고 가는 것이다. 스물한 살인 청년은 사고사라는데 무슨 사고인지는 알 수가 없다.

숙소로 돌아와 침대에 누웠으나 숨쉬기가 다시 나빠진다. 병원에 가기 전보다 오히려 더 심하다. 가슴이 참을 수 없이 따끔거린다. 순간 순간 의식이 끊어지는 것 같은 느낌이 전해진다. 불안한 생각에 간신히 침대에서 일어나 짐을 꾸린다. 끊어지려는 의식을 잡아채지 않으면 영원히 못 깨어날 것 같아 행여나 호텔에 폐를 끼치고 싶지는 않기 때문이다.

배낭을 메고 힘겹게 아래층 로비로 내려오면서도 몇 번이나 휘청거리며 숨을 들이쉰다.

"이 배낭 좀 보관해주시오. 방은 다 치웠으니까 만약 내일 아침에도 돌아오지 않으면 오전에 체크아웃을 해주고 수고스럽더라도 이 배낭은 경찰에 넘겨주시오."

로비 직원에게 부탁을 하면서도 몇 번이나 숨을 헐떡거린다. 마지막 유언 같은 말을 남기고 내가 갈 병원 이름을 알려주고 호텔 문을 나서는데, 근심스러운 표정을 짓는 청년 앞에서 가슴이 무너진다.

'여기서 끝장인가?'

하지만 마음은 담담하다. 그냥 이게 끝인가 하는 생각이 들 뿐이다. 그래도 남들에 비해 후회 없이 산 것 같다. 아니, 단 하나 마음에 걸리는 것이 있다. 한국에 두고 온 사람이다. 이미 시간은 새벽 1시가 넘었다.

응급실은 새로운 환자들로 넘쳐나 겨우 빈 병상을 하나 잡았다. 의사들은 피 묻은 가운을 걸치고 정신없이 병상 사이를 오간다. 의사 몇이 다녀가고 아까는 못 본 젊은 의사가 다가와 유창한 영어로 이야기한다. 상태를 물어 본 그는 다시 나이 많은 의사를 데려온다. 산소마스크를 붙였다 떼었다 하며 대답을 하니 나이 든 의사가 간단히 진단을 내린다.

"급체!"

처방전을 주면서 약국에 가서 주사약을 사오라고 한다. 보다시피 혼자서는 어렵겠다고 하자 젊은 의사가 기꺼이 함께 가주겠다고 한다.

약국에 다녀오는 동안 젊은 의사가 이야기를 들려준다. 자기는 직업이 의사였던 구국영웅 체 게바라가 좋아 의사가 되었으며, 이곳에는 친구 의사를 도와주기 위해 봉사를 온 것이라고 한다. 그러면서 라틴아메리카의 상황을 간단히 설명해준다.

200여 미터 거리에 있는 24시간 약국의 심야창구를 통해 5달러를 내고 약을 사와 주사를 맞으니, 서서히 가슴이 진정되면서 숨쉬기가 편해진다. 이번에는 의사들이 진료비를 받지 않겠다고 한다.

티아우아나코 유적지는 넓은 평원의 구릉에 있다. 입구의 박물관에는 이곳에서 발굴된 유물들과 거석 조각들이 전시되어 있는데, 4천 년 전쯤에 형성된 문명으로 잉카문명도 이곳에서 파생된 것으로 추정한다.

하지만 무지한 스페인 군대에 의해 마구 파헤쳐져 유적지의 돌을 가져다가 이웃 마을을 건설했다고 한다. 그리 멀지 않은 곳에는 이곳의 돌들을 가져다 지은 성당 건물이 아름다운 붉은색으로 우뚝 솟아있다.

구릉 같은 신전 건물로 올라가니, 흙속에 묻혀서 멀리서는 커다란 무덤처럼 보이던 동산의 한쪽 벽면에 정교하게 아귀가 맞는 돌들이 차곡차곡 쌓여있다. 쿠스코와 마추픽추의 돌담들과 비슷한데 아직도 발굴이 끝나지 않았다고 한다.

신전의 아랫단으로는 간신히 한 사람만 드나들 수 있는 구멍이 여러 개 뚫려있다. 비밀통로인 그 안은 미로같이 여러 갈래로 얽혀있는데 전해지는 말에 의하면 티티카카 호수까지 이어져 있다고 한다. 조사단이 들어가기는 했으나 몇 킬로미터 이상은 더 들어갈 수 없어서 다시 나왔다고 한다.

정상에는 여러 개의 커다란 돌들이 한 평 정도 넓이에 원형으로 서있다. 그 안에 들어가 나침반을 돌 옆에 바짝 대니 바늘이 신기하게도 한 방향으로 빙글거리며 돈다. 모두 자기(磁氣)를 가진 돌들이다. 그 안쪽에 서면 돌의 자기에 의해 몸의 에너지, 즉 기(氣)가 스스로 순환된다고 한다.

물을 다 빼낸 풀장 같은 반지하 신전은 거의 완벽하게 보존되어 있다. 흙속에 묻혀 있다가 1965년에야 발견되었기 때문에 스페인의 마수로부터 안전할 수 있었던 것이다. 신전 바닥의 가운데에 서자 '태양의 문'과 '달의 문'이 일정한 방향으로 연결되어 있다. 동지가 되면 햇빛이 동시에 저 문을 통과해 신전 중앙을 비춘다고 한다.

하나의 돌로 정교하게 만들어진 거대한 태양의 문에는 기하학적 무늬의 무수한 조각이 복잡하게 새겨져 있다. 이것 역시 서양학자는 달력이라고 설명했다는데, 단순한 달력이 아니라 당시의 역사를 기록한 이들의 문자인지도 모르겠다.

이들의 문자를 문자로 보지 못한 서양학자들의 좁은 시야 때문에 그런 억측이 나온 게 아닐까. 아니면 그 문자들을 해독할 만한 모든 자료와 사람들까지 스페인 군대가 말살해 버렸기 때문일지도 모른다. 역사학을 전공했다는 여자 가이드에게 물었으나 명쾌한 대답을 해주지 않는다. 그녀도 모르는 모양이다.

시내로 돌아와 구경을 하는데 기념 동상 하나가 눈에 들어온다. 횃불을 든 젊은 인디오 여인이 대 위에 서있고, 아래 벽면에는 인디오 처녀를 발가벗겨 말위에 태우고 끌고 가는 스페인 군인과 교수형을 시키는 모습이 부조로 새겨져 있다. 18세기말에 있었던 저항운동에 앞장섰던 젊은 여인을 기리는 동상으로 프랑스의 잔 다르크이자 우리의 유관순 누나에 해당하는 인물이다.

해가 떨어지자 이내 추워진 거리에는 인디오 걸인들이 담 모퉁이에서 일정한 거리를 두고 웅크리고 있다. 종이박스로 바람을 막고 거적을 몸에 두른 인디오들은 쪼그려 앉아서 동정을 구하는 눈길로 행인들을 올려다본다.

그중의 한 엄마가 곤히 잠든 아이가 걷어찬 거적을 덮어준다. 자기의 부족한 거적까지 끌어내려 아이의 발을 감싸주는 젊은 인디오 엄마의 모정이 가슴을 뭉클하게 한다. 그렇지 않아도 추운데 비까지 내린다.

아스라한 소금호수의 영롱한 다이아몬드

아침 6시에 작은 마을 우유니의 버스회사 사무실 앞에 도착한다. 소금호수 투어도 겸하고 있는 사무실에 들어가 몇 가지 확인하고 테이블 등으로 쓰이는 커다란 소금덩이들을 구경하고 조금 늦게 나오니, 이미 버스 승객들은 다들 어디로 갔는지 보이지 않는데, 호객꾼 아주머니가 혼자 남아 자기 집으로 가자고 이끈다.

조건이 과히 나쁘지 않아 따라가니 이른 시간인데도 투어를 떠날 준비를 하는 서양 여행자들로 부산스러워 공동화장실을 이용하기가 어렵다. 알고 보니 서양 가이드북 《론리 플래닛》에 나온 집이라고 아주머니가 자랑을 한다.

그런 줄 알았으면 들어가지 않았을 거다. 나도 여행지의 숙소에서 다른 사람들이 버리고 간 《론리》를 주워 휴대하고 다니는데, 이 책을 가지고 다니는 가장 큰 목적은 한 지역의 개괄적인 정보만 취하고 보통때는 되도록이면 거기 나온 집을 피하기 위해서다.

《론리》에 나온 숙소는 언제나 서양 여행자들로 만원이며, 그들은 밤새도록 시끄러운 데다 그들 중 일부는 줄기차게 마리화나를 피워댄다. 게다가 공동으로 쓰는 주방에는 서양 여행자들이 쓰고 씻지 않은 그릇들이 가득 차 있고, 공용 화장실이나 욕실에서도 예의를 지키지 않는다. 여기에 은근히 동양에서 온 여행자들을 무시하는 안하무인격 태도까지 몸에 배어있다.

대개의 서양인 여행자들은 현지에서 만난 일행들과 몰려다니며 관광지 투어와 즐길거리 찾기 이외에는 별 관심이 없다. 그들의 눈에 현지인들은 그저 자기들보다 가난한 나라의 불쌍한 사람들로 보일 뿐이며, 가당찮게도 미개했던 현지인들을 서양이 구원했다는 방자함이 뱃속 가득히 들어 있다.

마을을 출발한 4륜구동 지프는 일일투어인 만큼 천장에 짐을 얹지 않아 모양새가 단출하다. 2박3일이나 3박4일로 칠레 국경이나 아타카마까지 가는 차들은 천장에 배낭과 텐트 등을 잔뜩 묶어 실었다.

이윽고 지프는 소금으로 이루어진 흰색 평원을 달려간다. 군데군데 쌓아둔 소금을 사람들이 트럭에 옮겨 싣고 있다. 마스크를 쓰고 작업하는 사람들은 온몸에 소금 먼지를 잔뜩 뒤집어쓰고 있다. 카메라 렌즈를 맞추자 이들은 질색을 하며 손을 가로젓는다. 몇 사람은 돈을 달라고도 한다.

들키지 않고 망원렌즈를 쓸 수도 있으나 그들이 저렇게까지 싫어하는 것을 굳이 찍고 싶지 않아 카메라를 집어넣는다.

소금평원은 중간 중간 떠있는 아스라한 몇 개의 섬을 제외하고는 그 끝을 알아볼 수 없게 사방이 푸른 하늘과 맞닿아있다. 지평선이 아니라 소금평원선이다. 뜨거운 태양 아래 피어오르는 아지랑이 운무로 마치 하얀 꿈속을 달리는 듯하다.

내린 빗물이 소금층 위에 얇게 깔려있는 곳을 차량들이 달려가자 소금물을 하얗게 뒤집어쓴다. 지나온 소금평원과는 달리 이곳은 보석 같은 빛으로 반짝인다.

소금기를 머금은 물속의 소금층은 다이아몬드 형태로 금이 가 있다. 그 다이아몬드가 끝없는 모자이크 문양을 만들며 이어져 제각기 영롱한 빛을 발한다. 해발 4천미터 가까운 하늘 아래에서 천연 염전이 뜨거운 한낮의 빛을 받아 물속에서 보석이 되어 아름다운 무지개색을 뿜어내는 것이다.

중간 휴식지인 소금호텔은 말 그대로 모든 것이 소금벽돌로 만들어져 있다. 의자 위에 놓인 몇 개의 쿠션 말고는 모두 소금이다.

호텔 곁에 웅덩이 하나가 있어서 자세히 들여다보니 이곳은 소금평원이 아니라 소금호수다. 두꺼운 얼음 같은 소금층 아래에는 맑은 물이 찰랑댄다. 소금층의 두께가 1미터쯤 되는 것 같다.

가이드북에 의하면 이곳은 수만 년 전의 호수가 말라가면서 응축된 소금이 표면에 두꺼운 층을 형성한 것이라고 되어 있는데 내 생각은 조금 다르다. 많은 대륙의 부분이 그러한 것처럼 이곳도 오래 전에는 바다였던 것이 순간적인 지각 변동으로 바닷물이 내륙의 어느 공간에 갇혀 오랜 세월에 걸쳐 염분이 표면으로 일정하게 표출되며 응축된 것이 아닐까?

섬의 모양이 물고기를 닮았다고 해서 '이슬라 데 페스카(물고기 섬)'로 불리는 섬은 예전에 잉카인들이 심었다는 선인장들이 높은 것은 10미터 이상으로 신비한 기둥처럼 서있다. 한 해에 불과 1~5센티밖에 자라지 않는다는 선인장이 이런 높이까지 되려면 얼마나 걸렸을까? 하얀색 솜털을 가득 뒤집어쓴 초록색 기둥들은 간혹 붉은 꽃을 앙증맞게 피워 올리고 있다.

버스 버리고 고원 걸어가는 인디오 부부

수크레로 가는 길에는 버스가 야생 산양인 '뿔긴' 떼를 만나 시끄럽게 경적을 울려댄다. 그러나 무리지어 움직이는 산양 떼도, 경적을 울려대는 운전사도 차 안에 가득한 승객들도 별로 서두르는 기색은 보이지 않는다. 시끄러운 경적만이 고원에 메아리칠 뿐이다.

버스는 언제부턴가 무슨 이유에서인지 도로를 버리고 관목 숲 사이를 헤치며 앞으로 나아가고 있다. 작은 개울을 하나 건너는가 싶더니 갑자기 '부와왕!' 하며 커다랗게 엔진 소리를 내더니 멈추어버린다. 바퀴가 축축한 모래바닥을 파고 들어가 옴짝달싹 못하게 되어버린 것이다.

버스에 탄 모든 남정네들이 내려 밀어보았으나 역부족이다. 버스 안에서 삽 등 연장을 꺼내 사람들이 근처에서 돌멩이와 관목들을 뽑아와 바퀴 밑을 파고 웅덩이를 돌과 나무로 채운다. 그리고 다시 시동을 건 버스에 모두 달라붙어 밀자 겨우 그 자리를 빠져나왔으나 5미터도 못 가 다시 빠져버린다. 이런 힘든 씨름을 두 시간 동안 10여 차례나 하고서야 마침내 모래 수렁을 빠져나온다.

약 두 시간 가까이 버스와 씨름을 하는 사이에 한 인디오 중년 부부는 버스가 다시 움직이기는 글렀다는 듯 짐을 내려 등에 메고는 터덜거리며 걸어서 멀어져간다. 사방을 둘러보아도 집이라고는 눈을 씻고도 보이지 않는 고원에서 어디를 향해 걸어가는 것인지 의아스럽다.

이들 역시 티베트나 몽골의 고원에서 만난 사람들처럼 자동차가 퍼져버리자 죽어버린 짐승으로 치부하고 이내 포기한 모양이다. 티베트와 히말라야 자락 사람들은 길에서 짐승이 죽으면 그 짐을 살아남은 동물과 사람들이 나누어지고 가던 길을 계속 간다. 길에서 죽은 짐승은 먹지 않고 극락왕생을 빌어준다.

버스가 산을 넘어가자 뒤쪽 자리에서 누가 갑자기 소리친다.

"우라까부차!"

그러자 버스가 급제동을 하며 멈추고 한 할머니가 여러 개의 보따리를 끄집어 내리고 버스를 내린다. 역시 주변에는 집이나 마을이 보이지 않는다. 히말라야 자락의 마을들처럼 아마도 먼 거리를 걸어가야 집이 나타나는 모양이다.

세계에서 가장 높은 도시로 해발 4070미터의 광산마을 포토시에 버스가 멈추자 수크레행으로 갈아타고 어두워진 능선 길을 따라 산을 내려간다.

시간은 늦었지만 다행스럽게도 터미널 근처에 유스호스텔이 있다. 깨끗하고도 훌륭한 2층짜리 흰색 건물이다. 포토시 광산에서 벌어들인 돈으로 건설했다는 수크레는 헌법상 볼리비아의 수도로 모든 건물을 흰색으로 칠하도록 시의 법률로 정해

두었다고 한다. 그래서 볼리비아를 해방시킨 독립영웅 수크레에게 헌정한 도시라는 이름에 걸맞게 깨끗하다.

다음날 시가지를 둘러보니 콜로니얼풍의 흰색 건물들이 아름답다. 한눈에 시가지를 내려다 볼 수 있는 언덕 위에 서서 아름다운 마을을 내려다본다. 정겹고 조화롭게 꾸며진 블록마다 오랜 세월이 느껴지는 집들이 화려하면서도 우아하다.

하지만 이곳에도 침략의 역사가 배어있다. 중심가의 화려한 교회와 청사 건물들은 콜롬비아 이전 시대의 원주민 사원을 헐어 그 벽돌들로 지었다고 한다. 남의 집 부수어 내 집 짓기다. 자기들 나름으로는 신성해야 할 교회를 남의 신전을 부수어 짓는다는 것이 말이 되나?

수크레에서는 하룻밤만 자고 브라질 국경으로 향한다. 이제 상파울루로 돌아가는 것이다. 남아메리카에 오기로 한 한국 여행팀이 와해되었다는 연락을 이곳 수크레에서 간신히 연결된 통화로 알았다. 몇 달 동안 험한 길을 답사하며 준비하고 약속하고 섭외한 모든 것이 공수표로 돌아가는 순간이다.

나의 우울함을 아는지 하늘은 천둥번개를 우르릉거리더니 이내 시원스럽게 비를 쏟아낸다.

넘어가지 않는 닭고기 토막 하나와 와인 잔을 앞에 놓고 망연히 앉아 있는 나를 처마에 앉은 앵무새 한 마리가 내려다본다. 금방이라도 내 어깨로 날아와 '바보야'를 재잘거릴 것 같다.

크리스마스 앞둔 국경의 서러운 밤

우울한 마음으로 브라질 국경으로 가는 침대버스를 탄다. 지난 일은 빨리 잊는 것이 상책이고 이제 돈도 별로 남지 않았으니 차선책으로 상파울루에서 다음 여행팀을 기획해 보아야겠다.

운전석 바로 뒤 창 쪽에 잡은 내 옆자리로 보통 사람의 세 배는 되어 보이는 뚱뚱한 아줌마가 들어와 앉는다. 좌석을 최대한 뒤로 젖히고 넓은 공간에 흡족해하던 나는 경악을 금치 못한다. 아줌마가 자리에 앉자 몸이 들어가지 않았기 때문에 가운데 내려졌던 팔걸이를 다시 좌석 안쪽으로 집어넣어야 했다. 내 자리의 거의 반 이상을 살집 좋은 그녀의 몸이 쳐들어온다.

그렇지 않아도 우울한 기분에 험한 버스를 타고가기가 궁상스러워 큰맘 먹고 돈을 더 내고 처음으로 타본 침대버스다. 처음에는 다소 미안한 표정을 보이던 아줌마는 내가 괜찮다고 웃어 보이자 이내 아랑곳하지 않고 가방에서 군것질거리를 꺼내 먹기 시작한다.

버스는 안데스 산맥을 완전히 넘어 열대우림인 셀바지대로 밤길을 타고 내려간다. 버스가 산을 내려가자 날씨가 점점 무더워지며 습한 기운이 느껴진다. 옆자리 아줌마에게서 건너오는 체열 때문에 더욱 더워져 온몸에 땀이 배어나오기 시작한다. 그러거나 말거나 뚱보 아줌마는 코까지 곯아가며 아예 머리를 내 어깨에 기대고는 깊이 잠들어 있다. 행여나 아줌마가 단잠을 깰까 싶어 몸을 옴쭉거릴 수도 없다.

산타크루즈에 도착해 브라질까지 가는 '죽음의 열차'를 타러간다.

브라질의 국경 마을인 코룸바까지 열여덟 시간 동안 대습원지대인 '판타날'을 시속 60킬로미터로 달리는 기차는 1등칸은 그런대로 괜찮지만 2등칸 이하는 무덥고 도둑이 많다는 이유로 여행자들 사이에 일명 '죽음의 기차'로 알려져 있다.

산타크루즈에서부터는 사람들의 피부색과 생활상이 달라진다. 거리의 행인들이 인디오 일색에서 벗어나 라틴계 백인들을 볼 수 있으며, 볼리비아 안쪽에서는 볼 수 없던 남녀 간의 애정표현도 거리나 역 구내 어디서든 브라질식의 농도 짙은 키스와 포옹을 쉽게 볼 수 있다.

코룸바까지 가는 기차표를 사기 위해 매표소를 찾아갔으나 표가 없다. 사흘 후로 다가온 크리스마스를 맞아 집이나 고향으로 돌아가는 사람들 때문이다. 기차역 안은 각종 선물 보따리를 잔뜩 든 사람들로 콩나물시루 같다. 여기도 민족대이동이 있나보다.

어쩔 수 없이 버스표를 사기로 한다. 버스시간까지는 6시간 정도 남아있어서 시내를 둘러보기로 한다. 다행히도 주룩주룩 비가 내리고 있어 더위는 좀 참을 만하다. 고도계를 꺼내보니 해발 500미터가 좀 안 된다. 밤사이에 2천 미터 이상을 내려온 것이다.

 버스에서 눈을 떠 차창을 열어보니 이른 아침의 잠에서 깨어난 새들이 시끄럽게 지저귄다. 밤새 버스는 열대습지인 판타날 지대를 통과해온 것이다.

키가 높지는 않으나 울창한 수풀 사이로 늪지 같은 강이 흐르고 있다. 강과 무성한 수풀 사이로 버스가 달려간다. 이름을 알 수 없는 여러 종류의 새들과 작은 짐승들이 나무 숲 사이에서 잠을 깨 꼼지락거리는 게 눈에 들어온다. 숲 전체가 요란한 아침을 맞고 있다.

오전 8시경 키하로라는 작은 국경마을에 도착해 마당 넓은 호텔에 짐을 푼다. 호텔이라야 하룻밤에 3달러 수준이다. 우선 먼지투성이가 된 옷가지들을 빨고 땀으로 범벅이 된 몸을 씻는다.

도미토리에서 침대 하나를 얻어 잠을 자며 제대로 씻지도 못하는 가난한 여행자는 이런 시간이 가장 상쾌하다. 더구나 고원을 내려온 이후 버스에서 잠을 자며 더운 지방을 릴레이식으로 옮겨왔으니 그 상쾌함은 더욱 크다. 오랜 여행의 피로가 잠시나마 가시는 듯하다.

마당 가득 빨래를 널고는 아침밥을 먹기 위해 거리로 나오니 작은 마을의 여기저기서 폭죽 터지는 소리가 요란하다. 오전인데도 사람들은 이미 여기저기 보도 위에 돗자리도 없이 널브러져 앉아 술판을 벌여놓고 지나가는 내게도 손짓을 하며 술을 권한다.

그들의 성의를 무시하기 힘들었으나 우선 밥부터 먹어야겠으므로 리어카 식당 노점의 가로의자에 앉아 쇠고기 국밥 한 그릇을 비운다. 마침 매운 고추가 보여 썰어 달래서 듬뿍 넣고는 후루룩거리니 시원한 게 입맛에 맞다. 이 국밥 한 그릇이 한국 돈 500원이 채 못 된다.

마을 광장에서는 크리스마스 축제용 무대를 만들고 있다. 커다란 스피커들이 겹겹이 쌓이고 테스트를 위해 음악을 틀자 귀청이 찢어질 듯 음악이 쿵쾅거리며 온 마을을 들썩인다.

수킬로미터 떨어진 국경까지 걸어가 전망대에 올라 열대림 사이로 국경을 이루며 흐르는 강을 바라보고, 할머니와 소녀가 한가하게 앉아 바비큐를 구워 파는 노점에서 소시지에 맥주 한 병을 마시고 돌아오니 땅거미가 진다.

한적한 작은 마을 거리는 제시간을 만났다는 듯 여기저기서 폭죽을 터뜨리며 환호성을 질러대고 오전에 만든 가설무대에서는 온 동네가 떠나갈 듯 음악을 울려 댄다.

슈퍼에서 와인 한 병과 깡통 소시지 하나를 사서는 숙소로 돌아와, 페루에서 산 향을 모깃불삼아 마당에 지펴두고 혼자 앉아 와인을 마신다.

명절을 맞아 가족을 찾을 곳이 있는 사람들이 부럽다. 나도 명절에 선물보따리 하나 들고 고향을 찾아갈 수 있다면 얼마나 좋을까 생각해본다. 명절이 되어도 갈 곳 없고 오라는 곳 없으니 서글퍼진다.

이미 가시고 안 계시는 부모님이 그리워진다. 한없이 그립다. 어린 날의 고향 모습이 떠오른다. 친구들과 놀다가 골목길을 돌아 집으로 들어서면 내가 좋아하는 김치만두를 빚고 계시던 어머니!

그리움이 열대의 밤을 타고 일렁이는 모깃불 연기를 따라 하늘로 오른다. 연기 속에 가난했던 고향마을이 보인다. 연기 속에 어머니의 모습이 보인다.

상파울루 ⊙ 살바도르 ⊙ 나탈 ⊙ 아마존

술잔을 드는 손에 점차 가속이 붙는다. 여인에게 미안하다.
똑 부러지게 말하지 못하고 비겁하게 처신한 내 행동이.
스위스 인들과 술잔을 부딪치면서도,
통기타를 튕기며 노래를 부르는 가수를 바라보면서도
내 마음은 아쉬움을 길게 끌며
여인의 언저리를 맴돌고 있다.

제 **10** 장

살바도르,
흑인의 아름다움에 취하다

건장한 근육질의 흑인들이 벌이는 축제

급히 다시 준비한 파타고니아 여행팀마저 깨지고 만다. 한국에서 홍보가 잘 안되어 정원을 채우지 못한 것이다. 우려하던 것이 현실로 나타나니 허탈하기 그지없다. 이제부터는 정말 최저 생활비로 살아야 한다. 통장에 얼마 남지 않은 돈이 자꾸 줄어든다.

남아메리카의 다른 지역에 비해 상대적으로 물가가 비싼 브라질을 떠나 다시 여행길에 오르기로 한다. 해안선을 따라 북쪽으로 계속 올라가 멕시코까지 가기로 대략의 루트를 정한다.

우선은 브라질의 초기 수도로 신대륙의 첫 번째 노예시장이었다는 불명예는 안고 있지만 르네상스 양식의 뛰어난 건축물들이 잘 보존되어 있어서 유네스코의 세계문화유산 목록에 올라있는 살바도르로 향한다.

바이아 주의 주도이기도 한 살바도르까지는 버스로 30시간 거리다.

짙은 회색 구름 위로 간혹 해가 얼굴을 내밀긴 했으나 우중충한 날씨는 언제라도 비를 뿌릴 태세다. 무겁게 가라앉아 있는 회색의 상파울루 시가를 멀리 바라본다. 무거운 잿빛의 하늘만큼이나 마음이 묵직하게 울려온다. 8~9개월 후쯤 다시 이곳으로 돌아올 것이다. 그 기간을 버텨낼 수 있을지 스스로도 의아스럽다.

살바도르로 가는 버스는 짐칸에 들어갈 짐의 무게를 단다. 30킬로그램까지는 무료다. 비행기도 아니고 버스에서 짐의 무게를 달아 보는 것은 처음이다. 내 배낭은 아직 21.5킬로그램이다. 잠시 눈치를 보다가 늘 몸에 지니고 다니는 보조가방들을 들고 저울 위에 올라가 본다. 74.5킬로.

날마다 빈 몸뚱이 위에다 10킬로그램 이상의 허울을 쓰고 다니는 셈이다. 나이가 들수록 그 허울은 줄어들지 않고 오히려 늘어나는 느낌이다.

불가에 이런 말이 있다. 사람 개개인이 지고 가는 짐의 무게만큼이 그의 업장

(業障)이라고. 그 업장을 내려놓으려면 가진 것들을 모두 내려놓아야 한다. 욕심을 버려야 한다는 것이다. 그런데 무엇이 욕심이고, 무엇이 욕심이 아니란 말인가!

살바도르 구시가지는 쇠창살문투성이인 브라질의 여느 도시와는 초입부터 분위기가 많이 다르다. 커다란 성당 건물들 사이의 광장에는 백색 옷을 입은 흑인 아낙네들이 노점을 차리고 있고, 흑인 청년들은 음악을 연주하며 춤을 추듯 흑인 전통 무예인 카포에라를 시연하고 있다.

카포에라는 아프리카 전투 부족들의 전통무예로 그 몸짓이 부드러운 춤을 추듯 리드미컬하면서도 순간적으로 뿜어내는 힘이 대단해 어찌 보면 우리나라 정통 무예인 태껸을 닮았다.

이미 땅거미가 지고 있었으나 골목길에는 거리의 화가들과 액세서리 등을 만들어 파는 노점상들이 즐비하게 자리를 지키고 있다.

18인실 도미토리의 침대 하나를 얻어 도합 서른두 시간에 걸친 버스 이동의 여독을 풀고 있으려니 요란한 음악이 쿵쾅거리며 건물을 흔든다. 뒷마당으로 난 창문을 통해 내려다보니 바로 숙소 건물 아래가 파티장이어서, 마당에 마련된 무대 위에서 밴드와 가수들이 도시가 떠나갈 듯 굉음을 울려대고 있다.

식당을 겸한 바들로 둘러싸인 그리 넓지 않은 광장 마당에는 발 디딜 틈 없이 가득한, 수를 헤아릴 수 없는 군중들이 음악에 맞춰 물결이 출렁이듯 춤을 추고 있다. 바야흐로 축제의 도시, 춤의 도시인 살바도르에서 지금 오늘의 축제가 시작된 것이다.

포르투갈 침략자들에 의해 사탕수수 농장에서 일하기 위해 아프리카에서 끌려온 수많은 흑인노예의 후예들이 살고 있는 이곳은 일명 '흑인의 로마'로 불려질 만큼 흑인문화가 주를 이루며 현재까지 살아있다.

지금 무대에서는 '브라질 최고이며 전 라틴아메리카에서도 최고 흑인 타악의 도시'라는 명성에 걸맞게 건장한 근육질의 흑인들이 봉고를 비롯한 각종 타악기를 두드려대며 온몸에서 분출되는 원시의 소리와 함께 춤을 춘다.

잘 발달된 근육과 군살 없는 몸매, 커다란 키! 용맹한 아프리카 전사들의 몸이다. 이런 사람들이 어떻게 허약하기 이를 데 없는 백인들에게 노예로 끌려와 온갖 굴욕을 당하면서 살았는지 의아스럽다. 전쟁의 기술을 모르고 발전된 무기를 갖지 못한 과학의 차이라고도 할 수 있겠으나, 결국은 백인들의 사악한 욕심과 흑인들의 순박한 선성(善性)의 차이 때문이 아닐까!

애당초 잠자기는 글렀다 싶어 카메라를 챙겨 공연장으로 나간다. 무대 한쪽 귀퉁이 계단에 자리를 잡고는 광란의 도가니 같은 마당의 춤판을 구경한다. 울려 퍼지는 원시의 소리에 이끌려 사람들이 원시적 몸동작을 만들어낸다. 천 명도 넘는 남녀가 어우러져 집단 성행위를 하는 것같이도 보인다.

그냥 마구 흔들어대는 막춤에서부터 멋들어진 율동의 라틴 댄스까지 좁은 마당에서 뒤섞이고 있다. 아, 그래서 포스도 이과수에서 만난 오스트리아 여인 버니가 살바도르 이야기를 할 때면 몸을 흔들었구나.

한 잔 맥주 생각이 간절하지만 사실은 상파울루에서부터 술을 잠시 쉬기로 한지 이미 열흘이 넘었다. 라파스에서 급체한 이후로 몸 상태가 썩 좋지 않아 체력도 보강하고 돈도 아끼기 위해서다. 술을 마시지 않기 시작하면 하루만 지나도 전혀 술 생각이 나지 않는 것을 보면 아직 알코올 중독은 아닌 모양이다. 다만 현지인들과 좀 더 가까이 접하기 위해 그리고 좋은 풍광을 보는 감흥을 증폭시키기 위해 술을 찾는다.

한쪽 구석에 서서 통기타 연주를 듣고 있는데 흑인 여인 하나가 말을 걸어오더니 테이블을 가리키며 합석을 제안한다. 그 테이블에는 조금 전 무대 위에 올라가 멋들어지게 라틴 춤을 추던 여인이 앉아 있다. 둘 다 20대 중반쯤으로 보인다.

엉거주춤 자리에 앉자 다른 사내들 몇이 청하지도 않았는데 합석을 하면서 아르헨티나에서 왔다고 자기들 소개를 한다. 브라질과 아르헨티나는 오래 전부터 사이가 좋지 않다. 유럽계 백인이라는 우월감을 가지고 있는 아르헨티나 사람들이 인

살바도르 시가지 공터에서 벌어진 음악축제

골목을 가득 메운 노천바

디오들과 피가 섞였다고 업신여기기 때문에 브라질 사람들의 반감이 크다.

이 자리에서도 마찬가지여서 잠시 맥주를 마시며 어울린다 싶던 사내들은 여인들에게 쫓겨나듯 자리를 뜬다. 여인들이 그들의 뒤통수에 대고 욕을 한다.

"바보 같은 아르헨티나 놈들!"

두 여인은 광장을 빠져나가는 그들의 뒤꼭지를 향해 가운데 손가락을 치켜세운다.

그러나 내가 술을 마시지 않자 그녀들은 심드렁해진다. 그중 한 여인이 내일 해수욕장에 간다면서 함께 가지 않겠느냐고 묻는다. 별로 할 일도 없으니 한번 따라가 보기로 하고 자리에서 일어난다.

팔을 잡는 흑인 미인의 진심을 어찌하나?

약속 장소에 흑인여인은 혼자 나온다. 친구는 잠시 뒤 해변으로 바로 나온다고 한다. 버스를 타고 해변으로 가니 위아래로 끝없이 백사장이 펼쳐져 있다. 그 가운데로 포르투갈 시대의 요새 건물이 바다를 바라보며 우뚝 서있다.

파라솔과 해변용 의자 두 개를 빌려 바다를 바라보고 앉는다. 여인은 바로 옆에 서서 스스럼없이 수영복으로 갈아입고는 책을 꺼내 읽는다. 얕은 바다에서 아이들이 물놀이를 하고, 백사장에서는 청소년들이 카포에라를 연습한다. 물에 젖은 검은 피부들이 햇빛에 반짝이는 게 무척 아름답다. 흑인의 피부가 아름답다는 걸 새삼 발견한다.

눈이 시리도록 바다를 바라보다가 숙소 부근으로 돌아와 여행자들을 상대로 하는 값싼 뷔페식당에서 저녁을 먹고 공연장에서 다시 만나기로 약속하고 여인과 헤어진다. 여인은 의외로 순수한 느낌을 풍긴다. 해변으로 나온다던 친구는 나오지 않았다.

공연장에는 어제와 다른 백인 공연단이 음악을 연주한다. 사람들이 공연장으로 몰려든다. 또 다시 광란의 밤이 시작되는 것이다.

사람들이 맥주 캔을 들고 몸을 흔들거리는 사이에서 흑인여인을 다시 만난다. 여인은 그새 파티 의상으로 갈아입고 입술에 빨간 립스틱까지 칠했다.

나는 다시 어제의 계단에 앉아 춤추는 사람들을 구경한다. 여인은 내가 춤도 추지 않고 맥주도 마시지 않으니 재미가 없는지 어제의 친구를 찾아간다.

이튿날은 '라세르다' 라는 대형 엘리베이터를 타고 100미터쯤 아래에 있는 신시가지로 내려간다. 섬으로 가는 유람선 선착장과 관광 기념품들을 파는 유럽식 상가들이 있는 거리다. 그 위쪽의 성당이 즐비한 거리와 함께 유네스코에서 세계문화유산으로 정한 곳이다.

바닷가 선창에서는 갓 잡아온 40~50센티미터의 상어들을 머리를 잘라내고 몸통만 도매상에게 넘기고 있다. 우리네는 어두일미라고 생선의 머리가 맛있다고 여기는데 여기서는 상어의 머리를 버린다.

광장의 전망대 부근을 거닐다가 어제의 흑인 여인을 다시 만난다. 여인이 반색을 하며 말한다.

"어제 금방 다시 공연장으로 갔는데 없어졌대? 한참 찾았는데."

그녀와 함께 바다가 내려다보이는 곳에 선다. 도시의 불빛과 바다에 떠있는 배들의 불빛이 반짝인다. 가까운 바다에서 거대한 유람선 한 척이 수많은 불을 밝히고 서서히 지나간다.

여인이 오늘은 말을 많이 한다. 그녀는 브라질 내륙의 어느 곳에서 친구를 만나러 이곳에 왔는데 곧 떠날 거라고 한다. 친구가 급한 일로 어제 출장을 가서 혼자 남았다는 거다. 이런 말끝에 여인이 내 팔을 잡으며 웃지도 않고 한마디 한다.

"오늘 밤 함께 할 수 있을까?"

처음에는 잘못 들은 줄 알았다.

"뭐? 뭐라고?"

"오늘밤 당신이랑 함께 지내고 싶어."

여인은 내 옆에 서서 스스럼없이 수영복으로 갈아입고

살바도르에서 나를 붙잡았던 여인

흑인무예 카포에라를 연습하는 청소년들

당황스럽다. 이 여인이 돈을 원하는 건 아닐까? 내가 대답을 못하고 눈을 멀뚱거리며 내려다보자 여인이 다시 말을 잇는다.

"아니, 그냥 당신과 함께 있고 싶어서."

그녀는 내일이면 내가 떠난다는 것을 알고 있다. 낮에 바닷가에서 내가 말했기 때문이다. 그녀의 말에 진심이 어려 있다. 일시적인 농담이나 돈을 바라는 유혹은 아닌 것 같다. 그러기에는 여인의 얼굴이 너무나 담담하고, 조금은 쓸쓸해 보이기까지 한다.

그러니까 더욱 혼란스럽다. 이번 여행길은 나름대로 각오를 단단히 하고 떠나왔다. 이전의 여행과는 다르다고 생각했다. 아메리카 대륙의 심장부인 '산 페드로 데 아타카마'의 산꼭대기에서 탑까지 쌓아놓고 소원을 빌지 않았는가?

'바라옵건대 부디 저를 부끄럽게 만들 수 있는 저 낮은 욕망으로부터 건져내 주시옵소서.'

그런데 지금 어떻게 해야 하나. 어떻게 해야 할지 생각들이 머릿속을 빙빙거리며 돌고 있다.

"이따가 저녁에 어제 그 노천 바에서 만나자."

시간을 좀 갖고 싶다. 시간을 두고 머리를 정리하고 마음을 가라앉히고 싶다. 바로 거절하지 않은 것이 후회스럽다. 하지만 내 더운 피가 아직은 정확히 마음을 정할 수 없도록 만든다.

여인과 헤어져 중심가에 있는 국제여행자용 은행에서 얼마의 돈을 인출한다. 내일부턴 다시 위쪽으로 올라가기로 마음먹었기에 미리 편한 곳에서 얼마간 쓸 돈을 인출해 둘 필요가 있다. 그리고 저녁에 약속장소에는 나가지 않기로 결심을 했지만 아직도 마음이 흔들리기 때문이다. 여인이 돈을 원하지 않는다 하더라도 만약의 경우 쓸 돈은 필요하다.

그런데 기계가 한 번에 작동하지 않아 지키고 선 경관의 도움을 받아 두 번째에야 겨우 돈을 인출할 수 있다.

바로 옆의 기계에서는 유럽인 노인 한 분이 현지인 청년 두 명의 안내를 받으며 돈을 인출한다. 그러나 비밀번호를 누를 때가 되자 노인은 현지인들을 물러서게 하고 손바닥과 온몸으로 번호판을 가린다.

노인의 그 모습이 지나칠 만큼 철저하다는 생각을 했는데, 이로부터 두 달 뒤 베네수엘라에서 나는 한국으로부터 경악할 소식을 접하게 된다. 누군가 내 카드를 복제해 통장의 돈을 모두 인출해갔다는 것이다. 그 사고의 근원지가 이곳인지는 정확히 알 수 없으나 시기적으로 이곳이 누군가 내 카드를 복사한 유력한 장소라는 생각을 지울 수 없다.

돈을 뽑고 나니 결심이 단호해진다. 그래서 여인을 만나러 가는 대신 우연히 만난 스위스인 남자 여행자 둘과 함께 숙소 옆 노천 바에서 동이 터올 때까지 술을 마신다. 열흘간의 금주가 깨어지는 순간이다.

술잔을 드는 손에 점차 가속이 붙는다. 여인에게 미안하다. 똑 부러지게 말하지 못하고 비겁하게 처신한 내 행동이. 스위스 인들과 술잔을 부딪치면서도, 통기타를 튕기며 노래를 부르는 가수를 바라보면서도 내 마음은 아쉬움을 길게 끌며 여인의 언저리를 맴돌고 있다.

광장의 걸인들조차 춤을 추며 구걸을 하고, 거리를 오가는 행인들도 몸을 흔들며 춤을 추듯 걸어가는 살바도르는 검은 힘으로 넘치는 흥겨운 축제의 도시다. 하지만 나는 바로 떠나기로 마음먹는다.

휴양지에서 밀려오는 외로움

버스로 스물두 시간 만에 브라질 최고의 휴양지 나탈에 도착한다. 푸른 바다와 바다로 들어온 호수, 맑은 날씨가 유명하다.

시내버스를 타니 작은 미니버스가 미어터지게 사람들로 가득 차있다. 커다란 배낭을 어떻게 할 수 없어 자리에 앉아있는 한 소녀의 무릎에 올려둔다. 소녀가 웃고는 있으나 대단히 불편하고 무거운 것 같다.

아무런 정보가 없으니 그저 가는 데까지 가보기로 한다. 사람들이 모두 내린 다음 종점에서 내리니 바로 푼타네그라 해안이다. 막 문을 닫고 있는 기념품 가게의 청년에게 숙소를 물으니 친절하게도 직접 안내하겠다고 나선다.

청년은 시종 영어로 말을 걸어오며 언덕 쪽에 있는 '포사다'라 부르는 싼 숙소들을 안내한다. 내가 비싸다고 고개를 흔들자 다시 다른 언덕으로 올라가 마지막이라며 한 집을 가리킨다.

담장 옆의 파라솔 밑에 앉아 바다를 바라보며 담소 중이던 중년 부부가 대문을 열어준다. 화장실 딸린 독방에 아침식사까지 포함해 25헤알이란다. 고생한 보람이 있다. 숙소라기보다는 민박집인 셈인데 손님은 나밖에 없다.

저녁을 못 먹었다고 하자 이 집은 레스토랑도 겸한다면서 조용하던 집안이 부산해진다. 아래로 바다가 내려다보이는 야외 테이블에 깨끗한 식탁보가 깔리고 포크와 나이프 세트가 차려진다. 이어서 곧 싱싱한 야채샐러드와 얼큰해 보이는 붉은 소스에 조려진 생선과 금방 지은 밥이 나온다. 값에 비해 황송하게 잘 차려진 식탁이다.

펭귄이 그려진 '안타락티카' 남극맥주 한 병을 반주로 삼고, 테이프를 끼울 수 있는 소형 카세트가 눈에 띄기에 한국에서 유일하게 가져온, 지금은 중풍으로 쓰러져 누워계신 우리 선생님의 대금산조 테이프를 끼우고는 밥을 먹는다.

아래로 내려다보이는 검은색 밤바다가 조금씩 살이 오르는 달빛에 반짝인다. 오랜만에 맛보는 달콤한 저녁식사다. 모처럼 듣는 선생님의 대금산조 가락이 대서양의 바다 정취와 함께 하는 혼자만의 저녁식사에 운치를 더한다.

아침이 되자 주인아저씨가 식사가 차려졌다면서 방문을 두드린다. 안쪽 식당에 뚜껑 덮인 그릇들이 가지런히 놓여있는데, 손님이라고는 나밖에 없음에도 불구하고 과일, 햄, 샐러드, 빵, 치즈, 케이크 등이 깔끔하게 차려져 있다. 웬만한 호텔보다 낫다.

바깥의 야외 테이블에서 먹어도 되느냐고 묻자 아저씨는 다시 새로운 식탁보를 꺼내와 깔아준다. 이미 깔려있던 어제 것도 괜찮다고 했으나 아저씨는 고개를 저으며 정성껏 식탁을 다시 차려주신다.

부부는 포르투갈 사람으로 온 가족이 이곳으로 이사 온 지 20년 정도 되었다고 한다. 아저씨 손으로 직접 이 집을 지었는데, 처음에는 어찌나 뱀이 많은지 몇 년 동안에 200마리 이상은 족히 잡았다고 한다. 부인과 시선을 주고받으면서 큰 것은 7미터가 넘는 것도 있었다고 설명해준다.

바다로 내려가니 깨끗한 해안에는 해수욕을 즐기는 사람들이 제법 많다. 일명 '부기'라고 부르는 4륜구동 모래차를 부릉거리며 백사장을 달리는 사람들도 있다.

한쪽 바다에서는 10여 명의 어부들이 커다란 뜰채에 가까운 그물로 고기를 잡는다. 여럿이 힘을 합해 그물을 물속에 집어넣었다가 다시 끌어올린다. 그러면 그 안에는 하얀 숭어들이 햇살에 은빛 비늘을 반짝거리며 파닥인다.

다시 돌아와 백사장 의자에 앉았으나 또다시 알 수 없는 외로움이 밀려온다. 유명한 피서지에 나 혼자 앉아있는 것이 서글퍼진다. 역시 피서지는 내 체질에 맞지 않나 보다. 다시 떠나야겠다고 마음먹는다.

주인 부부에게 어제와 같은 음식을 주문했더니 그들은 냉장고를 열고 생선을 몇 가지 보여준다. 그중 붉은색이 도는 돔 종류를 택했더니 포르투갈식이라면서 요리를 한다. 나중에 나도 한번 해보려고 곁에서 노트까지 펼쳐들고서 요리법을 유심히 지켜본다.

❶ 다진 마늘과 양파에 올리브오일을 넣고 볶는다. 매운 걸 좋아하면 고추도 썰어 넣는다.
❷ 토마토를 썰어 넣고 물을 부어 충분히 끓인다.
❸ 토마토가 완전히 죽이 되면 소금간과 마늘양념을 더 한다. 마늘양념은 다진 마늘에 약간의 식초를 친 것이다.
❹ 토마토 죽에 생선과 볶은 양파를 넣고 소스가 자잘해질 때까지 조린다.

접시에 옮겨 담고 신선한 샐러드 약간으로 장식을 하면 보기도 좋고 맛도 좋다.

나탈의 바닷가에서 숭어를 잡는 사람들

브라질의 유명한 휴양지에서도 외로움만

조리법이 간단하면서도 우리 입에 잘 맞는다.

아마존으로 떠나겠다고 하자 주인아저씨가 농담을 하신다.

"아마존에서는 시계가 필요 없어요."

"왜요?"

"스콜이 매일 같은 시간에 쏟아지니까. 사람들은 몇 시에 만나자고 하지 않고 비가 오고 난 뒤에 만나자고 하죠."

스콜은 열대성 소나기를 말한다.

사람 좋은 부부는 내가 만약 이곳에 더 머문다면 방값을 안 받겠다는 말까지 한다. 그들은 정말로 방값을 받지 않을 것으로 보였다. 자녀들은 성장해 다들 집을 떠나고 부부 둘이서만 살다 보니 외로우셨던 것 같다.

'이참에 잠시 여기서 쉬어갈까?'

전망도 좋고 불편한 것 없는 이곳이 쉬어가기에는 더없이 좋은 곳이지만 우선은 착한 두 분에게 폐를 끼치고 싶지 않다. 게다가 유명관광지의 해안을 홀로 어슬렁거릴 내 모습이 마음에 들지 않는다.

민박집을 나오는데 두 분이 매우 서운한 표정을 짓는다. 손으로 적은 주소가 적힌 쪽지를 내 손에 쥐어 주시며 꼭 한 번 다시 오라고 하신다.

배낭을 메고 언덕길을 내려오며 뒤를 돌아보니 두 분은 그때까지도 나를 내려다보고 계신다. 두 분의 시선에 코끝이 찡하게 울려와 배낭의 어깨끈을 한 번 더 추스른다. 비록 짧은 만남이었지만 정이 듬뿍 들었다. 하지만 아무리 정이 들어도 나그네는 떠나야 한다.